EIN KRIMI AUS DEM MITTELALTER

Legende

1 Marspforte: Patrizierhaus der Magdalena von Köln, Konkubine des Erzbischofs Konrad von Hochstaden

2 Rathaus sowie Judengasse mit der Synagoge und der Mikwa, dem jüdischen Ritualbad

3 Rosengasse (heute Drususgasse): Minoritenkloster (der Franziskaner), Kloster, in welchem Bruder Bueno lebt

4 Schwalbengasse, »der Berlich«, Dirnenviertel

5 St. Gereon, spätantike Kirche, Wohnviertel der Magd, ihrer Brüder und des Hufschmieds

6 Dominikanerkloster (mit der Universität)

7 Bischofskirche und Palastbezirk. Ab 1248 Bauplatz des Kölner Doms. Krohn-Apotheke: Gravegaze (heute Trankgasse)

8 Hahnentor, auf dem unter anderem Goswin, Vetter eines Dieners von Magdalena, Wache hält

9 Heumarkt

10 Filzgasse (heute Richmodstraße): Altes Badehaus

11 Neumarkt (Nuevo Mercato)

12 Großer Markt (heute Alter Markt)

13 Hospital St. Andreas (Pilger- und Fremdenherberge). Armenstraße (Vicus Pauperum, heute Komödienstraße)

Köln im 13. Jahrhundert (Ausschnitt)

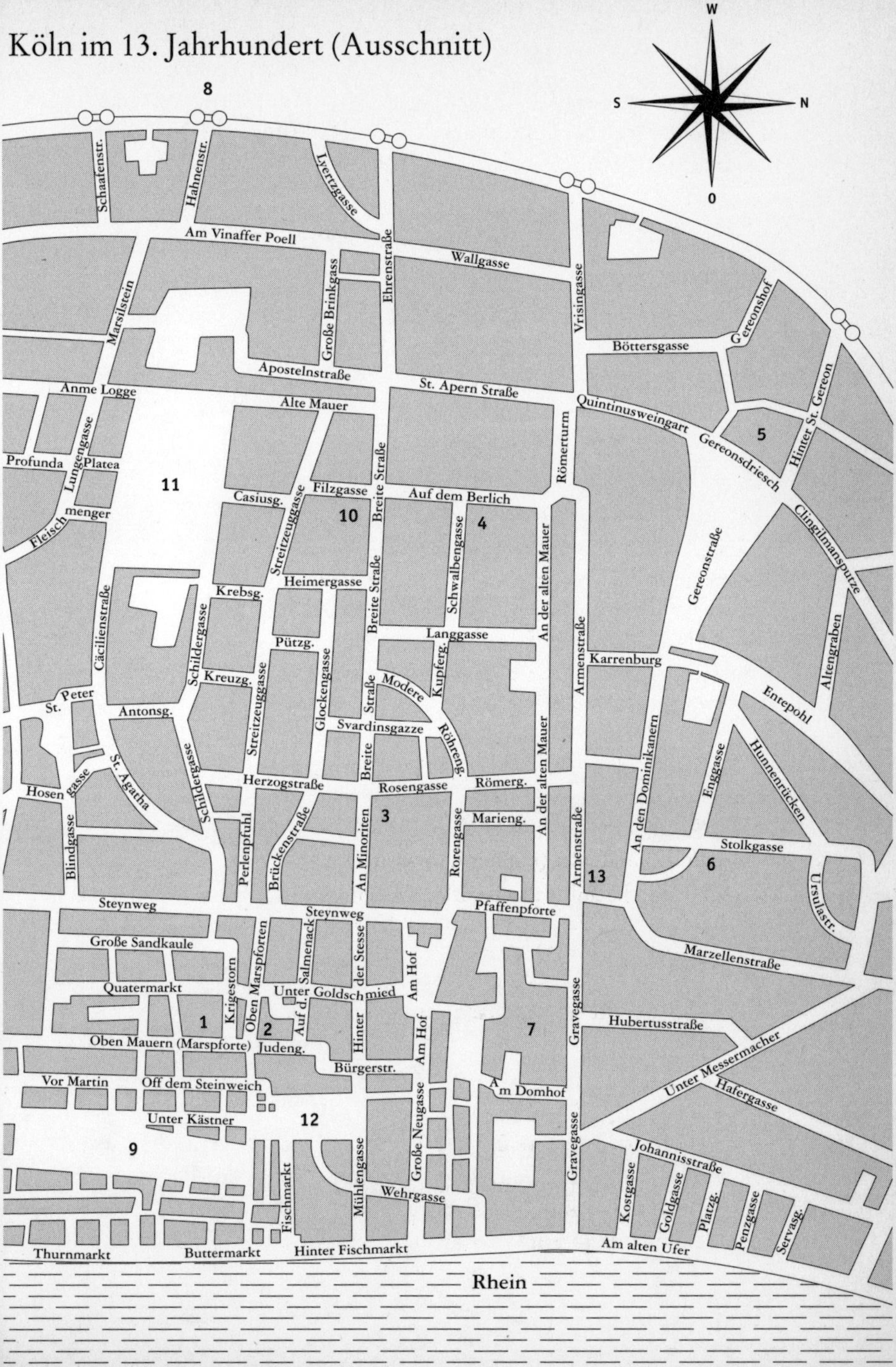

Stefan Blankertz, Jahrgang 1956, promovierter Soziologe, leitet zusammen mit seiner Frau ein Personalentwicklungsunternehmen und ist Autor zahlreicher Fachbücher. »Die Konkubine des Erzbischofs« ist sein erster Roman.

Dieses Buch ist ein Roman. Die Handlung ist frei erfunden, wenngleich im historischen Umfeld eingebettet. Einige der Personen, Ereignisse und Orte sind historisch, einige sind es nicht.
Der Anhang enthält ein Glossar.

Stefan Blankertz

Die Konkubine des Erzbischofs

Die heiligen Wunder und Visionen der Magdalena von Köln,
erzählt in den Worten ihrer Magd,
aufgezeichnet von deren Sohn, P. Johannes OP

Emons Verlag Köln

Umschlaggestaltung: Atelier Schaller, Köln
Umschlagzeichnung: Heribert Stragholz
Umschlaglithographie: Media Cologne GmbH, Köln
Druck und Bindung: Clausen & Bosse GmbH, Leck
Printed in Germany ISBN 3-89705-219-9

www.emons-verlag.de

Inhalt

Die Personen

Albertus (1193–1280), Magister (Universitätsprofessor), einziger Philosoph der Geschichte, dem man den Namen »Magnus« beigegeben hat; Dominikaner, Verehrer der arabischen, auf Aristoteles fußenden Philosophie; Kämpfer für die Freiheit der Kölner Bürger.

Andreas, ein Ratsherr, Junggeselle.

Angela, eine Dirne aus der Schwalbengasse.

Arnold, Wachmann des Erzbischofs.

Averom, lateinischer Name des Sultans Ibn Rossah (1211–1272); von der Magd »El Arab« genannt; Gelehrter, Abenteurer und Arzt; Verehrer der Werke des Mohammedaners Avicenna, des Christen Peter Abaelardus und des Juden Maimonides.

Bueno, Pater (1173–1252), aufrührerischer Franziskanermönch, entschiedener Feind des Erzbischofs ebenso wie der neuen, vernunftgeleiteten Theologie.

Bonaventura (1199–1266), Kölner Magister, genannt »der Kleine« (im Gegensatz zu seinem »großen« Namensvetter, dem franziskanischen Magister an der Pariser Universität); Oberhaupt der Gegner des neumodischen Aristotelismus.

Chlodwig, Herzog, will sich von seiner Gemahlin Leutsinda scheiden lassen.

Dietrich von der Mühlengasse, Schöffe, Gegner des Erzbischofs.

Eleanore, Hurenwirtin, Gattin des Bauern Michael Mauerkauer.

El Arab, siehe Averom.

Francisca, Tochter von Paulina.

Gisbert, genannt »der Langsame«, Diener im Haus der Magdalena von Köln.

Goswin, Wachmann am Hahnentor, Vetter des langsamen Gisbert.

Gottfried, Pater in St. Gereon.

Graf von Jülich, Gegner des Erzbischofs.

Hans, ein Ratsherr, genannt »der Fromme«.

Hilger, ein Mönch aus dem Minoritenkloster.

Hufschmied, namenlos, Freund der Familie der Magd, treibt im Nebengeschäft Handel mit seltenen oder verbotenen Büchern.

Ibrahim, Weggefährte von Averom/El Arab.

Ingotrude, Witwe, möchte, daß ihre Tochter Maria Äbtissin wird.

Johannes von Köln, Sohn der Magd.

**Konrad von Hochstaden* (ca. 1196–1261), Sohn Lothars I. von Hochstaden, aus dem Hause der Grafen von Are, ab 1238 Erzbischof von Köln, auch Oberhaupt der Stadt, mit Münzrecht ausgestattet; wichtiger Bündnispartner in der »päpstlichen Partei«, die gegen Kaiser Friedrich II. kämpfte.

Krohn-Apothekerin, namenlos, eine Freundin der Magdalena von Köln, die es bei den Zutaten manchmal nicht so genau nimmt.

Leutsinda, Gemahlin des Herzogs Chlodwig.

Magd, namenlose, ungewöhnlich gebildete Magd der Magdalena; erzählt die Geschichte.

Magdalena von Köln (1224–1252), Handwerkertochter, Konkubine des Erzbischofs; von ihrer Magd »(meine) hohe Herrin« genannt; erfolgreiche Heilerin; wird von dem Kreis um sie, den »Magdaleninnen«, für heilig gehalten.

Maria, eine unglückliche Mutter.

Martin, Sohn von Angela.

Michael Mauerkauer, Bauer, Gatte der Hurenwirtin Eleanore.

Heinrich Overstolz, Kaufmann, Gegner des Erzbischofs.

Paulina, eine Dirne aus der Schwalbengasse.

Peppino, Bruder der Magd, Zweiter in der Geschwisterfolge.

Peter, Abt des Begardenkonvents (eine karitative Laienbruderschaft).

Rabbi der jüdischen Gemeinde zu Köln, namenlos.

Rignaldo, Bruder der Magd, Erstgeborener der Geschwister.

Georg Tauber, Kaufmann, Gegner des Erzbischofs.

Teresa, eine junge Patientin von Magdalena.

**Thomas von Aquin* (1224–1274), Kölner Schüler des Albertus Magnus, später größter scholastischer Philosoph an der Pariser Universität.

Ursula, Gemahlin des Fleischhauers Peter.

Wilbert, mächtiger Gildemeister und Gegner des Erzbischofs.

**Wilhelm II. von Holland* (1228–1256), von 1247 bis 1256 deutscher »Gegenkönig« der päpstlichen Partei (Erzbischöfe von Mainz, Köln, Trier und Bremen), verächtlicher Beiname: »der Pfaffenkönig«.

Wilhelm von Dampierre (gest. 1251), genannt »der Bucklige«, Ehemann der Margaretha von Konstantinopel, Gräfin von Flandern und Hennegan, Feind des (Gegen-)Königs Wilhelm II. von Holland.

Wilibald, Bader.

Wolfhart, späterer Ehemann der Magd.

Historische Personen des Romans sind mit einem Stern gekennzeichnet. Die Darstellung ihres Verhaltens und ihres Charakters im Roman entspricht jedoch nicht in jedem Fall den historischen Tatsachen.

Prolog

Es war der langsame Gisbert, der es uns erzählte. Wie alle anderen, die im Dienste der hohen Herrin standen, lauschte ich seiner unglaublichen Geschichte, deren tiefere Bedeutung mir erst viel später bekannt werden sollte. Ach, hätte ich sogleich erfahren dürfen, um wen es sich bei dem hochgewachsenen Unbekannten aus dem Morgenlande handelte!

»Pfaffenkönig Wilhelm«, so berichtete der langsame Gisbert vollmundig, »hat, wie Ihr es kundgetan bekamt, seinen ärgsten Feind niedergerungen, den bei den Seinen wohlgelittenen Grafen von Dampierre, den Buckligen – verehelicht, wie Ihr durchaus wißt, mit der Gräfin Margaretha von Flandern, größte Stütze des jüngst verstorbenen Kaisers. Da Ihr es nicht glauben könnt, wie der zarte Feigling den buckligen Hünen hätte besiegen können, so werde ich es Euch hiermit beweisen. Denn ich vernahm dies von jemandem, der dabei gewesen ist. Doch möchte ich diejenigen unter Euch, die Freunde des Pfaffenkönigs sind und ihn als Helden verehrt sehen wollen, warnen: Das, was ich über ihn gehört habe, gereicht ihm keineswegs zur Ehre.

Der Pfaffenkönig war, wie es heißt, mit seinem Gefolge auf dem Wege nach Therouanne, um mit der holden Gräfin Margaretha zu verhandeln. Da stellte sich ihm der bucklige Dampierre in den Weg, stieß Verwünschungen aus und forderte einen ritterlichen Zweikampf, der zu seinen Ungunsten ausgehen sollte. Nun weiß ich aber, daß es sich so nicht zugetragen hat.

Wie denn? fragt Ihr mich. Ich will Eure Geduld nicht auf die Probe stellen und es Euch geradewegs so berichten, wie es mir unter Eid berichtet worden ist.

Dampierre nämlich war schon auf den Tag genau den Monat zuvor einem Haufen morgenländischer Teufel in die Hände gefallen. Gott allein weiß, wie sie sich so weit hinauf in den Norden wagen konnten, und so beschütze er uns davor, daß wir ebenso unter ihnen zu leiden haben werden. Sie mißhandelten Dampierre gar fürchterlich, brachen ihm nicht nur die Nase, sondern auch die Arme, so daß der Bedauernswerte gebettelt haben wird, sie mögen ihm auch gleich das Genick brechen. Dies aber taten sie nicht, eingedenk, daß er ein wertvolles Unterpfand sei im Streit der Oberen.

So begab sich einer von ihnen, der sich auf ein halbwegs gutes Benehmen versteht, ein hochgewachsener Araber, den seine Spießgesellen Sultan zu nennen belieben, zum Pfaffenkönig Wilhelm. Der Bucklige stand ihm nämlich schon lange bei der Überwindung seines Widersachers, unserem rechtmäßigen König Konrad IV., im Wege. Gegen einen unermeßlichen Schatz aus Gold und Silber übergaben die Ungläubigen den Buckligen. Jedoch nahmen sie ihm nicht das Leben, sondern setzten ihn auf einer Lichtung aus, damit der Pfaffenkönig sein vorgetäuschtes Heldenstück liefern konnte. Dergestalt also fügte es sich, daß diejenigen, die Ihr für fromm haltet, mit den Ungläubigen zusammen einen anderen Christen metzelten, eines weltlichen Zwistes wegen.

Der Pfaffenkönig zog demnach an den mit den Unholden abgesprochenen Ort, um den Buckligen dort auf unwürdige Weise abzuschlachten. Der Unglückliche aber vermochte sich seiner gebrochenen Arme wegen des feigen Angriffs nicht zu erwehren. Der zügellose Haß des Pfaffenkönigs veranlaßte diesen, den verabscheuten Widersacher nicht mit einem Hieb zu meucheln, sondern ihm weiteres Leid zuzufügen, bevor ihn der Tod erlöste. – Ich möchte nun nicht, daß Ihr meine Treue und Liebe zu unserem ehrwürdigen Vater und Herrn Erzbischof in Zweifel zieht, jedoch wünschte ich, wie Ihr wohl auch, daß er sich nicht beteilige an Dingen, die weder unserer Stadt noch dem Ansehen der glorreichen Kirche Jesu Christi zu dienen vermögen.«

Dies also war, ohne daß ich es ahnen konnte, die erste Ankündigung der Prüfung, die es dem Allmächtige uns aufzuerlegen beliebte.

*

Köln, im Jahre 1275

Gott, unser himmlischer Vater, unterscheidet die Menschen an den Zeichen ihres Herzens, nicht an ihrem Stande oder anderen äußeren Zeichen. Daß er meine Herrin nach besagter Prüfung in der Weise überhöhte, in der es ihm gefiel, mag nur den verwundern, der sich nicht erinnern will, daß die vollkommenste Anerkennung unter allen Menschen der seligen Gottesmutter Maria zuteil wurde.

Die tiefe Frömmigkeit, die die Heilerin Magdalena von Köln uns ins Herz gelegt hat, läßt uns ihre Geschichte für die Nachwelt bewahren – eine Nachwelt, von der ich wünsche, daß sie eher in der Lage sein wird, der hohen Herrin die ihr zweifellos zustehende Ehrerbietung zu erbringen. »Eher«, das heißt: eher als die frommen Heuchler, von denen ich in aller Demut annehmen möchte, daß sie auch unseren Bruder Jesus Christus ein weiteres Mal gekreuzigt hätten.

Darum erdreiste ich mich als elende Sünderin, diese Aufzeichnungen zu beginnen, und, so Gott es zuläßt, fertigzustellen. Nicht nur mir, sondern auch Gott wäre es wohlgefälliger, wenn höhere Menschen sich dazu berufen gefühlt hätten. Wir aber leben nämlich in der Zeit, in der die Hohen Niedriges tun, und drum müssen die Niedrigen also Hohes tun.

Diejenigen Begebenheiten im Leben der hohen Herrin, die ich offensichtlich nicht selbst bezeugen kann, ergänze ich aus den Zeugnissen von Menschen, deren Ehrenhaftigkeit mich an ihren Worten nicht zweifeln läßt.

Ich verspreche bei meiner heiligsten Jungfrau Maria, daß ich nichts auslassen oder beschönigen werde, auch das nicht, was Magdalena an Sünden begangen hat: Denn ihre Sünden sind ihrem Menschsein geschuldet, das ihr jedoch nichts von ihrer Heiligkeit zu nehmen vermag.

So diktiere ich die Geschichte der seligen Magdalena von Köln, gestorben ihrer Barmherzigkeit wegen, in aller Ehrfurcht vor dem Herrn, meinem geliebten Sohne, so daß er sie dem höchsten Priester und unserem besonders verbundenen Vater, Herrn und Papst in Rom zur wohlgefälligen Kenntnis bringen und bei ihm in vollendeter Demut um die Heiligung ihrer Person nachsuchen kann.

Niedergeschrieben von P. Johannes OP in Gehorsamkeit und Dankbarkeit gegenüber seiner Mutter, aufbewahrt für die Nachwelt im Jahre der Fleischwerdung des Herrn 1275. Ehre sei Ihm, der einzigartig glücklich ist, und alle Herrlichkeit in Ewigkeit. Amen.

Erstes Buch:
Die Sünderin

Wir Sünder

Sünder sind wir von Beginn an, weil wir die Folge der Sünde unserer ersten Eltern in unserer Natur zu tragen haben. Darum, weil doch niemand von uns ohne Sünde ist, darf sich nämlich keiner von uns aufgerufen fühlen, über den anderen zu richten. Dies ist vielmehr allein Aufgabe unseres Herrn. Er aber ist ein gnädiger Richter, denn er ist auch unser Bruder.

Darum bitten wir unseren heiligen Vater in Rom, daß er uns erlauben möge, als unser Hauptgebet zu sprechen:

»Für all jenes, was ich unterließ zu denken,
gleichwohl ich es hätte denken sollen.
Für all jenes, was ich unterließ zu sagen,
gleichwohl ich es hätte sagen sollen.
Für all jenes, was ich unterließ zu tun,
gleichwohl ich es hätte tun sollen.
Für all jenes, was ich gedacht habe,
gleichwohl ich hätte unterlassen sollen,
es zu denken.
Für all jenes, was ich gesagt habe,
gleichwohl ich hätte unterlassen sollen,
es zu sagen.
Für all jenes, was ich getan habe,
gleichwohl ich hätte unterlassen sollen,
es zu tun:
Für all jene Gedanken, Worte und Taten
bitten wir durch dich, heilige Magdalena,
um Vergebung.«

Das erste Wunder und die Ankunft des El Arab

»Gott, was auch immer du mir gibst, ist mir zu gering.«
Augustinus

Köln, 13. Januar 1252
Es begab sich zwei Monate, nachdem mich die hohe Herrin als Magd zu sich genommen hatte, daß der vom lästerlichen Volksmunde »Pfaffenkönig« genannte Wilhelm II. von Holland gedachte, in seinem treuen Köln Hof zu halten. Seine Unwürden, wie ich den nannte, den man als »Ehrwürdiger Vater und Herr Erzbischof« ansprach, bot ihm nach alter Sitte Quartier. Das Fest, das dem König zu Ehren gegeben wurde, war so glanzvoll, wie es Köln nicht seinesgleichen gesehen hat. Und so nämlich gebührt es dem Sieger, obwohl vielerorts daran gezweifelt wurde, daß jemand, der sich kaum im Sattel halten kann, geschweige denn mit dem Schwert umzugehen versteht, es fertig gebracht haben sollte, den kräftigen Grafen Dampierre den Buckligen zu überwinden.

Meine hohe Herrin saß würdevoll neben dem Erzbischof, dessen Unglück ich in mir trug und das um so größer gewesen wäre, hätte sie mich nicht in ihren Haushalt aufgenommen. (Möge Gott ihn mehr für seine als mich für meine Sünden strafen.) Auch der König hatte seine Konkubine neben sich sitzen, während die Königin dem Vernehmen nach ihre Aufgaben in Braunschweig erfüllte. Man muß aber wissen, daß seine Unwürden als ein außerordentlich schöner Mann galt, dessen Leibesfülle ebenso Zeichen seines Wohlstandes wie Träger seiner Wohlgeformtheit und seines Wohlgeruches war. Nur durch den gewitzten Putz, den meine Herrin erdacht hatte, ließ es sich vermeiden, daß ihm mehr Zuneigung zuteil wurde als dem König, was freilich nicht sehr schicklich gewesen wäre.

Der scheue König entsprach, obgleich er sich dieses Mal mit Bart zeigte, der ihn männlicher erscheinen ließ, so überhaupt nicht der wuchtigen Gestalt des Ritters, den wir erwarteten, oder der Fülle der Amtswürde, die der Erzbischof ausstrahlte. Eher glich er einem fleischlosen Reh im Winter – und das, obgleich er doch mit viel Brokat umkleidet war. Bei seinem letzten Hof in Köln war er bartlos gewesen und in Begleitung der Braunschweigerin, die sich aufführte wie seine Mutter. Diese harte Königin mit dem Blick des Habichts, deren unchristliches Benehmen uns noch gut in Erinnerung war, hatte das Gold der Krone auf ihrem Haupt grau erscheinen lassen.

Um so erfreuter wurde der König dieses Mal aufgenommen zusammen mit seiner liebreizenden Konkubine, deren Haut wie Seide glänzte und deren Kopf auch ohne Krone von einem Goldhauche umgeben zu sein schien. Ihr ganz und gar feuerrotes Gewand, dessen orientalisches Tuch offensichtlich in Florenz genäht worden war, wollte jeder befühlen, der durch die Nähe zu ihr die Gelegenheit dazu bekam.

Da es um diese Jahreszeit selbst zu so früher Stunde schon dunkel war, wurde der große Festsaal des Erzbischofes, Fürst von Köln, mit sechzig Fackeln erleuchtet, während es zwei mächtige Feuer vollbrachten, die Kälte aus jedem Winkel zu vertreiben. So heiß wurde es, daß meine hohe Herrin gar ins Schwitzen geriet und ich ihr die Stirn tupfte, vorsichtig, um den Aschestaub nicht abzuwischen, mit dem sie ihre Haut stumpf gemacht hatte, damit sie nicht mehr strahle als die Konkubine des Königs. Auch mit Schmuck hatte sie sich zurückgehalten. Ich aber fand, daß Magdalena, obwohl die Konkubine des Königs durchaus, wie gesagt, eine Augenweide war, in ihrer Schlichtheit mehr Schönheit ausstrahlte als je zuvor.

Als der Truchseß den mit teuerstem Rohrzucker gesüßten Hirschen auf den feinsten Silberschalen von ganz Köln auftragen ließ, da traten dann auch die Aachener Spielleute auf – sie verschlangen Feuer und zerkauten Steine und trieben alle jene derben Possen, an denen sich schon viele kranke Könige gesund gelacht hatten. Schließlich sangen sie beim lieblichen Klange von Doppelflöte und Rebec ein Lied von einem, der auf den Namen Konrad von Würzburg hörte:

Swâ tac erschînen sol zwein liuten,
die verborgen inne liebe stunde müezen tragen,
dâ mac verswînen wol ein triuten:
nie der morgen minnediebe kunde büezen klagen.
er lêret ougen weinen trîben;
sinnen wil er wünne selten borgen.
swer mêret tougen reien wîben
minnen spil, der künne schelten morgen.

Wenn der Morgen dämmern soll den Paaren,
verborgen drinnen Liebe machten,
erstirbt wohl jedes Liebesschmachten:
Klagen kann er ihnen nicht ersparen.
Den Augen lehrt er, sich zu trüben.
Wonnen gönnt er nicht den Sinnen,
Heimlich schöne Weiber minnen,
das heißt den Morgen fluchen üben.

Der König kraulte geistesabwesend seinen rotgelockten Bart und schien sich nicht angemessen an diesen so herrlich für ihn zubereiteten Speisen und den Spielen zu erfreuen, nämlich weil ihn das schwere Gemüt überfiel, wie wir es nannten. Die heftig pochenden Schmerzen im Kopfe werden, so sagte die hohe Herrin, von einem widerwärtigen Dämonen verursacht, der die Menschen, die er befällt, in den Tod durch die eigene Hand treiben will, um ihre Seelen Satan zuzuführen, dem der Dämon dient.

Herzog Chlodwig, der ohne seine Gemahlin Leutsinda gekommen war (man erzählte sich, die beiden gingen einander aus dem Wege) und der meinte, mehr jugendliche Kraft zu verströmen, als es seinen Jahren angemessen war, brachte Magdalena allerlei schöne Worte entgegen, bis sie ihn unbeeindruckt fragte, ob er denn nicht starke Schmerzen habe. Auf seine verwunderte Gebärde hin erklärte sie ihm, er müsse ihrer Beobachtung nach unter starker Gicht leiden. Er könne sich dagegen schützen, indem er in der Krohn-Apotheke auf der Gravegaze einen nach dem Rezepte der Heilerin Hildegard von Bingen gebackenen Kuchen verzehre, der Goldstaub im Werte von einem Obolus enthalte. Das Gold nämlich speichere die Sonne, und dies lindere das Leiden, das der Feuchte und Kälte entspringe. Derart als alter, leidender Mann bloßgestellt, vermied Herzog Chlodwig hinfort die Gesellschaft meiner hohen Herrin.

Tapfer überstand Wilhelm das Fest, fragte dann allerdings den Erzbischof um Rat. Dieser empfahl ihm die Kunst meiner hohen Herrin, die ihn sicherlich zu heilen verstünde; die Aussicht auf Heilung sei sehr groß, da, wie ihm sein Sterndeuter gesagt habe, der Sternen Konstellation dafür günstig sei. Es wurde also hergerichtet, daß die hohe Herrin in das Gemach des Königs geführt wurde, um ihn vom schweren Gemüte zu heilen.

Wilhelms Gemach, das ganz und gar mit Gold ausgeschlagen war und rings von in Elfenbein gefaßten, nach Ansicht unseres abergläubischen Erzbischofes Glück bringenden Spiegeln gesäumt wurde, war angefüllt mit Hochgestellten, deren offensichtlicher Reichtum mich mit tiefer Ehrfurcht erfüllte. Die hohe Herrin aber gebot allen, den Raum zu verlassen, ausgenommen der Konkubine des Königs und seiner Unwürden. Sie wolle sie, wie sie sagte, zu Zeugen haben, damit später bewiesen werden könne, daß sie kein Hexerwerk vollbringe, sondern ehrlichen Herzens heile.

Die beiden Zeugen mußten sich jedoch im hinteren, vom Kerzenscheine nicht erreichten Dunkel des Zimmers aufhalten und sollten schwören, daß sie nicht sprechen würden, weder untereinander noch mit dem König. Auch ermahnte die Heilerin den Erzbischof, daß er alles, was der König während der Heilung von sich gebe, geheimhalten müsse wie einen Beichtinhalt. Denn, verkündete sie, es sei nämlich Gott, der den König sagen mache, was er gleich sagen werde.

Meine hohe Herrin, nun ganz versunken in ihre Aufgabe als Heilerin, ließ mich den König betten, die mit teurem Damast bezogenen Kissen in seinem Rücken jedoch so ordnen, daß sein Oberkörper viel flacher lag, als es für einen hohen Herrn üblich ist. Sich selbst setzte sie aufrecht an das Kopfende, so daß er sie nicht sehen, sie dagegen ihm ihre anmutige, weiche Hand wärmend auf die Stirn legen konnte. Entspannt lehnte sie an dem Pfosten aus dunklem Holz, der über und über mit Löwenköpfen verziert war. Die Pfosten hielten einen Himmel, der nicht nur genau die Farbe der Nacht hatte, sondern auch naturgetreu die Sterne abbildete. So kann man alles haben und doch, wenn die innere Reinheit fehlt, unglücklich sein wie ein König. Diesen kranken König bat die Heilerin Magdalena alsdann, seine Augen zu schließen und zu schweigen.

Nach einer Weile besinnlicher Ruhe sagte die Heilerin mit betörendster Stimme zum König: »Gott, der Allmächtige, hat es zugelassen, daß ein Dämon von dir Besitz ergreift. Auch in ihm schauen wir Gott, und in ihm müssen wir auch Gott verehren. Darum fragen wir uns, was der Herr mit dem Dämon beabsichtigt. Der Herr beabsichtigt, dich zu prüfen. Aber der Vater will, daß du den Dämonen besiegst. Zuerst nun müssen wir den Dämonen kennenlernen. Halte deine Augen geschlossen und sage mir, wie er aussieht, der Dämon in dir.« Denn dies war ihre Angewohnheit: Während einer Heilung sprach Magdalena jeden, gleich welchen Standes, als Diener an.

Und mit der Gehorsamkeit des Dieners in der zitternden Stimme, des Königs nicht würdig, antwortete Wilhelm: »Ich sehe ihn nicht, denn du befiehlst mir, die Augen geschlossen zu halten.«

»Anstatt zu schauen, versuchst du zu denken«, sagte die Heilerin, nun durchaus mit Nachdruck. »Schau in dich hinein und vergiß, was du meinst zu können oder nicht zu können.«

»Dunkel ist es. Und es dröhnt.« Die Stimme des Königs senkte sich bei dem Worte »dröhnt«, er zog den Laut in die Länge; dann aber brach seine Stimme ab.

Magdalena ließ sich nicht beirren. »Wilhelm, sage nicht ›es‹. Nicht ›es‹, sondern ›er‹. ›Er ist dunkel.‹ Der Dämon. Beschreibe ihn.« Ruckartig zog sie ihre Hand von seiner blassen Stirn.

»Nein!« schrie der Kranke. »Schnee. Kalt. Es ist wunderbar, aber kalt wie eine Glocke. Das Leben dröhnt mir im Schädel, als ob die metallene Glocke zerspringen wollte. Jetzt grinst es höhnisch.«

»Hat er einen Namen?« fragte die Heilerin, offenbar erleichtert.

»Wie soll ich einen Namen wissen? Es hat keinen Namen, kann sich mir nicht vorstellen.« Der Ton des Kranken war jetzt der eines verurteilten Ketzers.

»Nicht ›es‹, mein König, sondern ›er‹«, berichtigte die Heilerin beharrlich. »Und ihn kannst du doch fragen. Wird er sich der Frage seines Königs widersetzen?«

»Ihr quält mich, Frau Magdalena. Warum?« Dies war das Bitten und Betteln eines zu Recht Verurteilten.

Die Heilerin legte dem Kranken nun wieder ihre Hand, die ich täglich pflegte, auf die Stirn und sprach sehr leise, aber eindringlich: »Ich bitte dich nicht um meinetwillen, sondern um deinetwillen, Wilhelm: Bitte frage den Dämonen nach seinem Namen.«

»Entschuldigt, ich habe gelogen.« Mit dem Geständnis entspannte sich der König. »Ich kenne ihn. Sein Name ist mir geläufig. Er heißt Ragnar. Ich schäme mich, daß ich nicht stark genug bin, um ihn davon abzuhalten, in mich zu fahren.«

»Du kennst Ragnar gut.« Das Gespräch zwischen der Heilerin und dem König nahm nun den Charakter einer Unterhaltung unter gleichrangigen Vertrauten an.

»Ja, er kommt immer, wenn ich einen Sieg errungen habe, auf den ich stolz sein kann. Dann kommt Ragnar und lacht. Er lacht mich aus, weil ich überheblich bin und nicht demütig vor Gott.« Der König sagte dies ganz ruhig.

»Ragnar kommt von Gott?«

»Ich weiß es nicht. Ich habe Angst.«

»Hast du Ragnar schon einmal befragt?«

»Befragt?«

»Frage ihn. Sage: ›Ragnar, wer bist du? Woher kommst du? Und was willst du von mir?‹«

»Wer ist Ragnar? Woher kommt er? Was will er von mir?«

»Frage ihn. Sprich ihn an. Ich kann dir die Fragen nicht beantworten, nur er.«

»Ragnar, wer bist du? Woher kommst du? Und was willst du um Gottes willen von mir?«

»Was sagt Ragnar?«

Durch eine schrille Stimme, hysterisch, wie wir sie vom König nicht kannten, vernahmen wir erschaudernd dies:

»Blut will ich, das Blut deiner Schutzbefohlenen, viel Blut, sehr viel Blut. Und dann werde ich dein Blut nehmen, wenn du uns nicht mehr genug Blut gibst.«

Noch heute sucht mich, besonders des Nachts, diese Stimme bisweilen heim und jagt mir den Schrecken durch Mark und Bein. Die Heilerin aber wich nicht zurück und ließ sich nicht beeindrucken wie wir anderen, sondern sprach ganz ruhig:

»Wilhelm, sage Ragnar, daß du dich nicht zufriedengibst mit Geschwätz. Er muß sich dir offenbaren, sagen, warum er dein Blut will.«

Wieder hörten wir alle, die wir hier versammelt waren, diese schreckliche schrille Stimme, die den ganzen Raum erfüllte und doch von sehr weit weg zu kommen schien.

»Nie sollst du dich deiner Siege freuen können an der Seite einer kalten Königin, die du dir nicht selbst zur Frau erwählt hast.«

»Ragnar hat dir noch mehr zu sagen, Wilhelm.«

»Dein Schmerz soll sich steigern an der Seite einer schönen Dame, der du nie die Ehre wirst geben können, Königin zu werden, so sehr sie auch die Königin deines Herzens ist.«

»Frage Ragnar, ob er denn ein Abgesandter des Herrn sei«, forderte die Heilerin.

»Gott verachtet dich für deine Sünden, damit bist du dann nämlich das Brot des Satans, meines Herrn, dem ich diene.«

»Nun ist es genug. Wir wissen, was wir wissen müssen«, sagte die Heilerin etwas lauter und rüttelte den König ein wenig. Der schlug die Augen auf, und im gleichen Augenblick wurde es taghell im Raum. Wilhelm konnte auf seine Konkubine schauen, die Tränen der Rührung in den Augen hatte, wie alle, die anwesend waren. Der König nämlich blinzelte und sagte in seiner vertrauten Stimme: »Er ist weg. Ragnar, der schwarze Teufel, ist weg und wird nicht wiederkommen.«

In vollem Lichterglanze aber erstrahlte Magdalena, die Heilerin, die sich aufgerichtet hatte. Sie hob die Arme und drehte die Handflächen nach außen. Aus den Wundmalen Christi schlugen Feuerzungen, die jedoch nichts verzehrten. Zurück blieb ihre versengte Haut, die jedoch wundervoll nach Weihrauch duftete.

Seine Unwürden bekreuzigte sich und sagte: »Es ist ein Wunder geschehen, wie es die Sterne vorausgekündet haben. Ich bezeuge das. Unser hochgeehrter, uns besonders verbundener König, Wilhelm, dessen demütiger Diener zu sein er uns gnädig gestattet: Wir glauben, es ist der Wille des Höchsten, daß wir Eure Ehe aufheben im Namen unseres Herrn Jesus Christus, dem Barmherzigen, der für unsere Sünden gestorben ist, auch für die, die wir noch begehen werden. Die Königin ist in Köln ohnehin nicht beliebt. Ihr aber wißt, auf was Ihr verzichtet!«

Meine hohe Herrin beachtete das abergläubische Gerede von seinen Unwürden, dem Erzbischof und Fürsten von Köln, nicht, sondern befahl mir, dem König und seiner Herzensdame ein heißes Bad zu bereiten. Sie schickte mich zu ihrer Freundin, der Krohn-Apothekerin, jenes Kraut zu holen, welches sie als »verkehrten Dill« bezeichnet. Dies sollte ich dann in das erhitzte Badewasser werfen. Ich tat, wie sie mir befohlen hatte, und die Heiligkeit meiner hohen Herrin wurde uns offenbar.

*

Am Tage nach diesem Wunder redete die ganze Stadt davon. Ob auf dem Heumarkt, auf dem Neumarkt, auf der Dombaustelle, ob in den

Gassen der Hufschmiede, der Zimmerleute, der Tuchmacher oder der Bäckermeister, ob in der Schwalbengasse, der Judengasse oder bei den Ratsherren, überall sagte man, der König sei durch seine Konkubine zum Manne und durch die Konkubine des Erzbischofes zum Helden gemacht worden.

So sprach auch Ursula, die Frau des Fleischhauers Peter, meine hohe Herrin an, als diese zur Non in die Krohn-Apotheke eingetreten war, um ihre Freundin zu besuchen. Die besagte Apotheke befand sich in der Nachbarschaft des Dominikanerklosters, aus dessen Garten diejenige Medizin stammte, die nicht aus fernen Ländern hergeschafft werden mußte.

Die Krohn-Apothekerin war eine glühende Anhängerin der Heilerin Hildegard von Bingen, und man konnte bei ihr alles bekommen, was diese als Heilmittel gepriesen hatte, um einen Menschen von Krankheit zu befreien, wenn Gott ihn gesund machen und nicht sterben lassen will: Salbe aus Bärenfett mit Asche vom Weizen- und vom Kornstroh gegen Haarausfall; eine Mischung aus Käsekraut, Salbei und Olivenöl für Umschläge bei Kopfschmerzen; Puder von Kalmus, Fenchel und Muskatnuß gegen Lungenleiden; eine Tinktur aus Wermut, Eisenkraut, Wein und Zucker gegen Zahnschmerzen; verschiedene Fleischspeisen, die getreu der Rezeptur der Heiligen so zubereitet werden, daß deren Genuß entweder der Impotenz des Mannes oder der Unfruchtbarkeit der Frau entgegenwirkt; ein Brennessel-Olivenöl zum Einreiben bei Vergeßlichkeit und vieles mehr. Berühmt waren auch ihre nach einem Hildegard-Rezept gebackenen Gicht-Kuchen, die allerdings, so hörte ich, nicht so viel Gold enthielten wie angegeben. Es gab hier auch den »verkehrten Dill«, das Wundermittel gegen die »Sünde der Gefühllosigkeit«, das die Apothekerin besonders an die Badehäuser lieferte.

Ursula, ihrer Geschwätzigkeit wegen weithin gefürchtet, sagte ohne Umschweife: »Ihr habt ein Wunder gewirkt.«

Die hohe Herrin antwortete abweisend: »Wir müssen unsere Kräfte einsetzen, unterschiedslos bei allen Menschen.«

»Und um so besser, je höher der Herr«, schnatterte die Fleischhauer-Frau leichthin weiter. »Doch in diesem Fall, da Ihr den König selbst geheilt habt, ist Euer Verdienst zweifellos am größten.«

»Oder am geringsten. Denn es steht geschrieben: ›Eher geht ein

Kamel durchs Nadelöhr, als daß ein Oberer eingeht ins Himmelreich.‹« Magdalena machte keine Anstalten, die Unterhaltung fortzusetzen, war aber höflich genug, ehrlich zu antworten.

»Davon habe ich gehört«, sagte Ursula mit verschwörerisch gesenkter Stimme. »Es gibt Mönche, die die evangelische Armut predigen, Franziskaner oder Dominikaner sind es. Ihre Predigten stützen sich auf diesen Satz aus der heiligen Schrift. Der ehrwürdige Vater und Herr Erzbischof sagt, sie seien Ketzer. Seid Ihr Anhänger von diesen ... Leuten?«

Bevor meine Herrin antworten konnte, wurden wir von einem hochgewachsenen Fremden abgelenkt. Der Fremde war ein morgenländisch aussehender Herr mit ebenmäßigen, dunklen Gesichtszügen, eingehüllt in vornehmes Tuch. Sein großer, gebieterischer Mund und das energische Kinn bildeten einen eigenartigen Gegensatz zu der ulkig gebogenen Nase zwischen den spitzbübischen, wie zwei falsche Edelsteine blitzenden Augen. Er sagte, indem er sich mit einer beinahe ungelenk wirkenden Verbeugung meiner hohen Herrin zuwandte: »Meint auch Ihr, daß Franziskaner und Dominikaner sich gleichen?«

»Wer seid Ihr?«

»Das offenbare ich Euch, wenn Ihr mir meine Frage beantwortet habt.« Der Versuch, formvollendete Höflichkeit zu wahren, paarte sich im Verhalten dieses Fremden mit einem unbedingten Verlangen nach Gehorsam. Er wirkte auf mich anziehend, aber doch auch gewissermaßen unheimlich und furchterregend, ohne daß ich sagen konnte, warum. Hatte uns der langsame Gisbert nicht vor umhervagabundierenden morgenländischen Teufeln gewarnt? Nicht, daß das vor uns stehende Mannsbild ein Vorbote war! Vielleicht der, von dem der langsame Gisbert gesagt hatte, er verstünde sich auf ein »halbwegs gutes Benehmen«. Aber das konnte nicht sein. Dieser Fremde hier verstand sich auf ein untadeliges Benehmen. Dahinter allerdings schien sich etwas zu verbergen, meiner Einschätzung nach jedoch eher Spitzbübigkeit als Mordlust.

»Beide predigen ›evangelische Armut‹, wenn ich mich recht entsinne. Unser Ehrwürdiger Vater und Herr Erzbischof hat in Rom beim heiligen Vater eine Beschwerde gegen sie vorgebracht. Der Papst hat sich nicht beeinflussen lassen. Das bewirkt seine Kraft, die Gott ihm gegeben hat, um gerecht zu sein. Wie unterscheidet Ihr sie denn?«

»Die einen, die sich nach dem heiligen Dominikus nennen, sind, je ärmer an materiellem Reichtum, um so reicher im Geiste. Die anderen«, der Fremde schüttelte sich auf eine übertriebene Weise, die ihn im Gegensatz zu seinem vornehmen Äußeren eher lächerlich erscheinen ließ, »die anderen, deren Namen ein zweites Mal am heutigen Tage auszusprechen der Leibhaftige mich nicht versuchen kann, sind überdies auch noch arm im Geiste.«

»Diese Frage und Euer Haß auf die eine Seite scheint Euch sehr zu beschäftigen, obgleich Ihr nicht ausseht wie einer der Unsrigen.« Magdalena hatte ihren neckischen Zug um den Mund, den die Männer an ihr so liebten.

Der Fremde schien das nicht zu bemerken und gab gekränkt zurück: »Mein Fleisch mag aus dem Orient sein, mein Herz aber ist christlich.«

»Nun denn, sagt, wer Ihr seid!«

Erneut verbeugte sich der Fremde, es wirkte auf mich jedoch wieder so, als sei es ungeübt. »Mein Name ist Ibn Rossah, oder, wie Ihr Lateiner sagen würdet: Averom. Ich bin Gelehrter und Arzt aus Alexandria, einer Stadt mit christlichem Herzen, wie Ihr wohl wißt. Geschäfte haben mich in Euer schönes Köln geführt. Gerade zur rechten Zeit, wie ich meine, um Eure Kunst zu bewundern.«

»Da Ihr Euch Arzt nennt, könnt Ihr wahrscheinlich viel mehr bewirken als ich mit meinen bescheidenen Kräften.« Im Gegensatz zu des Arabers Steifheit war meine hohe Herrin gelöst und fröhlich wie selten. »Ich würde mich glücklich schätzen, wenn es mir gelänge, mehr von den Schriften Eures berühmten Avicenna zu lesen.«

»Dies ließe sich vielleicht einrichten. Dennoch solltet Ihr, ich bitte Euch um meinetwillen, Eure Fähigkeiten nicht zu niedrig einschätzen, nach dem, was ich gehört habe.«

»Mein Lieber«, buhlte die hohe Herrin, »wollen wir unser Gespräch nicht fortführen bei einem herrlichen Weine, der für beides, Geist und körperliche Materie, in gleicher Weise sorgt?«

Also gingen sie vorbei an dem Platz, an dem vor drei Jahren mit dem Bau eines neuen, prachtvollen Domes nach nordfranzösischem Vorbilde begonnen worden war (dessen Plan, wie man erzählt, der Magister Albertus im Traume von der Jungfrau Maria empfangen hatte), in Richtung auf das jüdische Viertel, wo nicht weit vom Rathaus gegenüber der Marspforte das patrizische Domizil meiner hohen Herrin lag.

*

Das große Portal erlaubte die Einfahrt von Kutschen, da der Erzbischof, der dieses Haus unterhielt, hier im großen Saale seine weniger offiziellen Gelage abhielt und seine hohen Gäste von nah und fern mit allem verköstigte, was es an fleischlichen Genüssen zu bieten gab. Unter dem Aufgang duldete meine hohe Herrin zahlreiche »Hausarme«, die sich, der vielen Feste mit reichen Gästen wegen, über fehlende Almosen nicht zu beklagen hatten.

Während man es sich nun also wohl sein ließ, worauf sich El Arab, wie ich ihn nennen werde, nicht minder verstand als meine hohe Herrin, nachdem jener seine Förmlichkeit schneller abgelegt hatte als eine Schlange sich häutet, nahmen sie ihr Gespräch wieder auf, das sie in der Tür der Krohn-Apotheke so unvermittelt begonnen hatten. Sie benahmen sich dabei, als seien sie seit langem vertraut miteinander.

Die hohe Herrin hatte El Arab in ein eher kleines Zimmer geführt, ihren Lieblingsraum, den sie gewöhnlich nur für sich selbst nutzte und den nur ich als ihre Magd betreten durfte. Er lag über der Küche und wurde vom Herdfeuer gewärmt. An den Wänden hingen dicke, vornehmlich in hellem Grün gehaltene Teppiche aus weit entfernten Gegenden, die heidnische Bildnisse zeigten. Derjenige, der mich am meisten beunruhigte, aber auch anzog, offenbarte zwei völlig entblößte Körper, die auf eine mir gänzlich unerklärliche Weise ineinander verschlungen waren. Schon dieser orientalischen Teppiche wegen war der Raum für Fremde üblicherweise verschlossen.

»Wenn Ihr so viel von mir bereits gehört habt, Averom, wißt Ihr bestimmt auch, daß ich in Sünde lebe. Stört Euch das nicht?« Meine Herrin warf ihre kastanienfarbenen Locken nach hinten und lachte, denn sie erwartete keine abschlägige Antwort.

»Wenn es mich stören würde, wäre ich nicht stolz darauf, mich einen Christen nennen zu dürfen.« El Arab nahm einen tiefen Schluck Wein und schaute über den Rand des Kelches, um zu beobachten, wie seine Gastgeberin die ungewöhnliche Antwort aufnehmen würde.

»Wie soll ich das verstehen?« Diese Antwort war doch noch unerwarteter, als es eine Strafpredigt wider die Pfäffinnen gewesen wäre.

»Seid Ihr denn an einer Disputation über Moral interessiert?« El Arab beugte sich vor und brachte seinen Kopf nahe an Magdalenas. »Ich bin weit mehr daran interessiert, mich von Euch in Eurer Heilkunst unterrichten zu lassen.«

Nun war es an Magdalena, sich zurückzuziehen und förmlich zu werden: »Ihr sagtet, Ihr wäret selbst Arzt, beansprucht demnach einen viel höheren Titel für Euch.«

»Ich bin ganz entfernt davon, mich der unmäßigen Überheblichkeit einiger meiner Brüder anzuschließen und mich über die Heilkunst zu erheben, die Ihr pflegt. Dazu kenne ich zu gut die engen Grenzen, die uns unser allzu spärliches Wissen über die Wechselwirkung der Säfte im Körper setzt. Warum wollt Ihr Euer Wissen nicht mit mir teilen und weist meine Hochschätzung zurück?« Fast wollte ich in seiner Frage eine Spur von Grobheit heraushören.

»Ich fürchte, überheblich zu werden.« Züchtig schlug meine Herrin ihre Augen nieder.

»Dann beginnen wir mit den Grenzen Eures Handwerks.« El Arab wußte nun, wie er in ihre Festung eindringen konnte. »Wo liegen sie? Warum seid Ihr neugierig, mehr von Avicenna zu erfahren?«

»Ich habe gute Erfolge bei allen Arten von Schmerzen«, zählte meine hohe Herrin wie eine folgsame Schülerin auf. »Bei Aussatz dagegen habe ich keine Erfolge. Wir sehen Aussatz als Gottesurteil an.«

»Aber warum sollte Gott uns die Wissenschaft der ärztlichen Kunst gegeben haben, wenn er nicht wollte, daß wir sie zu unserem Nutzen anwenden?« El Arab war nun der Lehrvater …

»Ist denn nicht gar alles, was geschieht, Gottes Wille? Und ist es dann nicht gerecht? Wenn Gott will, daß einer lebt, lebt er. Wenn es ihm aber gefällt, daß er stirbt, stirbt er. Dürfen wir in diese Gerechtigkeit eingreifen?« … und sie seine folgsame Schülerin.

»Denkt an den seligen Hiob. Es steht geschrieben: ›Er war ein gottgefälliger Mann, rechtschaffen und untadelig.‹ – Gleichwohl erkrankte er dann an Aussatz.«

»Das wollte ich sagen.« Mir schien, Magdalena habe den Faden der Unterhaltung verloren und gebrauche eine Floskel, um es nicht zugeben zu müssen.

»Es war doch nicht gerecht, daß der überaus fromme Hiob Aussatz bekam!« neckte der Lehrvater weiter.

»Herr Averom, wollt Ihr Euch anheischig machen, unseren Gott zu lästern oder die heilige Schrift zu bezweifeln?« War Magdalena empört? Oder spielte sie ein Spiel, das sie durchaus beherrschte?

»Fern liegt es mir, Gott, unseren über alle Maßen gütigen Vater, zu lästern oder seine Schrift anzuzweifeln. Zumal das Buch Hiob, wie Ihr wissen solltet, sogar von den Jüngern Mohammeds anerkannt wird. Wir müssen uns nur recht bemühen, den in der Schrift ausgeführten Willen des höchsten Wesens, das wir bekennen, auch angemessen zu verstehen.«

»Und wie, wenn es gefällt?« So kannte ich meine Herrin, nämlich daß sie die Führung übernahm.

»Weil es gefällt und wahr ist, sagt uns der heilige Hiob dieses: Seine Erkrankung geschieht in der Tat durch die Zulassung Gottes. Aber Gott greift nicht in das Leben der Menschen ein – nicht, weil er es nicht könnte, sondern weil er es nicht will. Die Heuchler, Hiobs Freunde, meinen, sein Unglück sei Gottes Strafe. Hiob aber ist sich keiner Schuld bewußt, weil er ja auch keine Schuld auf sich geladen hat. Er klagt sein Schicksal an, ohne dabei Gott zu lästern. Das gefällt Gott. So lautet der Auftrag an uns Ärzte: die Krankheiten zu heilen, wozu Gott uns die Kraft gibt. Das gefällt Gott.« El Arab war in Erregung geraten und sprach, als stünde er vor einer größeren Menschenmenge.

»Jetzt haben wir doch die Disputation, wo ich gerade bereit war, mich Euch zu öffnen.« Da ich sah, daß sie fröstelte, legte ich meiner hohen Herrin eine kostbare blaue Decke um die Schultern. »Die Heilerin Hildegard hat mich auf das Verfahren gebracht, das ich bei Heilungen anwende.«

»Die Hildegard?« El Arab rümpfte die Nase mißbilligend und gab einen fremdländisch klingenden Schnalzlaut von sich. »Ich neige mehr der Vernunftlehre zu, wie sie von den Dominikanern gepflegt wird, Eurem Magister Albertus zum Beispiel.«

»›Da Gott Vernunft ist, wie könnte er dann nicht wirken?‹« Magdalena benutzte für das Zitat der Heilerin Hildegard von Bingen ihre hohe Singstimme.

»Schön formuliert, wer wollte ihr da widersprechen?« El Arab gab sich etwas von dem köstlichen Fenchelhonig in den warmen Wein und schlürfte ihn mit vernehmbarem Genuß. Dann fuhr er fort und fragte: »Nun sagt, wie sie Euch auf Eure Heilmethode gebracht hat.«

»Bei der Bingenerin las ich über die Melancholiker.« Die hohe Herrin lehnte sich im Stuhle zurück und schloß die Augen, um sich auf das Zitat zu konzentrieren. »›Es gibt Menschen, die in ihrem Sinne traurig, furchtsam und unbeständig sind, weil in ihnen keine rechte Gesundheit und kein Halt ist.‹ Sie meint, man könne die große Traurigkeit heilen, indem man die Gesundheit des Melancholikers wiederherstellt. Darum schloß ich: Wenn durch körperliche Mittel ein seelisches Leiden geheilt werden kann, müßte doch auch ein körperliches Leiden, für das es kein Mittel zu geben scheint, durch Linderung der seelischen Qualen zu kurieren sein.«

El Arabs Antwort schien auch ein Zitat zu sein, aber er konzentrierte sich nicht darauf, sondern tastete mit seinen Augen meine hohe Herrin ab. So versunken betrachtete er ihr liebreizendes Gesicht, glitt hinunter über den Hals bis dorthin, wo unter der Decke sich ihre vollen weiblichen Formen abzeichneten, daß es fast einer körperlichen Berührung gleichkam. »Die Trauer ist ihrem Wesen nach dem natürlichen Streben des Körpers nach Wohlbefinden entgegengesetzt. Da Schlafen oder Baden Wohlbefinden auslöst, mildert das die Trauer. Jede Befriedigung mildert die Trauer. Also läßt sich durch körperliche Heilmittel wie Schlafen oder Baden die Trauer bekämpfen.«

Er erwachte aus seiner Versunkenheit und fragte ganz unschuldig als wissenshungriger Forscher: »Wie kann man diesen Vorgang gleichsam umgekehrt denken?«

»Wenn nach der Lehre des Aristoteles und in Übereinstimmung mit den christlichen Autoritäten die Seele die Form des Körpers ist, ist die Krankheit des Körpers nichts als ein Ausdruck einer Seele, die sich in schlechter, gleichsam verbogener Form befindet. Gebe ich der Seele ihre harmonische Form wieder, muß der krankhafte Ausdruck im Körper verschwinden.«

Meine Herrin richtete sich in ihrem Stuhle hoch auf, als sie dies sagte, wobei ihr die wärmende Decke von der Schulter glitt, und sie ließ ihre Hände an beiden Seiten ihres Körpers von oben nach unten zu ihren wundervoll ausgeformten Hüften gleiten. Kalt war ihr wohl nicht mehr. »Bleibt die Seele verbogen, wird sie sich, auch wenn ich den einen körperlichen Ausdruck heile, einen anderen körperlichen Ausdruck ihrer Verbogenheit suchen.«

»Dies scheint mir von so bestechender Logik, daß mir kein Einwand einfällt. Wie gehst du nun vor, wenn du zur Heilung schreitest?« El Arab hatte nach einigen Kelchen süßen Weins die Anrede gewechselt, und trotz seiner dunklen Haut konnte ich ihn glühen sehen.

»Die ursprüngliche Seele, mit der Gottes Gnade alle Menschen bei der Geburt ausstattet, macht im Körper jeweils besondere, einzigartige Erfahrungen, so daß am Ende keine Seele einer anderen mehr gleicht. Niemand kann also sagen, wann die Seele eines anderen verbogen oder krank ist. Jeder kann dies nur für sich selbst sagen.« Die hohe Herrin fiel zurück in ihren Stuhl und legte die gefalteten Hände in den Schoß.

»Dieser Schluß ist klar.« El Arab war ungeduldig. »Es scheint mir jedoch daraus zu folgen, daß dann keine Heilung möglich ist: Die Seele des einen ist verbogen, der Heiler kann es jedoch nicht sehen und weiß nicht, wie er sie gleichsam geradebiegen soll.«

»Genau.« Magdalena war nun völlig die Heilerin und ließ sich nicht ablenken. »Darum muß ich den Kranken dazu bringen, in sich hinein zu sehen. Er schaut seine eigene Verbogenheit. Sie nenne ich seinen ›Dämonen‹. Das aber ist das Wunder, das nicht ich, sondern der gütige Vater wirkt: Wer seinen Dämonen gewahrt, dem flieht der Dämon aus dem Kopfe. Ich schließe daraus, daß die Dämonen besondere Angst vor ihrer Entdeckung haben.«

»Wie Ragnar, der Dämon des Königs«, warf El Arab gespielt leichthin ein.

»Das weißt du? Der Erzbischof wird, was immer sonst seine Fehler sein mögen, nicht das Beichtgeheimnis verletzen, so weit ist er doch auf sein Seelenheil bedacht!« Meine Herrin war ehrlich und wahrhaftig aufgebracht.

»Nicht der Erzbischof ist Urheber des Geredes, meine Liebe, der König selbst erzählt es.« El Arab war belustigt. »Die ganze Stadt kennt Ragnar. Die kleinen Kinder spielen deine wundersame Heilung auf der Straße nach. Einer muß Ragnar sein, und der wird durch die Gassen gejagt.«

»Gütiger Himmel, das habe ich nicht gewußt.«

»Du bist nun berühmt. Damit wirst du leben können.«

»Mein Geheimnis habe ich dir also verraten«, beschloß meine hohe Herrin diesen Abschnitt des Gesprächs. »Darum kann ich nun reinen Gewissens auf eine Bemerkung von dir zurückkommen; vielleicht möchtest du sie lieber vergessen machen, sie hat jedoch meine unwürdige Neugier entfacht: Du hattest angedeutet, es könnte sich einrichten lassen, daß ich die Schriften des größten aller Ärzte, eures Avicenna, zu Gesicht bekäme. Hast du das ernst gemeint?«

»Durchaus. Für einen kleinen Gefallen wäre ich bereit, meine Abschrift des ›Kanon‹ von Avicenna herzugeben.«

Nun hatten sie aber genug Wein getrunken, was ihre Gespräche weniger für eine Aufzeichnung geeignet macht. Magdalena schickte nach dem Erzbischof, um ihm Mitteilung darüber zu machen, daß sie dem Herrn Averom, arabischer Arzt christlichen Bekenntnisses aus Alexandria, Quartier bieten wolle. Sie war das seiner Unwürden zwar nicht schuldig, tat dies jedoch stets, wenn sie Besuch hatte, um ihn nicht zu verwirren oder ihm Anlaß zum Zorn zu geben.

»Wie anders ist doch unser Herr Jesus«, hatte die hohe Herrin einmal zu mir gesagt. »Er ist kein eifersüchtiger Geliebter. Einst beichtete eine Nonne ihrem Abt, der einem Doppelkloster vorstand, daß sie für einen Mönch entbrannt sei, und sie fragte, ob sie nun als Braut Christi versagt habe. Der Abt aber hatte schon dem besagten Mönche die Beichte abgenommen, der ebenfalls für die nämliche Nonne entbrannt war. So legte der Abt beiden als Buße auf, sich einmal in jedem Mondeslauf zu erkennen, verschwieg jedoch einem jeden, daß der andere dessen Begierde teilte. Auf diese kluge Weise sorgte er dafür, daß seine Schützlinge für den Dienst am Herren nicht verlorengingen und gleichzeitig reinen Gewissens das Feuer ihres Fleisches löschen konnten. Der Herr dankte es dem Abt, indem er die Nonne nicht empfangen ließ, denn das hätte ihn sicherlich in des Satans Herdfeuer gebracht.«

*

Zur Komplet versammelten sich Frauen unterschiedlichster Stände im verschneiten Hof des Hauses der hohen Herrin, die teils für sich selbst, teils für ihre Verwandten um Heilung baten. Man ließ sie ein, und Herzogin Leutsinda, Gemahlin von Herzog Chlodwig, die mutigste unter ihnen, sagte:

»Der Herr hat zugelassen, daß wir oder unsere Angehörigen krank geworden sind. Euch aber, hohe Herrin, hat er die Gabe geschenkt zu heilen, und so bitten wir Euch, das Wort an uns zu richten, um unsere Seelen gesund werden zu lassen.«

Die hohe Herrin breitete die Arme aus und offenbarte dergestalt, daß die Stigmata der Wundmale Christi noch nicht ganz verschwunden waren. Sie sagte:

»Schwestern und Brüder, nicht ich bin es, die heilt, sondern der Herr heilt durch mich. Bittet nicht mich, sondern den Herrn. Und wenn es ihm gefällt, so wird er euch durch mich heilen lassen. Aber auch, wenn ihr nicht geheilt werdet, so bedenkt immer, daß bei Gott nicht das Ende, sondern der Anfang das Ziel ist.«

Sie schwieg eine Weile und fuhr dann fort: »Darum will ich euch dies mit auf euren schweren Weg geben: Die Hirten hatten sich angewöhnt, an einem Tage in der Woche Gott zu danken. Während sie nun opferten und im Gebet vertieft waren, heulten die Wölfe und stahlen ein Lamm. Da murrten die Hirten und sagten: ›Wie kann es Gott zulassen, daß die Wölfe, während wir durch den Dienst an ihm abgelenkt sind, unsere Herde angreifen?‹ Aber am nächsten Tage wurden zwei neue Lämmer geboren. Und auf diese Weise ging es immer wieder, bis die Hirten gelernt hatten, das Geheul der Wölfe als gutes Zeichen während ihres Gottesdienstes zu erkennen. Ihnen erschien nun kein Gottesdienst mehr vollständig, wenn die Wölfe nicht heulten. Amen.«

Dann hieß sie die Frauen, wieder nach Hause zu gehen, erlaubte ihnen jedoch, wiederzukommen, wann immer sie den Drang danach verspüren sollten. Sie versprach ihnen keine Heilung, aber Zuspruch und Trost.

*

Da ich durch die bevorstehende Niederkunft geschwächt war, zog ich mich an diesem Abend zurück, bevor die hohe Herrin zu Bett gegangen war. Daß ich in diesem Augenblick unachtsam war und die hohe Herrin und ihren Gast aus den Augen verlor, sollte sich bald als unverzeihlicher Fehler herausstellen.

Bevor ich in meiner einsamen Gesindekammer einschlief, wandte ich mich wie immer an Gott. Ich wandte mich stets an den Vater, weil er der Vater war, den ich jetzt am nötigsten brauchte. Ich bat ihn um Verzeihung, daß ich für mich selbst bitten wollte: um eine glückliche Geburt für mein Kind. Des Tages war ich für andere da, ununterbrochen, jetzt aber betete ich eigensüchtig für mich und mein Kind. Da ich große Angst hatte, flehte ich um ein Zeichen, Nacht für Nacht. Nun war ich verzweifelt, weil Gott stumm blieb. Ich warf ihm vor, kein Wort für seine treue Magd zu haben, die zwar Sünderin ist, jedoch sich bemüht, immer und immer bemüht. Während ich mich der Verzweiflung hingab, wuchs in mir ein Feuer, das die Verzweiflung vertrieb; und ich vernahm das Wort: »Fürchte dich nicht.« Sofort hörte ich auf, mich zu fürchten.

Dergestalt also merkte ich, daß nicht Gott mir gegenüber geschwiegen hatte, sondern daß mein Klagen so laut gewesen war, daß ich sein Wort nicht hören konnte. Zu Gott kann jeder Mensch immer sprechen, und nie schweigt Gott zu dem, was wir Gott fragen. Wir müssen aber innerlich stille werden, um ihn hören zu können. Wir müssen ihn zu Wort kommen lassen. Das fällt uns schwer. Danke, lieber Vater, daß du mir in dieser Nacht die Stille geschenkt hast, um dein heilendes Wort zu vernehmen.

Ja, in der Natur ist das Ende, das Vergehen und der Tod das Ziel, bei Gott aber ist es der Anfang, die Schöpfung und das ewige Leben.

Der Fund des abgetrennten Kopfes und die Frage, was der Schatz sei

»Den Guten wird Lohn und den Bösen Strafe zuteil.«
Augustinus

Köln, 15. Januar 1252
Zur Prim an dem Tage, der folgte, nachdem El Arab bei meiner hohen Herrin Quartier bezogen hatte, bewegte sich der langsame Gisbert ungewöhnlich schnell und berichtete von seinem grausigen Funde: Vor dem Haupttor stak, aufgespießt auf einem rostigen Schwert,

ein abgetrennter, vom Blute triefender Kopf. Eine neugierige Menge an Lumpengesindel, Bubenvolk und Müßiggängern hatte sich trotz der klirrenden, alles durchdringenden Kälte des ach so garstigen Januars schon versammelt.

Die Herrin eilte daraufhin, noch bevor ich ihr etwas Wärmendes überzustreifen vermochte, in ihrem feinen grünen Nachtgewand zum Tor. Auch El Arab wurde Bescheid gegeben. Ich erkannte an dem abgetrennten Kopf sofort die vertrauten Züge des Hufschmiedes, ein enger Freund meiner Brüder und mir von klein auf bekannt (und, Gott verzeihe mir diese Sünde, einstmals verhaßt). Da wußte ich mich nicht mehr zu beherrschen, schlug die Hände vors Gesicht und begann zu schluchzen – nicht aus Trauer um den Toten, sondern wegen des schrecklichen Anblicks.

Das gemeine Volk bildete einen Kreis um das Tor. Zunächst hielten sie einen ehrfürchtigen Abstand, aber je mehr Leute sich hinzugesellten, um so enger wurde der Kreis. Man überlegte anhand des Grades, in welchem das Blut getrocknet war, wann wohl der feige Mörder hier sein Zeichen gesetzt habe. Die kecksten unter den Neugierigen begannen, Witze zu machen. Einer sagte vernehmlich, man solle doch einmal herumfragen, wer in der Nacht seinen Kopf verloren habe – und lachte ungebührlich laut.

Magdalena aber trat mutig näher und entdeckte eine Briefrolle, die sorgsam am gleichen Schwert befestigt war wie der Kopf, dessen verdutzter Gesichtsausdruck mich nun fast schon wieder belustigte. Als der bereits fertig angekleidete El Arab mit perfekter Haltung in der Tür erschien, begann die Menge zu murren.

»Der Fremde war es!« rief einer, und andere fielen in den Ruf ein. »Schaut nach, ob er Blut an den Händen hat!«

Unbemerkt war ein weiterer Mann zu der Menge gestoßen, ein Mönch, eine alte, vertrocknete Gestalt mit übergroßer buckliger Nase im grauen Gesicht, das die Last des Alters und der Gram zeigte. Wahllos drosch er mit seinem krummen, wurmstichigen Stab auf die Rücken einiger Neugieriger ein.

»Ihr Narren!« krächzte er wie ein alter Rabe. »Haltet Einkehr. Seht ihr denn nicht, daß dies eine Warnung des Herrn ist an die Sünder? Die Sünder werden den Zorn des Herrn über uns bringen. Der oberste Sünder aber ist der, der so vermessen ist, sich Erzbischof zu nennen. Dieser abgetrennte Kopf hier ist die Mahnung an ihn. Und an euch, auf daß ihr ihm nicht nachfolgt. Kehrt um und betet.« Dieser Mann war niemand anderer als Pater Bueno, ein franziskanischer Minorit.

Als seine Unwürden, der Erzbischof, eintraf, machte ihm die Menge ehrerbietig Platz.

»Schweig still, du Schwätzer!« wies er im Vorbeigehen Pater Bueno an. Obwohl das keine sehr witzige Bemerkung war, lachten die Leute, und Pater Bueno schwieg. Der Erzbischof erhob seine Stimme und sagte:

»Geht einem ehrenwerten Tagewerke nach, fromme Leute, wir bitten euch. Der Mörder ist uns bereits bekannt und wird seiner gerechten Strafe zugeführt.«

Die Menge begann sich aufzulösen, und El Arab wandte sich verwundert an seine Unwürden: »Ihr kennt den Mörder bereits?«

Warum fragt er nicht, wer der Tote sei? dachte ich, vergaß die Frage aber schnell wieder.

Der Erzbischof umarmte El Arab überschwenglich und sagte: »Herr Averom, Ihr seid ganz anders, als ich mir Euch vorgestellt habe.«

Es sah etwas eigenartig aus, als der beleibte Erzbischof den schmalen Arzt so herzte und El Arab wie ein frischer Ast gebogen wurde. »Ihr wart bei mir angemeldet, seid aber gleich an der richtigen Stelle untergekommen.« Der Erzbischof legte nun auch meiner hohen Herrin einen Arm um die Schulter. »Es ist gut, wenn er hier wohnt für die Zeit, die er in Köln verweilen will. Dann hört vielleicht der dreiste Pater Bueno auf, herumzutönen.«

»Ich will Euch gern behilflich sein, den Ketzer Bueno zum Schweigen zu bringen, Ehrwürdiger Vater und Herr Erzbischof«, sagte El Arab so steif, wie ich es schon von ihm kannte.

»Laßt uns hineingehen«, schlug seine Unwürden vor. Zu den Dienern gewandt sagte er: »Räumt den Unrat hier auf, sonst kommen die Ratten und bringen, wie wir alle wissen, das Unglück mit.«

El Arab drehte sich um: »Kennt Ihr wirklich den Mörder? Sonst würde ich mir die Sache gern etwas näher besehen.«

»Nein, ich kenne ihn natürlich noch nicht. Wie sollte ich auch? Wenn mir der Herr den Namen nicht geflüstert hat. Und das tut er für gewöhnlich nicht.« Die Witzigkeit des Herrn Erzbischof war nicht jedem verständlich. So setzte er, als er El Arabs verwirrten Gesichtsausdruck sah, nach: »Ich wollte erreichen, daß sich die Leute nicht beunruhigen.«

»Das war klug von Euch. Gleichwohl würde ich den abgetrennten Kopf gern untersuchen dürfen, wenn es Euch beliebt.«

»Also gut, weil es Euch gefällt und mir keine Umstände bereitet: Ich lasse den Kopf für Euch aufheben.« Ich fragte mich, wie seine Unwürden bei einem so grausigen Ereignis derart gut gelaunt sein konnte. »Obwohl ich mir nicht denken kann, wie das der Wahrheitsfindung dient.«

*

So ließen sich meine Herrin, El Arab und seine Unwürden im Hause nieder. Ganz im Stile der Gemächer im erzbischöflichen Palast war das Zimmer prachtvoll über und über mit Gold ausgestattet. An den Wänden durften die Spiegel nicht fehlen, denen der Erzbischof eine solch heilbringende Wirkung auf Körper und Seele zuschrieb. Die Stühle waren mit dickem roten Samt bezogen; ihre Gestalt war überheblicherweise kleinen Thronsesseln nachgebildet. Es befand sich in diesem Raum auch ein Schrein mit einer überaus wertvollen Reliquie, einem Fingerknochen von Johannes des Täufers rechter Hand.

Nachdem der langsame Gisbert das Bier gegen den Durst eingeschenkt hatte, noch etwas langsamer und zittriger als sonst, sagte die Herrin in geziemender Form:

»Ehrwürdiger Vater und Herr Erzbischof, ich freue mich, Euch demütigst in Eurem Hause zu begrüßen, wenn es auch nicht die besten Umstände sind. Ich würde Euch gern unseren Gast, Herrn Averom, vorstellen, obgleich Ihr ihn wohl schon kennt; aber dringender scheint mir, daß ich Euch den Brief zeige, den ich bei dem abgetrennten Kopf gefunden habe. Er ist versiegelt mit einem Zeichen, das mir unbekannt ist. Das Siegel ist noch ungebrochen, weil Ihr es Euch ansehen solltet.«

Das Siegel zeigte eine geheimnisvolle Schlange, die sich um einen Kelch zu winden und in den Kelch zu spucken schien.

»Es ist mir in der Tat unbekannt«, sagte seine Unwürden und reichte die Briefrolle weiter an El Arab.

Der sagte: »Mir ist es nur zu bekannt. Es handelt sich um mein Siegel.« Seine Augenbrauen rückten, Unheil vorausahnend, zusammen.

»Dann seid Ihr in Schwierigkeiten«, lachte seine Unwürden. Sein Lachen aber, das wußte ich besser als jeder andere, konnte sehr falsch sein.

»Wenn ich Schuld auf mich geladen hätte, würde ich mich nicht so freimütig zu dem Siegel bekennen«, entgegnete El Arab kalt. »Ein Siegelring ist mir vor Mondesfrist abhanden gekommen.«

»Ich verdächtige Euch nicht, denn wenn ich den Mörder auch nicht kenne, so hat der Herr mir doch bereits einen Hinweis gegeben. Es wird nicht lange dauern, und ich kann mein Versprechen dem Volke gegenüber, den Mörder zu richten, einlösen.«

»Nun laßt uns den Brief anschauen.« Meine Herrin brach das Siegel und las. »›Zur Warnung an denjenigen, der seinen Schatz vor dem Hahnentor verteidigt.‹ Das ist ein grausiges Rätsel!«

»Es bestätigt meinen Verdacht«, bemerkte seine Unwürden selbstgefällig. »Ein dreibeiniges Küken, geboren am Abend zuvor, hat mir bereits von dem Unheil gekündet.«

»Auch ich suche nach einem Schatz«, murmelte El Arab geistesabwesend. »Aber er wird meines Wissens nicht verteidigt.«

»Es gefällt Euch, in Rätseln zu sprechen und das einfache Gemüt einer Frau zu verwirren!« Magdalena ereiferte sich.

»Ich weiß gar nicht, was Herr Averom meint«, sagte der Erzbischof.

»Und ich weiß nicht, was der Herr Erzbischof meint«, ergänzte El Arab.

Seine Unwürden war des Themas überdrüssig, und so beschloß er es: »Es ist unsere Aufgabe als Richter, die Sache zu klären. Sorgt euch also nicht darum und laßt uns uns den schöneren Dingen zuwenden, die der Herr uns im Leben geschenkt hat. Herr Averom, seid unser Gast und erzählt von Eurem Leben.«

»Wollt Ihr wirklich die Sorge, mit der der Mord unseren Gast erfüllen muß, so einfach übergehen?« fragte meine hohe Herrin den Erzbischof.

Aber es war wohl eher ihre eigene Sorge gewesen, von der sie sprach. Denn für mich – und meiner Beobachtung nach für meine Herrin ebenso – unerklärlich wehrte El Arab ab: »Das Wort des höchsten Richters der Stadt, die Ordnung wiederherstellen zu können, sollte uns genügen. Gern komme ich Eurer Bitte nach, Herr Erzbischof, und gebe Euch Auskunft über den Weg, den ich genommen habe.«

Also berichtete El Arab mit stolzer Brust und voller Pathos von seinem Leben:

»In Afsara bei Buchara geboren, wurde ich volle zehn Jahre, bis ich das Studium des Korans beendete und mich in der Literatur bildete.

Mein Vater gehörte zu den Verkündern der Vernunft, die sich ›Ismailias‹ nannten. Sie erkannten, daß die Lehre des Propheten nicht wörtlich, sondern bildlich zu verstehen sei, verbanden sie mit der Weisheit Buddhas und predigten weithin. Mein Bruder schloß sich ihnen ebenfalls an. Ich hörte ihren Gesprächen zu und verstand sie durchaus, konnte ihnen jedoch nicht vollständig beipflichten.

Mein Vater gab mich an einen Gewürzhändler, der sich in indischer Arithmetik auskannte, damit ich bei ihm lerne. Als ein bedeutender Philosoph nach Buchara kam, bot mein Vater ihm Quartier, und ich las unter seiner Anleitung die Schriften des Aristoteles zur Metaphysik, zur Physik, zur Logik und zur Tierkunde.

Die Metaphysik begriff ich nicht, auch als ich sie zum vierzigsten Mal gelesen hatte und schon auswendig wußte. Eines Nachmittags kam ich in die Gasse der Buchhändler zu einem, welcher die Bücher ausrief. Er trug mir ein Werk der Metaphysik an; ich gab ihm eine ablehnende Antwort, indem ich sagte: ›Es ist kein Nutzen in dieser Wissenschaft.‹ Er sagte mir: ›Kaufe es, es ist wohlfeil, um drei Drachmen, da der Besitzer desselben Geld braucht.‹«

»So, da habt Ihr also Euer Leben und Eure Lehren begonnen wie einst der große Avicenna«, unterbrach seine Unwürden arglos.

Jedoch schaute sich El Arab um wie ein auf frischer Tat ertappter Räuber (was wohl nur mir auffiel) und murmelte: »Stolz darauf darf ich nämlich sein.« Dann fing er sich und fuhr in seinem Bericht fort: »Ich kaufte das besagte Buch des Händlers also und fand, daß es das Werk des Ibn Sina war, den Ihr Avicenna nennt: Es handelte sich um einen Kommentar zum Aristoteles. Ich ging nach Hause, beeilte mich, es zu lesen, und also wurde mir der Sinn der Metaphysik des Aristoteles offenbar.

Daneben beschäftigte ich mich mit der Medizin, die von Ibn Sina zu einer Reife entwickelt worden war, die nie wieder erreicht wurde.

Die Niederlage der Ismailias brachte meinem Vater ebenso wie meinem Bruder den Tod und mir die Vertreibung ein, bis ich schließlich nach Alexandria gelangte. Dort ging ich bei einem alten, weisen Arzt in die Lehre, der mich freundlich aufnahm. Er war Christ. Gleichwohl versuchte er nicht, mich zu bekehren. Aber durch sein Vorbild und durch die Schärfe seines Verstandes lernte ich die Überlegenheit des Christentums kennen. Ohne sein Wissen ließ ich mich taufen und überraschte ihn mit meinem Übertritte gerade noch zur rechten Zeit, bevor er zum Vater abberufen wurde. Mehr noch als meinem Lehrmeister des Geistes, Avicenna, verdanke ich diesem Lehrmeister der Tat.

Nach seinem Tode aber wurde ich als Jünger Mohammeds verleumdet und mußte fliehen. Mein Ziel war Granada, das Königreich der Vernunft und Duldsamkeit. Jedoch kam ich vom Wege ab und sah mich nun vielfältigen Verfolgern ausgesetzt. So sind die Feinde meines Vater hinter mir her, weil ich sein Sohn bin; die Mohammedaner hassen mich, weil ich ein Abtrünniger bin, und bestimmte Christen setzen mir bösartig zu, weil sie dem Worte des Herrn entgegen niemandem trauen, der nicht als Kind schon zum Christen getauft worden ist.

Sie verstehen nicht, daß der Erlöser in die Welt gekommen ist, um jedes Gesetz aufzuheben, damit wir ausnahmslos der natürlichen Stimme in uns, dem Gewissen und der Vernunft, Folge leisten, weil es ja auch nur jene Stimme ist, die unmittelbar von Gott kommt.«

An dieser Stelle griff seine Unwürden überheblich lächelnd ein: »Wenn wir keinem erlassenen Gesetz Gehorsam schulden, sondern um Christi willen nur dem natürlichen Gesetz in uns: Wer würde es mir verbieten können, das Gesetz zu erlassen, Herr über Leben und Tod für jedermann zu sein und gänzlich willkürlich zu herrschen ohne Rücksicht auf das Allgemeinwohl, wenn das meiner Natur entspricht? Denn zu jener Rücksicht verpflichtet mich das Gesetz, das ich durch den Treueschwur dem König gegenüber angenommen habe, um meine Natur zu zügeln. Also ist es ein äußeres Gesetz nach Eurer Definition, kein Gesetz, das ich natürlich in mir trage.«

»Wenn jeder sein eigener Richter ist, weil nur der Herr über uns richtet, ist niemand des anderen Richter. Denn siehe, es steht geschrieben: ›Wer von euch ohne Sünde ist, werfe den ersten Stein.‹« El Arab war, das wußte ich freilich bereits, im Disputieren wohl geübt.

Nichtsdestoweniger blieb seine Unwürden siegesgewiß: »Vorausgesetzt, meine Vernunft wollte es einsehen, daß Ihr recht habt, Ihr

Träumer, so spräche doch mein Interesse dagegen. Euch würde mein Platz mehr gebühren als mir, denn es ist, wie Caesarius von Heisterbach gepredigt hat, ›wahrlich nicht gut, wenn einer beiderlei Schwert führt, das geistliche wie das wirkliche. Es steht dem geistlichen Amte nicht an, zu richten über Leben und Tod und Kriege zu führen aus Treue gegen den König. Solche Geistlichen kümmern sich mehr um die Löhnung der Soldaten als um das Heil der ihnen anvertrauten Seelen.‹ Dies alles gebe ich Euch gern zu. Aber es steht nicht geschrieben, daß ich den Nächsten mehr als mich selbst lieben solle. So liebe ich mich selbst, indem ich der Erzbischof bleibe, der ich bin, wiewohl ich eines geistlichen Amtes unwürdig genannt werden darf. Und ich liebe Euch, indem ich Euch Kraft meiner weltlichen Macht die Zuflucht biete, die Ihr so nötig habt, damit Euch Eure Feinde nicht verderben.«

»Ich fürchte, Eure Kraft, die Ihr mir zur Verfügung stellt und für die ich Euch zutiefst zu ewiger Dankbarkeit verpflichtet bin, reicht nicht aus, um die Feinde abzuwehren, vor denen ich auf der Flucht bin. Sie sind schon in Köln und waren es bereits, bevor ich hier eingetroffen bin.«

»Du meinst«, fragte meine hohe Herrin, »die ungeheuerliche Tat sei das Werk deiner Feinde? Was will man von dir, wenn man dich verschont und einen anderen an deiner statt enthauptet?«

»Die Angst versetzt Euch in ein Fieber, Herr Averom«, bekräftigte der Erzbischof seine Auffassung, daß der Mord nichts mit El Arab zu tun habe: »Ein Fieber, das Euch Wahnbilder sehen läßt.«

»Gleichwohl möchte ich wissen, wer diese Feinde sind, die Christi Namen mißbrauchend ihn in solchen Schrecken versetzen, daß er nicht mehr klar zu denken vermag.« Die hohe Herrin war erfüllt von der Sorge um ihren Gast.

Der Erzbischof blickte mißbilligend vom sorgenvollen Gesicht Magdalenas hinüber zu El Arab, faßte sich aber und sagte mit gespieltem Gleichmut:

»Herr Averom vertritt, meine Verehrte, Ansichten, die vor vielen Jahren ein gewisser Bruder Abaelardus, ein Verschnittener übrigens, formuliert hat, der, obgleich man ihn nicht als Ketzer strafte, als Ketzer gilt in einigen Punkten. Denn frech hat er beispielsweise gegen die Schrift behauptet, daß wir uns von Adam nicht die Schuld, sondern lediglich die Strafe zugezogen hätten –«

»Aus der Schrift geht nicht hervor«, fiel El Arab ihm ungebührlich ins Wort, indem er Abaelardus zitierte, »›daß alle gesündigt haben, denn das wäre sinnwidrig, weil sie nicht existierten; und wer also nicht existiert, sündigt nicht‹.«

»Lassen wir das Disputieren!« wehrte der Erzbischof ab, dem die Theologie so gar nicht lag.

Den Grund dafür ahnte ich sehr wohl. Denn sein Vater Lothar I. von Hochstaden, der das stolze Geschlecht derer von Are vertrat, bestimmte seinen zweiten Sohn früh für eine kirchliche Laufbahn, die beste Aussicht für den, der nicht Erbe sein konnte, dennoch die Macht der Familie zu mehren. Konrad jedoch fiel das Lernen schwer, und auf der Klosterschule handelte er sich viele Schläge ein, deren tiefe Narben auf dem Rücken, dem Gesäße und den Beinen immer noch zu sehen waren, während die Narben in seiner zunächst wie bei allen anderen Menschenkindern zarten Seele durchaus noch tiefer gewesen sein mögen. (Zu meinem Vorteile war es durchaus, weil, als ich selbst einst die Klosterschule besuchte, Konrad den Meistern das Schlagen strengstens untersagt hatte. Während sie behaupteten, dann würde kein Mensch, dessen Natur die Faulheit und Dummheit sei, überhaupt etwas lernen, erwies sich die Klosterschule unter dem Regiment von Konrad als besonders erfolgreich.)

Später studierte Konrad in Paris und machte sich, seines schwerfälligen Geistes wegen, vor den übrigen Studenten lächerlich. Um so gewitzter erwies er sich bei der Erlangung von kirchlichen Ämtern. Einmal trieb er sein Ränkespiel sogar derart weit, daß er 1237 gebannt wurde. Gleichwohl erreichte er es, sich im darauffolgenden Jahre zum Erzbischof wählen zu lassen! Nachdem er Köln in die päpstliche Partei gegen den Kaiser Friedrich II. geführt hatte, sah es allerdings für eine gewisse Zeit so aus, als verlöre er alles, da er ab 1242 für etliche Jahre in die Gefangenschaft des Grafen von Jülich geriet. Nachdem er sich befreien konnte, schwor der Erzbischof, niemandem mehr zu trauen, ausgenommen sich selbst.

All seine Macht vermochte nicht, ihn darüber hinwegzutrösten, daß ihm die Ehe verschlossen bleiben und er nie einen Erben haben würde. Während einer schweren Krankheit eröffnete ihm sein Arzt, das keusche Leben führe bei ihm dazu, daß sein Samen über die rechte Zeit im Körper verbleibe und sich in Gift verkehre. Daraufhin nahm er eine junge Waise aus der Klosterschule, Magdalena nämlich, meine hohe Herrin, zu sich als seine Konkubine und lebte gesund, aber weiterhin kinderlos. Warum er, wie die hohe Herrin mir sagte, kurz vor meiner Ankunft in ihrem Haushalte aufgehört hatte, sie zu erkennen, wußte ich nicht.

So aber nahm das Gespräch nun seinen Fortgang. Der Erzbischof erklärte der hohen Herrin:

»Jedenfalls hat dieser besagte Abaelardus verkündet, daß die Neugeborenen, die da sterben, bevor sie getauft worden sind, nicht weniger Gottes Gnade teilhaftig werden als diejenigen, die getauft werden. Was für eine überaus verabscheuungswürdige Ketzerei!«

»Ihr bezeichnet Herrn Averom als Ketzer«, warf Magdalena treuherzig ein. »Mir scheint er sehr fromm zu sein.«

»Fromm, ja, das mag schon sein. Es geht hier nicht um Frömmigkeit. Dann wäre auch ich ein Anhänger dieses Abaelardus! Das Gemeinwohl und die Ordnung sind es, die hier im Spiel sind. Und da kommen mir der Herr Averom und seine Reden gegen die minderen Brüder gerade recht, um gegen solche Hundsfötter wie Pater Bueno vorgehen zu können.«

»Der harmlose alte Narr – ein gefährlicher Feind?« Der hohen Herrin gefiel es nämlich, den Erzbischof durch derartige Fragen zu reizen.

Der aber war nicht zu diesem Spiele aufgelegt. »Nicht wörtlich, übertragen. So alt und harmlos er ist, seine Predigten bedeuten Aufruhr und Gewalt.«

El Arab setzte erneut zum Disputieren an. »Der Herr gab uns mit der Vernunft von seinem Lichte, damit wir zwischen richtig und falsch unterscheiden. Wer das Schwert statt der Worte einsetzt, der ist gottlos und handelt blasphemisch. Diese Erkenntnis ist der Schatz, den wir dem unglücklichen Bruder Abaelardus verdanken.«

»Ist das der Schatz, den du verteidigst und der den Zorn des Mörders heraufbeschworen hat? Aber warum hat es ausgerechnet den Hufschmied getroffen? Der hat, soweit ich weiß, in seiner Einfalt bestimmt noch nie in seinem Leben etwas von deinem erwähnten Bruder im Geiste gehört.« Woher nur wußte meine Herrin, wer der Tote war, dessen abgetrenntes Haupt vor ihrem Hause aufgespießt stak? Bei dieser Frage hätte ich länger verweilen sollen!

*

Die Gespräche der drei dauerten an. Ich aber entschlüpfte unbemerkt, weil ich in Sorge um meiner Brüder Trauer war. Nachdem ich über den verschneiten Steynweg gegangen war und in den Vicus Pauperum einbog, um zu unserem Elternhaus in der Gereonstraße zu gelangen, in welchem sie lebten und das Handwerk unseres Vaters fortführten, hörte ich merkwürdige Dinge.

Die gemeinen Leute aus den Quartieren und Herbergen der Armen um das Hospital St. Andreas erzählten sich, meine Herrin habe den abgeschlagenen Kopf hochgehoben und sich wie eine Krone aufs Haupt gesetzt, während das Blut auf den Schnee getropft sei. Weiter sagte man, sie habe einen wilden Tanz vollführt; doch als Pater Bueno dem heidnischen Treiben ein Ende setzen wollte, sei der abergläubische Erzbischof dazwischengegangen und habe ihn verjagt. Was auch, so flüsterten sie, habe man wohl von einem Geldfälscher zu erwarten?

Schließlich dem törichten Geschwätze entronnen, fand ich meinen zärtlichen Bruder Peppino in heller Aufregung, sein dichter, langer Blondschopf zerrauft, sein Hemd zerrissen. Das Herdfeuer war ausgegangen, so daß es bitterkalt war, während er, die Kälte nicht spürend, rastlos auf und ab ging wie ein frisch gefangenes Raubtier. Die Trauer um den Verlust des Freundes allein war nicht der Grund. So eröffnete Peppino mir, die Schergen des Erzbischofes hätten meinen erstgeborenen Bruder Rignaldo peinlich zum Tode des Hufschmiedes befragt und mitgenommen.

Als das Entsetzen mich übermannen wollte, merkte ich, daß ich es nicht zeigen durfte, um meinen ohnehin in Verwirrung begriffenen Bruder Peppino nicht noch tiefer in die Dunkelheit zu stürzen. So sagte ich äußerlich ruhig:

»Rignaldo, der älteste von uns, war der beste Freund des Hufschmiedes, zärtlichster Bruder. Was wollen sie ihm vorwerfen?« Gleichzeitig jedoch dachte ich, daß seine Unwürden den Befehl, Rignaldo zu holen, gegeben haben mußte, bevor er seinen Palast verlassen hatte, um zu meiner hohen Herrin zu kommen und den abgeschlagenen Kopf selbst in Augenschein zu nehmen. Da es ja wohl nicht das dreibeinige Küken gewesen war, welches ihm geflüstert, daß diese Tat stattgefunden hatte, mußte der Erzbischof über eine geheime Quelle für sein Wissen verfügen.

Peppino stotterte mehr, als daß er sprach, und so dauerte es eine Weile, bis ich die Geschichte erfaßte, die er mir berichtete:

»Streit ... es hat Streit gegeben ... Das Geld hat er zurückverlangt ... der Hufschmied ... Du weißt: Das hatte er uns einst geborgt. Du erinnerst dich? Damit wir das Handwerk weiterführen konnten, als unser seliger Vater starb. ... Ich gebe es zu ... Ja, wir waren säumig ... ich gebe es zu, Gott vergib uns unsere Nachlässigkeit. Der Hufschmied ... er wandte sich an den Schied der Gilden ... hinterrücks ... ohne uns vorher etwas davon zu sagen ... Aber ich schwöre! Ich schwöre es bei meiner Seele: In guter erzbischöflicher Münze ... ja, das haben wir: zurückgezahlt haben wir sein dreckiges Geld. Üble Nachrede! Das war es ... hundsgemeine Verleumdung, als der Hufschmied uns bezichtigte ... uns dennoch Betrug vorwarf ... hundsgemein ... obwohl wir es zurückgezahlt haben. In erzbischöflicher Münze! Trotzdem beleidigte er uns darob gar heftig ...«

»Habt ihr gerauft?« fragte ich bang.

»Nein. Und, Gott ist mein Zeuge, Rignaldo ist nicht der Mörder des Hufschmiedes. Er ist kein Feigling und sucht nicht die Nacht, um seine Angelegenheiten zu regeln. Er hätte übrigens auch nicht sein Schwert hingegeben für diesen Teufel.«

»Hüte deine Zunge, du sprichst von einer toten Seele und einem Freunde dazu.« Als Kind hatte ich den Hufschmied gehaßt, da er die Aufmerksamkeit meiner Brüder beanspruchte, während mich nach ihrer Gesellschaft verlangte. Nun aber, weiser, fand ich mich nicht bereit, den Stab über ihn zu zerbrechen. Denn mein Haß war durch und durch närrisch gewesen, als ob nicht Freundschaft das höchste Gut der Menschen sei. Dies zu erkennen, hatten mich die Huldigungen der antiken Autoren an die Freundschaft gelehrt, die wir in der Klosterschule lasen.

»Freundschaft nenne ich das nicht«, wütete Peppino. »Er hat uns getäuscht. Ein falscher Freund war er, jawohl! Doch mit seinem Tode hat keiner von uns etwas zu schaffen. Der Erzbischof will sich nur rächen an uns!«

»Welchen Grund dazu hätte er?« Ich versuchte, um Peppino vor dem Wahnsinne, an dessen Schwelle er offensichtlich stand, zu bewahren, gefaßt zu bleiben und die Ereignisse klar im Auge zu behalten.

»Es ist ein Grund, den wir dir verheimlichen müssen, weil du nun im Dienste seiner Hure stehst.« Die Stimme meines einstmals so zärtlichen Bruders überschlug sich, während er nun vor Kälte nur so schlotterte. »Aber, liebe Schwester, das versichere ich dir, unser Gewissen ist rein, reiner als das deinige.«

Konnte es sein, daß er mich, die Schwester, nämlich das eigene Fleisch und Blut, in seiner Raserei derart beleidigte? Mein geliebter Bruder? Wie ein Schlag mit dem Knüppel auf den Kopf kam mir seine Anklage vor.

»Ich möchte nicht, daß du auf diese Weise redest von meiner hohen Herrin, das paßt nicht zu dir, Peppino, mein zärtlicher Bruder.« Diesem unwürdigen Auftritt mußte ein Ende gesetzt werden. Ich nahm all meine Kraft zusammen, um ihn in die Schranken zu weisen. »Wo ist deine Sanftmut geblieben? Gegen deine eigene Schwester erhebst du das Wort. Ich bin hergekommen, um dir in der Stunde des Todes deines Freundes beizustehen. Das ist meine lautere Absicht gewesen. Und ich finde einen Bruder vor, den ich nicht zu kennen scheine.«

»Das Leben, ach Schwester, ist es, was mich verzehrt. Nichts ist, wie es sein sollte«, verteidigte er sich kleinlaut.

»Anstatt zu jammern und uns gegenseitig zu beschuldigen, sollten wir besser überlegen, wie wir unserem Bruder beistehen und ihn den schrecklichen Klauen des bösen Henkers entreißen können.«

Von einem Augenblick zum nächsten brach Peppino zusammen und schluchzte: »Es gibt keine Gerechtigkeit auf dieser Welt. Wir kleinen Leute sind zur Gänze machtlos gegen den Willen der Oberen.«

»Verzweiflung ist auch eine Sünde, wie du recht wohl weißt, lieber Bruder. Die Bürger von Köln sind wehrhaft und stark. Suche Wilbert auf, euren Gildemeister. Er geht keiner Auseinandersetzung mit dem Erzbischof aus dem Wege und wird Rignaldo retten. Nun aber, zärtlichster Bruder, trauere um deinen Freund, wie es sich gehört!«

*

In tiefe Angst versetzt, verließ ich meinen zärtlichen Bruder Peppino um die Sext und hoffte, daß er wirklich Gildemeister Wilbert, den Erzfeind von seinen Unwürden, aufsuchen werde. Meine Absicht war, stracks zu meiner hohen Herrin zurückzukehren, damit sie meine unerlaubte Abwesenheit nicht bemerken sollte. Wie von Sinnen trugen mich meine Beine jedoch den Weg über den verruchten Berlich, die Schwalben- und Langgasse zur Breiten Straße. An der Ecke zur Rosengasse oberhalb des Klosters der minderen Brüder wurde ich dann nämlich von einer tobenden Menge aufgehalten. Die Menschen hatten sich der Kälte des Winters zum Trotze um Pater Bueno versammelt, der eine Predigt hielt.

Im merkwürdigen Gegensatz zu seiner gebrechlichen greisenhaften Erscheinung und seinem üblichen Gekrächze erhob sich nun seine Stimme mächtig wie ein Donnerhall:

»Brüder in Christo. Noch zählen wir die Jahre nach der Fleischwerdung des Herrn.

Noch!

Wann aber werden die Oberen mit ihren eigenen Jahren rechnen?

Wann?

Hat nicht Konrad schon begonnen, das Geld gemäß seiner eigenen Gewichtseinheiten zu wägen?

Hat er das? Ja oder nein?

Ja, er hat! Ja, er hat!

So wird sein Hochmut ihn nicht abhalten, auch unsere Zeit zu bestimmen, um uns vom Herrn abzulenken.

Sein Hochmut!

Sein verdammter Hochmut!

Sein höllischer Hochmut!

Das ist nichts als der Hochmut eines gottverdammten Unflates!

Steht denn nicht geschrieben: ›Ihr sollt an keine Zeichen glauben.‹? Und fragt er nicht seinen Sterndeuter, der offensichtlich mit dem Teufel im Bunde steht, nach den Zeichen des Himmels?

Das, Brüder, ist immer das Ziel der Oberen, der gottverdammten Unflate, wenn sie den Weg der Tugend verlassen: Sie wollen, daß auch wir zu Sündern werden gegen den Herrn, auf daß sein Zorn nicht sie allein, sondern uns alle trifft.

Ablenken vom Herrn! Ablenken von der übergroßen Herrlichkeit des Herrn!

Sich mit ihren schweinischen Pfäffinnen vergnügen, aber nicht die Strafe des Herrn tragen. Die Strafe des Herrn! Aber sie wird sie treffen, die Strafe des Herrn!

Laßt uns Abstand nehmen von ihnen! Auf daß die gerechte Strafe des Herrn nicht uns treffe. Laßt ihn die gerechte Strafe tragen. Wir nehmen Abstand und bleiben unserem Vater treu!

Ihr lieben Brüder in Christo! Ich frage euch: Ist denn unser Herr Jesus Christus in einem herrlichen Palast zur Welt gekommen?

Ist ein Palast herrlich? Nein, ein Palast ist ein stinkender Ort! Ein Palast so wie der stinkende Palast, in welchem Konrad haust! Ein Palast stinkt zum Himmel! Er aber, unser Retter, wurde in einer armen, wiewohl wahrhaft herrlichen Scheune geboren!

War er mit teurem Purpur umgeben?

War er das, ich frage euch also! Purpur, wie es ihn umgibt? Oder nicht mit einfachem Stroh!

Ich frage euch nun, Brüder in Christo: Wer sind die, die unserem Herrn Jesus nachfolgen?

Wer folgt ihm nach, der mein einziger Herr sein darf?

Sind es die, die in den vor Prunk stinkenden Palästen wohnen und sich aufblähen, weil sie den Titel der Nachfolge führen dürfen? Oder sind es die, die in Bescheidenheit und Demut barfuß durch den Staub wandern, um den Menschen die frohe Botschaft zu verkündigen und die Ehrfurcht vor der Schöpfung des Herrn?

Ihr habt es alle gehört? Oder etwa nicht? Wer hat es nicht gehört? Seht ihr, ihr alle habt es gehört. Und manche von uns haben es auch gesehen: Der Herr hat dem obersten Sünder von Köln, dem nichtswürdigen Erzbischof, heute morgen eine Mahnung zuteil werden lassen.

Schlag diese Mahnung nicht aus, o Konrad, unglückseliger! Denn diese Mahnung kommt unmittelbar von Gott! Gepriesen sei der Herr!

Den Kopf des Enthaupteten fand man vor dem Hause seiner Pfäffin. Ist dies nicht Mahnung genug?

Muß der Herr noch deutlicher reden?

Wer nicht hören will, der wird fühlen.

Und ihr, ihr alle, ihr werdet wie der Hufschmied enden, wenn ihr nicht innehaltet, wenn ihr nicht umkehrt, wenn ihr euch nicht von dem obersten Sünder abkehrt und dem Herrn zukehrt …«

Verwirrt rannte ich davon. Denn Pater Bueno hatte gut gesprochen. Der Pater war nach dem Tode des heiligen Franziskus 1226, unter dessen ersten Gefährten er sich befand, zur Mission aufgebrochen und gemeinsam mit vielen seiner Angehörigen zufällig nach Köln gekommen. Seine oft mit derben Worten verbreitete Botschaft der heiligen Einfalt und Armut zog durchaus Gefolgsleute an, erregte jedoch auch heftige Abwehr. Zusammen mit den ersten Familien der Stadt versuchte der damalige Erzbischof, Bueno aus Köln zu verjagen. Er und seine Anhänger widersetzten sich erfolgreich und gründeten das Minoritenkloster. Bueno war zwar der erste unter den Franziskanern, aber er weigerte sich stets, ihr Abt zu werden, da er jede Ordnung ablehnte. Er sagte, es sei der Wille des heiligen Franz gewesen, daß die Brüder ohne Regel lebten, und die Statuten des Ordens seien durch eine unwürdige Verschwörung mit den weltlich ausgerichteten Kirchenfürsten entstanden. Obgleich Pater Bueno großes Vertrauen unter den Bürgern als ehrlicher Gottesmann genoß, hatte er wenig Erfolg, die Menschen zu einer Abkehr von ihrer verschwenderischen und unkeuschen Lebensweise zu bewegen.

Hatte Pater Bueno wirklich gut gesprochen? Oder war seine flammende Rede, wie einst ein hochgelehrter Mann, nämlich Abaelardus, über seinen unwürdigen Lehrer sagte, nur ein Feuer, welches unser Köln mit Rauch füllen würde, statt es zu erleuchten?

Benommen nahm ich die verkehrte Richtung, nämlich die Breite Straße aufwärts, bis ich beim Kloster St. Apern rechts einbog und schließlich durch den Quintinusweingart lief, so daß ich dann, ohne mir bewußt gewesen zu sein, wohin mich meine Füße trugen, vor den Toren der Kirche meiner Kindheit, St. Gereon, stand. Ich trat ein und fiel in der Taufkapelle vor dem Bildnisse der heiligen Helena auf die Knie. Dort schwebte sie, die einst das Kreuz des Herrn im heiligen Land gefunden hatte und daraufhin dem Herrn diese Kapelle erbauen ließ, die Welt in ihrer gütigen Hand haltend und über uns sündige Menschen wachend.

Nein, ich betete nicht für mich, denn ich bin eine Sünderin, ich betete für die Rettung meines Bruders Rignaldo aus den Klauen dieses Unwürdigen – unwürdig des geistlichen Amtes, das er bekleidete, und unwürdig der Herrschaft über unser schönes Köln, die er an sich gerissen hatte. Da Rignaldo in meinen Augen nicht schuldig sein konnte, mußte es so sein, daß seine Unwürden eine geheime, böse Absicht verfolgte. Mich durchzuckte blankes Entsetzen. Da ich im Dienste der hohen Herrin stand, war ich gewissermaßen auch dem

Erzbischof gegenüber zur Treue verpflichtet – gleichzeitig aber mußte ich auf seinen Untergang hoffen. Denn einer ungerechten Anklage entkommen einfache, unbescholtene Bürger nicht, wenn es den Oberen gefällt, sie zu verderben. Ich brauchte einen Verbündeten, wenn ich je Aussicht haben sollte, meinen Bruder zu retten. Würde Peppino den Gildemeister Wilbert aufsuchen? Und würde dieser sich der Sache von Rignaldo annehmen?

Auf die Unterstützung der hohen Herrin konnte ich kaum setzen, denn sie hatte keine Wahl, als ihre unwürdige Verbindung mit Konrad fortzusetzen. Ihre zarten Hände würden es nicht vermögen, wie einst die ihrer überaus tapferen, seligen Mutter, das Handwerk ihres Vaters aufzunehmen. Gleichwohl der Erzbischof sie als Edelfrau ansprechen ließ, stammte sie aus einer Handwerksfamilie. Ihr früh verstorbener Vater war, wie der meine auch, Zimmermann gewesen. Als er in die Ewigkeit befohlen wurde, hinterließ er seine blutjunge Frau und nur ein Kind, seine Tochter Magdalena.

Magdalenas Mutter führte das ehrbare Handwerk, das sie an der Seite ihres Mannes durchaus erlernt hatte, weiter, bis auch sie am bösen Fieber dahinging. Magdalena hatte, soweit ich weiß, keine anderen Verwandten. Ihre Mutter vermachte ihr bescheidenes Vermögen der Kirche, auf daß ihr Kind in die Klosterschule und dereinst in den Konvent der Zisterzienserinnen aufgenommen werde. Es fügte sich aber, daß Magdalena dem Erzbischof gefiel. Nun war sie jedoch ihres Handwerks beraubt und hatte sich wohl gar an das Leben im Überfluß gewöhnt. Wie hätte sie sich von Konrad lösen können, ohne unterzugehen? Würde sie jetzt, da sich die Stadt gegen ihn zu wenden schien, mit ihm untergehen? Demzufolge gab es weder für sie noch für meinen unglücklichen Bruder eine Rettung! Mein Herz wurde mir so kalt, wie es meine Füße waren.

Ach, dachte ich wie einst der unglückliche Hiob, würde doch mein Gram gewogen, legte man auf die Waage auch mein Leid. Ausgelöscht sei der Tag, an dem ich geboren bin, die Nacht, die sprach: Ein Mädchen ward empfangen ...

Diesen verzweifelten Gedanken entrann ich, indem ich zu träumen begann, und ich träumte von El Arab: daß meine hohe Herrin mit ihm und mir im Gefolge fliehen würde, fliehen in das ferne Königreich Granada, von dem es hieß, daß die Anhänger Mohammeds dort herrschten, es aber gleichwohl duldeten, wenn wir unseren Gott anriefen. Auf den Schwingen der heiligen Helena gelangte ich in ein Land, das beständig von der Güte des Vaters gewärmt wurde. Unter dem Einfluß der Wärme glätteten sich die schmerzerfüllten Züge von Pater Bueno, und das gemeine Grinsen des Erzbischofes wich einer heiligen Milde. Die Ziege schmiegte sich an den Löwen, und siehe, sie hatte keine Angst.

»Meine Tochter.« Die sanften Worte von Pater Gottfried, von dem ich dereinst die erste heilige Kommunion erhalten hatte, weckten mich aus meinem Traum, ohne daß es mir arg wurde. Gute Erinnerungen an Tage voller Harmonie und Frieden stiegen in mir auf. Mein unerschütterlicher Glaube an die Güte des himmlischen Vaters, er hatte hier seinen Anfang genommen. Seit diesem ersten Male und dann immer und immer wieder fühlte ich bei der heiligen Eucharistie, wie die Wärme und das Glück in mich strömten: Indem ich das Fleisch und das Blut des Lammes Gottes zu mir nahm, sah und schmeckte ich, wie gut der Herr ist.

Der Pater hatte seine knochige Hand auf meine Schulter gelegt, und ich schaute nun zu ihm hinauf. Sehr alt war er jetzt, noch weiser und gütiger als vordem.

»Was immer du von der heiligen Helena für dich erbittest«, sagte er, »wird sie dir, wenn es recht ist, erfüllen. Sie hat mich noch nie enttäuscht.«

»Nichts bitte ich für mich, Ehrwürdiger Vater, denn ich bin eine Sünderin, wie Ihr wohl sehen könnt. Ich bitte für meine Herrin, die barmherzig ist und sich in Schwierigkeiten befindet.«

»Wenn wir Menschen nicht Sünder wären, meine Tochter, hätte der Sohn der heiligen Jungfrau, unser Herr und Bruder, nicht zu sterben brauchen. Auch ich bin ein Sünder.« Dabei war seine Stimme wie die wärmende Sonne selbst.

»Das dürft Ihr nicht sagen! Ich kann mir nicht denken, welche Sünde Ihr hättet begehen können.«

»O doch. Der Vater droben weiß es, und ich erwarte, daß er mich dafür angemessen strafen wird. Du aber, meine Tochter, bist rein. Denn ich weiß, daß du niemals ein Unrecht tun wolltest in deinem Herzen, auch wenn die Menschen es anders beurteilen, weil sie nicht ins Herz schauen wie der gütige Vater.«

»Ihr seid so gnädig, ach, wärt doch Ihr der Erzbischof und an seiner Stelle.« Hier war der Frieden Gottes, der immer wärmt, auch wenn draußen die Kälte tobt. Konnte dieser Frieden nicht in der ganzen Stadt herrschen?

»So schwere Sünden hoffe ich«, vernahm ich die Stimme des milden Greises, »nicht begangen zu haben, als daß Gott mich straft, indem er mir ein Amt gibt, das das Herz verdirbt und den Geist verwirrt. Denn glaube nicht, daß es immer an dem Menschen liegt. Dem Herrn gefällt es, manchen von uns Aufgaben zu übertragen, die niemand erfüllen kann, ohne auch Schaden an seinem Seelenheile zu nehmen. Verstehe das als die Weisheit eines alten Mannes.«

»Da sprecht Ihr nun fast wie El Arab, ein Gast, der bei uns wohnt. Er ist arabischer Christ, Arzt und Theologe.«

So schnell hatte mich die Wirklichkeit eingeholt. Kaum hatte ich El Arab erwähnt, fuhr mir auch wieder die Angst um meinen Bruder in die Glieder. Prangte nicht, wie er selbst bekannt hatte, El Arabs Siegel auf dem Brief am Kopf des enthaupteten Hufschmiedes? Also war er doch in diese Sache verwickelt! Das alles überstieg meine Vorstellungskraft. Es war aber eine Wirklichkeit, die für die Warmherzigkeit und die Weisheit des Paters, aus dessen gesegneter Hand ich einst, wie gesagt, meine erste heilige Kommunion empfing, keinen Platz bereithielt.

»Von dem Treiben da draußen in der Welt will ich nichts mehr hören, denn du mußt wissen, daß ich sehr müde bin«, sagte Pater Gottfried enttäuscht.

Er verließ mich so jählings, daß ich mich fragte, ob ich nur geträumt hätte. Als ich schließlich aus der Kirche hinaus ins Freie trat, bemerkte ich, daß ich viel zu lange verweilt hatte. Rasch machte ich mich auf den Weg und erwartete die gerechte Strafe.

*

Die hohe Herrin begrüßte mich jedoch sehr freundlich. »Du solltest dich schonen«, sagte sie, »es ist doch bald soweit. Es ist nicht gut, wenn du dich in deinem Zustand in der Stadt herumtreibst. Schnell, leg dich nieder und ruhe dich aus.«

»Ihr seid so nachsichtig, Herrin, und ich war nicht da, als Ihr mich brauchtet. Verzeiht. Ich will Euch zur Hand gehen, so wie es sich für mich gebührt.«

»Der langsame Gisbert hat mich angekleidet. Das geht auch, obwohl ich allerdings zugeben muß, daß du mir natürlich besser gefällst.« Magdalena strich mir zärtlich über mein goldblondes Haar. »Alles andere, was nötig ist, ist schon gerichtet. Der ehrwürdige Vater und Herr Erzbischof hat Gäste geladen, da die Sterne seiner Meinung nach dafür günstig stehen, um ihnen Averom vorzustellen.«

So kam es denn, daß nach dem Willen seiner Unwürden bald ein rauschendes Fest in Gang kam, das dem Weine, dem Gesange, dem Schmause und dem Witze gewidmet war, wie man es bei den Festen des Fürsten von Köln gewohnt war.

El Arab hatte bereits einige Becher von des Erzbischofes weithin bekanntem Kirschbiere getrunken, als er folgende Geschichte zum besten gab.

»In den Schriften unseres Rechtsgelehrten Ibn Hazm fändet Ihr, wenn Ihr denn Arabisch lesen könntet, folgendes: Es gab da noch den Fall eines überaus begehrenswerten Mädchens, das einen gut ausgestatteten Mann heiratete, der jedoch nach nur drei Jahren Ehe verstarb. Und das, ohne Kinder zu hinterlassen. Nach alter Sitte, die auch Ihr aus dem alten Testament kennt, verheirateten die Eltern die Witwe mit dem Bruder des Toten. Er sollte mit ihr nun die Erben zeugen.

Doch die Hochzeitsnacht verlief nicht wie üblich, worauf sich der Bruder am Morgen bei der Mutter seiner Frau beklagte. Auch die nächsten Tage brachten keine Besserung, bis er schließlich wütete: ›War sie nicht drei Jahre lang verheiratet? Hatte sie nicht Zeit zu lernen, wie das natürliche Werkzeug des Mannes in der Hochzeitsnacht und auch in allen folgenden Nächten aussieht? Hat er etwa nie bei ihr gelegen und den Teufel in die Hölle geschickt? Oder ist ihre Öffnung zwischen den Schenkeln zugenäht?‹

Man ließ die Beschuldigte kommen, die sich jedoch schluchzend verteidigte: ›Mutter, weißt du, was er wollte? Das Schwein wollte mich mit seiner Gerte von vorne storchen!‹

Ihr verstorbener Mann hatte sie wohl immer nur von der anderen Seite her erkannt. So erlebte ihr zweiter Mann eine Witwe, die nach drei Jahren Ehe noch Jungfrau war.«

Eine gar derbe Geschichte, ganz nach dem Geschmack von seinen Unwürden.

»Ah«, machte er wohlgelaunt. »Ihr Morgenländer versteht Euch darauf, Euren Spaß mit dem Weibe zu haben, ohne gleich einen kleinen Bastard zu erzeugen.«

Jemand, in welchem ich im Gedränge den Ratsherrn Andreas (einen begehrten Junggesellen) zu sehen meinte, sagte: »Sie waren aber doch verheiratet. Da gibt's dann ohnehin keinen Spaß mehr, dafür jede Menge Erben.«

Seine Unwürden lachte: »Du bist ein Narr, weißt wohl nichts. Wenn man die Frau schont, macht es länger Spaß.«

»Macht es denn von der anderen Seite überhaupt Spaß?« fragte Hans, der Ratsherr, den sie den »Frommen« nannten. Statt einer Antwort erhielt der gottesfürchtige Mann nur ein gottloses Gelächter.

Als ich meine hohe Herrin herzhaft mitlachen sah, war ich nur glücklich, daß sie das schreckliche Ereignis von heute morgen vergessen zu haben schien und in das fröhliche Treiben einstimmte, obwohl es angesichts der Bedrohung, der wir tatsächlich ausgesetzt waren, gewissermaßen unecht war. So war meine Seele zerrissen zwischen meinem Wunsch, sie solle den Ernst der Lage erkennen, und demjenigen, sie möge von Herzen froh sein. Als dann das wilde Tanzen einsetzte, das man auch säuisch und unflätig nennt, weil die Weiber und Jungfrauen dermaßen herumgeschwenkt werden, daß man ihnen von hinten und vorne bis hinauf in die Weichen sieht, vergaß ein jeder, was geschehen war. Nur die zusätzlichen Wachen des Erzbischofes vor dem Tor erinnerten daran, daß etwas nicht in Ordnung war. Allein, ich konnte meiner Umstände wegen nicht mittun und hing meinen bangen Gedanken nach.

Ob es wohl gelänge, die ungerechte Anklage gegen meinen sicherlich untadeligen Bruder Rignaldo abzuwenden und den wahren Mörder seiner verdienten Strafe zuzuführen? Es schien auf der Hand zu liegen, daß der Mörder nicht nur den Hufschmied hatte beseitigen, sondern auch noch jemand anderen hatte erpressen wollen. El Arab kam als Mörder nicht in Frage, denn es wäre abwegig, wenn er sich durch den Gebrauch seines eigenen Siegels selbst verraten würde. So kam ich zu dem Schluß, daß der Mörder hatte El Arab erpressen wollen. Der Mörder mußte sich in den Besitz des Siegels von El

Arab gebracht haben, das ihm ja, wie er sagte, abhanden gekommen war, und hatte ihm auf diese Weise eine verborgene Botschaft zukommen lassen. Da mein Bruder von El Arab nichts wußte, konnte er unmöglich der gesuchte Mörder sein. Aus diesem Gedanken schöpfte ich neue Hoffnung: Wenn der Mord eine an El Arab gerichtete Erpressung gewesen war, mußte er nämlich wollen, daß der wahre Mörder gefunden und unschädlich gemacht wurde. Ja, El Arab könnte der Verbündete sein, den ich suchte …

Während ich diese Gedanken hatte, gab es Lärm am Tor. Einige Männer, die betrunken klangen, verlangten laut, zum Erzbischof vorgelassen zu werden. Natürlich verwehrten ihnen die Wachen den Zutritt, und es sah schon so aus, als käme es zu Handgreiflichkeiten, als seine Unwürden befahl, die Männer hereinzulassen. Es waren Konrads Widersacher Wilbert, Gildemeister der Zimmerer, und einige seiner Gildebrüder.

Wilbert, ein hochgewachsener, aber eher fleischloser Mann mit zarten, zum Arbeiten wenig geschaffenen Händen, hatte sich wohl Mut angetrunken, um vorzubringen zu wagen, was er vorzubringen hatte. So trat er vor den Erzbischof hin und begann mit rauher Stimme:

»Herr Konrad!« Er achtete nämlich keinen Titel als den der Bürger. »Ihr haltet, wie mir zu Ohren gekommen ist, einen der Unsrigen in Gewahrsam für ein Verbrechen, das seit altersher Angelegenheit der Gilde ist. Gebt ihn uns heraus, und sollte unser Bruder Rignaldo ein Mörder sein, werden wir ihn nach unserem Gesetz strafen und der Gilde der Hufschmiede angemessene Entschädigung zahlen. Gleichwohl hegen wir große Zweifel an der Schuld unseres Bruders. Denn es scheint uns einleuchtend, wenn Pater Bueno sagt, daß der Mörder, feige zwar, aber mit einem gewissen Recht Euch anklagt, Eure Schätze auf Kosten der Bürger zu vermehren.«

Seine Unwürden machte einen Schritt auf seinen Feind zu, und für einen Augenblick schien es, als käme es zu einem Gemenge, aber dann legte er dem Gildemeister einen Arm um die Schultern.

»Herr Wilbert, wenn wir nicht so sicher wären, den Mörder zu kennen, hättet Ihr Euch durch Eure unkluge Rede selbst in Verdacht gebracht. Es entbehrt doch jeder Logik, wenn der Mörder einen der Euren, die meinen, durch unser Regiment geschädigt worden zu sein, hinterrücks ermordet und vor dem Hause einer unbescholtenen Edelfrau aufgebaut hätte. Sagt uns bitte, Herr Wilbert: Wie sollte uns das abschrecken? Wovon abhalten und wozu auffordern? Ihr seid voll des guten Weines, wie es eines Mannes würdig ist. Nicht aber ist es würdig, in diesem Zustand die Angelegenheiten des Gemeinwohls regeln zu wollen. Geht nach Hause oder besser noch, gebt uns die Ehre, mit uns zu feiern. Für unsere Händel ist morgen noch Zeit genug.«

Es machte mich sehr traurig, daß Wilbert es so ungeschickt angefangen hatte, um meinen erstgeborenen Bruder zu retten, und beinahe wollten mich selbst Zweifel ob seiner Unschuld beschleichen. Was der Erzbischof gesagt hatte, klang sehr einleuchtend. Die Leute waren durch Pater Buenos Predigten so von dem Gedanken besessen, der Mord müßte im Zusammenhang mit dem Erzbischof stehen, daß sie nicht mehr überlegten, ob das vernünftig geschlossen sei.

Ich aber fragte mich: Wenn Rignaldo der Mörder sein sollte, der die ihm vom Hufschmied abgeschnittene Ehre wiederherstellen wollte, dann wäre es unverständlich, warum er den abgeschlagenen Kopf vor dem Hause meiner Herrin aufbaute. Wie sollte er außerdem an das Siegel von El Arab gelangt sein, und weswegen hätte er es benutzt?

Wenn die Tat auf die Person des Erzbischofes gezielt haben sollte, dann wäre es folgerichtig, daß der Mörder das unbotmäßige Verhältnis zwischen ihm und meiner Herrin anprangern wollte. Aber, o Gott, warum hat er um dessentwillen den Hufschmied enthauptet, der, soweit ich wußte, nie etwas mit dem Erzbischof oder meiner Herrin zu schaffen gehabt hatte? Und hätte der Mörder dann nicht besser daran getan, sein Anliegen klar und unmißverständlich auszudrücken?

Schließlich gab es noch eine Deutung, die ich mir selbst zurechtgelegt hatte: Der Mord könnte eine geheime Botschaft an El Arab sein. Das würde das Siegel erklären. Der Text des Briefes wäre in diesem Falle so abgefaßt, daß niemand als El Arab wüßte, was er bedeutete. Aber wiederum lag es gänzlich im dunkeln, warum der Hufschmied dafür hatte getötet werden müssen.

Kaum bekam ich mit, wie das Fest zu Ende ging. Als ich mich schließlich in meine Kammer begeben konnte, schlief ich erst nach langer Zeit voller Unruhe ein, unfähig, vorher, wie es meine Gewohnheit war, mit meinem Gott Zwiesprache zu halten. Da sich die Geburt meines geliebten Sohnes um so heftiger ankündigte, wachte ich mehrmals auf. Als ich keinen Schlaf finden konnte, trat ich ans Fenster und gewahrte, daß sich El Arab im Schutze der sternklaren Nacht aus dem Hause schlich.

Als ich endlich die Augen schließen konnte, suchte mich ein Alptraum heim. Mir war es, als sei ich der bucklige Graf Wilhelm von Dampierre, von dem uns der langsame Gisbert einst erzählt hatte: Morgenländische Teufel brachen mir die Arme, während mich der Pfaffenkönig, dieser feige Schwächling, schließlich durchbohrte. Ich erwachte mit heftigen Schmerzen in den Armen, aber weder waren sie gebrochen, noch steckte mir ein Dolch im Herz.

Am nächsten Morgen weilte El Arab wieder unter uns. Einen Augenblick lang dachte ich daran, was er wohl für Taten im Sinne hatte, die das Licht scheuen müssen. Zwischen dem Wunsch in meinem Verstande, ihn mir zum Verbündeten zu machen, um meinen Bruder Rignaldo vor dem Henker zu bewahren, und dem Mißtrauen in meinem Herz wider die Ehrlichkeit unseres Gastes gab es ein Schwanken, das mir noch viele Schmerzen bereiten sollte.

Die erste Vision der hohen Herrin anläßlich der Geburt meines geliebten Sohnes

»O wunderbares Wissen, nicht nur zu wissen, daß Gott existiert, sondern auch, daß Gott mein Gott ist.«
Augustinus

Köln, 16. Januar 1252
Als wenn das Kind, das ich in mir trug, die Angst, die ich ausstand, nicht mehr erdulden konnte und aus meinem Zelt fliehen wollte, kündigte sich die Niederkunft bereits am folgenden Tage an. Die Schmerzen der Geburt verdrängten, wenigstens für kurze Zeit, die Schmerzen der Angst, die ich um meinen Bruder litt. Im Jahre des Herrn 1252, am Vormittage des sechzehnten Tages im Januar, war es, als ich meinen geliebten Sohn Johannes unter großer Anteilnahme der hohen Herrin gebar. In meiner Gesindekammer unter dem Dache

hatten sich neben der Hebamme meine Herrin und El Arab eingefunden, obgleich es nun sehr beengt war. Die hohe Herrin, vollständig in Weiß gekleidet, hatte einen großen Kessel heißen Wassers mit der Zugabe von Bachminze machen und heraufbringen lassen, so daß mein kleiner Raum sich ganz mit dem warmen Dampf und dem Wohlgeruch des Krautes füllte. Entgegen der Gewohnheit der Unsrigen ging El Arab als Arzt geduldig und gehorsam der Hebamme zur Hand, deren Geschick so groß war, daß ich ihr zu ewigem Dank verpflichtet sein werde – ebenso wie mein geliebter Sohn. Gepriesen sei der Herr. Amen.

Da nun mein Fetus nicht naturgemäß gelagert war, bereitete mich die Hebamme auf eine schwere Geburt vor. El Arab kannte die Anweisungen des antiken griechischen Arztes Soranos. Er ließ sich die Fingernägel der linken Hand sehr kurz schneiden, ölte sie ein und paßte genau den Zeitpunkt ab, da sich die Mündung der Gebärmutter von Natur aus dehnte – damit kein harter Widerstand entstehe, während er die Hand einführte, um den Fetus zu packen und zu verlagern.

Nun aber hatte sich der Fetus bei der Verlagerung verkeilt, und dies war der Augenblick, wo das Geschick der Hebamme das des Arztes ablöste: Sie schob den Fetus zunächst nach oben und hob ihn an, damit er von der Mündung der Gebärmutter abrückte. Auf diese Weise richtete sie ihn gerade aus. All dies tat sie ruhig und ohne Druck und bestrich meine Geschlechtsteile ständig mit Öl, so daß ich keinen Schaden nahm und mein Sohn wohlbehalten blieb.

Mit dem ersten Schrei des Neugeborenen verklärte sich das Antlitz der hohen Herrin, und sie sprach: »Ich sehe das Wort Fleisch werden. Das Wort aber sind die schützenden Hände. Die erste Hand legt sich sorgend um den Säugling. Die zweite Hand nährt ihn liebevoll. Die dritte Hand aber wird sein Licht, das nie blendet und doch den rechten Weg weist. Das Kind aber spricht die Worte, die rings um es zur Welt werden: zum Hause, das es schützt; zum Felde, das es nährt, und zum Gotte, der ihm den Weg zeigt.«

Kaum hatte sie geendet, nahm sie das Kind und schwebte mit ihm auf dem Arme. Sie schaute hoch, und es sah so aus, als wolle sie mit meinem Sohn geradewegs in den Himmel entschwinden. Jedoch kehrte sie um und legte mir das Kind mild lächelnd auf die Brust.

Alle, die anwesend waren, waren tief ergriffen. Denn wir spürten, daß diese wunderschöne Verknüpfung des neuen Bundes mit der Schöpfungsgeschichte von Gott selbst kam und die hohe Herrin nur sein Sprachrohr gewesen war. Bezeugt worden ist die Echtheit dieser Version von Averom, von der Hebamme und von der Magd, die ich war.

Daß uns der Herr anläßlich der Geburt meines geliebten Sohnes eine Vision sandte, geschah als Ausgleich für die Schmach, daß ihn sein leiblicher Vater nie würde annehmen können. So war ich denn getröstet in meinem Wochenbett und zuversichtlich.

Als alle anderen ihren Geschäften des Tages nachgingen, war ich schließlich mit El Arab, nun wieder ganz der förmliche Herr, allein, und er wandte sich an mich:

»Was ist es für ein Geheimnis um den Vater deines prächtigen Sohnes? Es ist nicht gegen meinen Glauben, daß du nicht verheiratet bist, aber ich würde doch gern wissen, wer dich, die du ebenso anmutig wie lieb bist, so schändlich verrät. Das verletzt den Stolz meines Geschlechts.«

»Ich darf es niemandem offenbaren«, antwortete ich artig. »Das ist der Preis dafür, daß für mich und mein Kind gesorgt wird. Aber ich nehme an, die Schweigepflicht besteht nur den Kölnern gegenüber. Wenn Ihr also ein Mann von Ehre seid, der sein Wort halten kann, werde ich es Euch sagen, um mein Gewissen zu erleichtern.« Wie nötig hatte ich es in der Einsamkeit meiner Not, mich jemandem anzuvertrauen, daß ich es einem Fremden gegenüber tat, von dem ich nichts wußte und der mir noch nicht bewiesen hatte, meines Vertrauens würdig zu sein!

»Wenn es jemand von mir erfahren sollte, will ich, daß mich der Herr auf der Stelle mit dem Blitze erschlägt.« El Arab machte eine heftige Bewegung und verzog den Mund dergestalt, daß ihm der Schalk aus den Augen blickte und ich albern lachen mußte.

Ich schaute ihn an und beschloß, ihm in dieser Sache zu trauen. »Es ist Konrad, der Abergläubische, den ich im Herzen nur seine Unwürden nenne ob der Schande, die er mir zugefügt hat und die nur durch die Barmherzigkeit der Herrin gemildert wird.«

»Du hast ja offensichtlich in diese Schande eingestimmt.« Wie um mein vorschnelles Vertrauen zu strafen, wich El Arab zurück, und es war mir, als habe man mir unverdient einen Hinterhalt gelegt.

»Seid Ihr hier, Herr, um mich zu beleidigen?« verteidigte ich mich empört.

El Arab zögerte einen Augenblick mit der Antwort auf meine heftige Frage, um meiner Hitze Gelegenheit zu geben, sich abzukühlen. Mit einer Stimme, die mich an Pater Gottfried von St. Gereon erinnerte, sagte er alsdann väterlich: »Nein, aber ich will die Dinge geraderücken. Du scheinst sehr selbstzufrieden zu sein.«

»Ich weiß, daß ich eine Sünderin bin.« Nein, ich hatte wirklich kein Recht, aufgebracht zu sein. »Die einzige Entschuldigung, die ich habe, ist meine Jugend, die mich unbedacht sein ließ.«

»Sei unbesorgt. Wenn der Herr sich um solche Kleinigkeiten kümmern würde, dann hätte er uns nicht den neuen Bund angeboten, sondern vom Antlitz der Erde getilgt wie Gewürm.«

»Ihr hegt sehr freimütige Ansichten, Herr.«

»Wenn ich nicht sicher wäre, daß ich vor Gott gerechtfertigt bin, würde ich mich mehr vorsehen.«

»Seht Euch vor, vor Euren Feinden. Ich bin besorgt, weil ich glaube, daß der Mord Euch gegolten hat. Aber ich kann mir nicht alles erklären.«

»Ich fürchte das gleiche. Du bist sehr gescheit, gescheiter wohl als viele andere hier. Aber auch ich kann die Zusammenhänge noch nicht aufklären und muß dich bitten, Geduld zu haben. Dennoch: Ich versichere dir, daß ich auf mich aufpassen kann. Ich habe schon Angriffe vielfältiger Art überstanden und werde auch diesen, so Gott will, überstehen.«

»Ihr seid also nicht nur Arzt und Gelehrter, sondern auch ein Abenteurer?«

»Ich suche das Abenteuer nicht. Doch gibt es Menschen, die den, der den Schatz der Wahrheit begehrt, nicht in Frieden leben lassen können. Du mußt dich aber schwach fühlen, ich sollte dich nicht in Disputationen verstricken.«

»Die Vision der Herrin hat mich, ach Herr, erfrischt, und ich glaube, Eure segensreiche Medizin, deren Bitterkeit Ihr wohl im herrlichen Ambra zu verstecken versteht, hat das ihre getan. Wenn Ihr also meine nichtswürdige Gesellschaft nicht flieht, so würde ich mich glücklich schätzen, wenn Ihr mich nicht allein ließet.«

»Eines beunruhigt mich, wenn du erlaubst zu fragen.« El Arab rückte nahe zu mir und senkte verschwörerisch seine Stimme, so daß mir klar wurde, er werde nun nicht als Vater sprechen, sondern als Abenteurer. »Deine Herrin ist die Leman, um den angelsächsischen Ausdruck zu verwenden, des Erzbischofes, alle wissen es, niemand zweifelt daran. Gereicht es ihr nicht ebenso zur Schande wie ihm, daß du seinen Sohn zur Welt gebracht hast, auch wenn er sich nie wird zu ihm bekennen können? Ist es nicht das lebendige Zeugnis seiner Untreue, die ihm zwar nicht vor dem Gesetz, wohl aber vor ihrem Herzen zur Schuld gereicht? Ich verstehe nicht, was sie dazu treiben konnte, dich in ihren Haushalt aufzunehmen. So viel Heiligkeit, mit Verlaub, spreche ich keinem Menschen zu, daß er dort barmherzig handelt, wo es ihm am allermeisten schmerzt.«

»Die Herrin und seine Unwürden, wenn ich unter uns diesen lästerlichen Ausdruck benutzen darf, erkennen sich nicht mehr. Sie haben damit aufgehört, wie sie mir sagte, kurz bevor ich in ihren Haushalt eingetreten bin. Das schwöre ich bei der Seele meiner lieben Mutter.« Wieder mußte ich albern lachen. Ich nehme an, das entsprach meinem Alter, aber durchaus nicht meinem Stolze.

»Sie führen keine leiblichen Gespräche? Sollten die Leute sich so sehr irren? Alles spricht gegen deine Behauptung!«

»Ich kann nur dies wiederholen, daß sie, solange ich es bezeugen kann, sich nicht erkannten. Und wer sollte das besser wissen als ich? Da ich doch nie von der Seite meiner Herrin weichen würde!«

»Was du sagst, gibt mir Hoffnung, wenn du verstehst, was ich meine.«

»Durchaus, wie sollte ich es übersehen. Ihr seid mit meiner Herrin von Anfang an nicht umgegangen wie ein Fremder.«

»Da ich seine Unwürden, wie dir beliebt, den Erzbischof zu schimpfen, schlecht fragen kann und auch, soweit ich sehe, kein Vater zur Stelle ist, frage ich dich, wo wir schon so viele Geheimnisse miteinander teilen, ob du Einwände hättest, wenn ich mich deiner Herrin nähern würde?«

Da mußte ich laut prusten, bis mir die Eingeweide weh taten: Hatte El Arab wirklich bei mir um die Hand meiner Herrin angehalten? Er pflegte in der Tat sehr eigenartige Umgangsformen, so als sei er nicht ganz aus dieser Welt.

»Ja, ich mag Euch«, sagte ich. »Meinen Segen habt Ihr, wenn es darauf ankäme. Aber ihr stolzes Herz, das müßt Ihr schon selbst erobern.«

El Arab schwieg einen Augenblick und hing seinen Gedanken nach. Dann, als er erwachte, war er wieder der Gelehrte und sagte steif:

»Die Studenten der Universität Köln haben heute zu einer Disputation geladen zwischen dem Minoriten Pater Bueno auf der einen und dem dominikanischen Magister Albertus auf der anderen Seite. Schade, daß du das Bett hüten mußt und uns nicht begleiten kannst.«

»Es ehrt mich, daß Ihr daran gedacht habt«, sagte ich und freute mich darüber, von El Arab nicht wie eine Magd behandelt zu werden.

»Es wird spannend und würde dir gefallen, glaube mir. Mit Bueno wird das keine trockene, sachliche Disputation, es wird ein heiliger Streit der Worte werden. Darf ich dir später davon berichten? Sobald es dich langweilt, werde ich mich zurückhalten.«

Ich merkte nun, wie ermattet ich war. Die Vorstellung, El Arabs Bericht über eine Disputation folgen zu dürfen, machte mir trotz der Ehre, die er mir damit zweifellos zuteil werden ließ, die Augenlider schwer. Ich muß gestehen, daß ich nicht einmal die Kraft fand, an das Schicksal meines Bruders zu denken, der in so großer Gefahr schwebte.

*

Ich schlief, bis El Arab wieder an mein Bett trat. Es war nun kalt geworden in meiner Kammer, die Hitze des Wasserdampfes war aufgebraucht, und El Arab konnte seinen dunklen Mantel nicht ablegen, vielmehr zog er ihn fester um sich. Ich hatte glücklicherweise dicke Decken, die mich wärmten und unter denen ich meinem geliebten Neugeborenen die geschuldete Hitze bieten konnte. El Arab setzte sich auf die Bettkante und seufzte. Und dies also ist der Bericht, den ich von ihm über die Disputation in der Universität erhielt.

Es waren die fortgeschrittenen Studenten und viele höhergestellte Bürger der Stadt anwesend. Zur Überraschung aller trat jedoch nicht der große Albertus gegen Pater Bueno an, sondern ein junger Schüler von Albertus, ebenfalls Dominikaner, der aus Aquin stammte und Bruder Thomas genannt wurde. (Heute, da dies niedergeschrieben wird, ist der verstorbene Magister Thomas von Aquin, Gott sei seiner Seele gnädig, fast ebenso berühmt und noch umstrittener als Albertus.)

Ein Student sagte: »Wir wollen von euch wissen: Ob wir als Christen die Bücher der Vernunft von den antiken Philosophen lesen dürfen, um die Wahrheit mit der Kraft unserer eigenen Vernunft zu suchen, oder uns allein auf die geoffenbarte Schrift stützen müssen?«

Pater Bueno war sich wohl bewußt, daß er hier nicht vor dem Straßenpöbel predigte, und fing sehr ordentlich an, seine These darzulegen:

»Es scheint, daß nichts dagegen eingewandt werden kann, wenn irgend etwas getan wird, um die Wahrheit zu suchen. Denn die Wahrheit ist ein Gut. Dies kann niemand bestreiten, denn Gott hat uns die Wahrheit offenbart. Es wäre aber blasphemisch, von Gott zu sagen, er hätte etwas getan, das nicht gut ist. Dagegen aber spricht, daß Gott uns die Wahrheit offenbart hat. Er hat sie nicht versteckt und uns suchen lassen. Darum ist die Wahrheit, die gut ist, die Wahrheit, die wir nicht suchen, sondern die wir glauben, weil sie uns von Gott offenbart wurde.«

Dies schien den Zuhörern sehr einleuchtend gesagt, und es gab viel zustimmendes Gemurmel, als Bruder Thomas sich erhob, eine leichte Verbeugung vor seinem Widersacher machte und sehr bedächtig fragte:

»Ihr meint also, Bruder Bueno, daß es nicht recht sei, die Wahrheit mit der Vernunft zu suchen, sondern sich ausschließlich auf die geoffenbarten Worte zu stützen? Habe ich Euch recht verstanden?«

»Ja, das habt Ihr durchaus, Bruder Thomas.«

»Ihr habt auch gesagt, Bruder Bueno, wenn ich das richtig verstanden habe, daß es blasphemisch wäre, von Gott zu sagen, er hätte etwas getan, was nicht gut ist. Stimmt Ihr mir auch hier zu?«

Langsam verlor Pater Bueno seine Geduld: »Bruder Thomas, allein die Frage ist eine Frechheit.«

Der Student, der die Disputation leitete, griff ein: »Verehrungswürdiger Bruder Bueno, ich hoffe, Euch sind die Regeln einer scholastischen Disputation gut bekannt. Es ist erlaubt, jede, auch eine hypothetische, Frage zu stellen. Ihr als Widersacher seid dann völlig frei, wie Ihr darauf eingeht; aber Ihr müßt sie doch auf jeden Fall beantworten.«

Bruder Bueno murrte. »Ich werde also antworten: So wahr ich ein Christ bin und die Wahrheit kenne, glaube ich, daß es völlig unmöglich ist zu denken, daß Gott etwas tun könnte, was nicht gut ist.«

»Danke, Bruder Bueno«, sagte Bruder Thomas milde. »Dies vorausgeschickt, würdet Ihr dann nicht auch zustimmen müssen, daß Gott, als er uns die Vernunft gab, etwas Gutes tat?«

»Auf die übelste Sophisterei versteht Ihr Euch, Bruder Thomas. Fürwahr! Ich aber bekenne, daß die Lehren der Vernunft von Heiden stammen, deren Denken vom Teufel gelenkt wird.«

»Stimmt Ihr mir nun zu, Bruder Bueno, daß ein Mann, der geboren wurde, bevor der neue Bund geschlossen ward, nicht in die Gnade der Offenbarung hat kommen können?«

»Auch dies kann ich als Christ nicht bestreiten.«

»So stimmt Ihr mir dann auch zu, daß diejenigen Philosophen, die wir die Alten nennen, die Wahrheit nicht anders als durch ihre Vernunft suchen konnten?«

»Ich stimme zu. Aber ich wende ein, daß das, was sie gefunden haben, für uns wertlos ist.«

»Dann würdet Ihr also zustimmen, daß es wertlos für uns ist, das, was geschrieben steht, etwa: ›Im Anfang war der logos‹, mit Hilfe dessen zu verstehen, was die Alten uns über den ›logos‹ zu sagen haben, so wie es der heilige Augustinus getan hat?«

»Nein, dem stimme ich nicht zu. Der heilige Augustinus hatte keine anderen Vorbilder als die der Philosophen, so daß er die Wahrheit im Gewande von deren Lehrgebäude darstellen mußte. Seine Autorität reicht auch für das, was wir verstehen sollen. Es bedarf nicht der Nachforschung eines jeden Christen, aufs neue die Wahrheit zu suchen. Denn die Wahrheit ist nur eine. Wenn sie gefunden ist, braucht niemand mehr nach ihr zu suchen.«

»Stimmt Ihr mir dann zu, daß es, weil einmal die Wahrheit geoffenbart wurde, keine Ketzer und Häretiker gibt, weil jeder das Wort Gottes richtig versteht? Daß wir keine Argumente benötigen, die darlegen, warum sie unrecht haben und wir recht?«

»Ein für allemal: Ich sage Euch, daß die Ketzer des Teufels sind, und die gottgefällige Art, mit ihnen umzugehen, ist, sie in der rechten Weise zu strafen. Es hat gar keinen Zweck, mit ihnen zu disputieren, so wie es überhaupt nie Zweck hat, zu disputieren. Es ist gut vor Gott, die Schrift zu lesen, sie so zu verstehen, wie es ihm gefällt, und sich jeder Zusätze zu enthalten, die nicht von den anerkannten Autoritäten stammen.«

Nun griff der Magister Albertus selbst ein, sichtlich ungehalten: »Es dient vor allem keinem Zwecke, mit Bruder Bueno zu disputieren, der einen Geist hat wie ein Holzklotz. Es ist unzweifelhaft, daß wir die Vernunft von Gott haben und daß sie gut ist. Es ist unzweifelhaft, daß die Gnade der Offenbarung nicht die Gnade der Vernunft aufhebt, sondern zu ihr hinzutritt. Das ist die Bedingung dafür, daß wir überhaupt disputieren. Wer diese Bedingung bestreitet, ist nicht nur kein Christ, sondern obendrein noch ein Narr.«

Als El Arab mir das erzählte, sagte ich schwach: »Ihr habt mir nicht zuviel versprochen. Das war spannend genug. Aber sagt, hat am Ende Magister Albertus nicht ebenso geredet wie der eifernde Bueno, nämlich ohne jede Begründung?«

»Ein wenig. Es ist sehr schwer, mit Leuten wie Pater Bueno zu disputieren, die den Willen des Herrn bezüglich unseres Vernunftgebrauches so schändlich mißachten. Wer die Vernunft nicht liebt, liebt den Herrn nicht, da er die reine Vernunft ist.«

»Ich halte mich lieber an die schlichte Tiefe einer Vision, wie sie uns Gott heute durch den Mund meiner Herrin gegeben hat. Das steht über all den gelehrten Disputationen, in denen so wenig von der Gnade des Lebens steckt.«

»Das gestehe ich gern, daß auch ich mich nach der Vereinigung mit Gott im Erleben sehne, das keine Worte hat.«

Wie, als erinnerte ihn das an die fehlende Wärme, schickte El Arab den langsamen Gisbert, um einen neuen Kessel mit heißem Wasser zu bereiten und zu bringen.

*

Dies also geschah. Und dann kamen wir zurück auf das Böse, das vorgefallen war. El Arab wärmte sich die klammen Hände, aber der sorgenvolle Ausdruck wich nicht von seinem Gesicht.

»Ich will dich nicht beunruhigen«, sagte er. »Aber auch wage ich es nicht, dir zu verheimlichen, daß es schlecht steht um deinen Bruder Rignaldo. Er wird am Tage, der dem übermorgigen in einer Woche folgt, vor das Gericht des Erzbischofes gestellt. Gestern, da der

Mord entdeckt wurde, hast du selbst Nachforschungen angestellt. Willst du mir sagen, was du herausbekommen hast?«

Seine Frage erboste mich, da sie mir zu unterstellen schien, daß ich unrecht gehandelt habe. Ohne zu bedenken, daß ich ihn mir ja zum Verbündeten in meinem Streben um die Rettung meines Bruders Rignaldo hatte machen wollen, erwehrte ich mich aus gekränkter Ehre, indem ich sagte:

»Herr, ich habe nicht die Absicht gehabt, Nachforschungen anzustellen, was mir gewiß nicht zusteht. Aber Ihr, Ihr habt am Abend das Haus verlassen, was ich gewahrte, da ich der bevorstehenden Niederkunft wegen keinen Schlaf fand. Welcher Grund trieb Euch, Herr, in der Obhut der Nacht aus dem Hause?«

»Gute Gründe, verdammt, laß dir das gesagt sein«, herrschte mich El Arab in einem mir bislang ungewohnt groben Tone an, auf daß ich nicht wagte, weiter gegen ihn das Wort zu erheben. Darum antwortete ich so ehrerbietig wie möglich:

»Die Sorge um meine Brüder trieb mich, aber ich mußte entdecken, daß der eine verhaftet und der andere wahnsinnig geworden war.«

»Was hat er zu dir gesagt?« El Arab kehrte zu der gewohnten Umgangsform zurück.

Ich beruhigte mich fürs erste und erzählte wahrheitsgetreu: »Mein erstgeborener Bruder hat wohl einen Streit mit dem Hufschmied gehabt, der lange sein liebster Freund gewesen war. Vor Jahresfrist, als mein Vater starb, Gott hab ihn selig, lieh der Hufschmied uns Geld, um die Schulden zu bezahlen und das Handwerk fortführen zu können. Mein zärtlicher Bruder Peppino schwor mir, daß sie das Geld schließlich zurückbezahlt hätten, der Hufschmied jedoch behauptete, er sei betrogen worden.«

»Der Streit drehte sich offenbar um die neuen Münzen des wenig ehrwürdigen Erzbischofes«, erklärte El Arab. »Sie sind untergewichtig. Die Bürger sind aufgebracht. Die Lage ist ernst. Es könnte zum Äußersten kommen – dazu, daß die Bürger die Waffen gegen ihren Erzbischof erheben, um ihr gutes Recht einzufordern und die Rückgabe des Goldes zu erzwingen, das der Erzbischof durch die falsche Ausmünzung ungerechtfertigt in seinen Besitz gebracht hat.«

Da El Arab der einzige war, mit dem ich vernünftig über den Mord sprechen konnte, teilte ich ihm meine Überlegungen in der

Hoffnung mit, er könne mehr Licht in das Dunkel bringen und helfen, die Unschuld meines Bruders zu beweisen:

»Zweierlei ergibt keinen Sinn in der Anklage von seinen Unwürden. Es will mir nicht einleuchten, daß mein erstgeborener Bruder das Haupt des Hufschmiedes vor dem Tor meiner Herrin aufgestellt hat. Was hätte er damit bezweckt, wenn es um eine Frage der Ehre ginge? Und dann die Sache mit Eurem Siegelring, den er benutzt hat.«

»Du gebrauchst deine Vernunft gut, das gefällt mir.« El Arabs aufrichtiges Lob wärmte mir das bange Herz. »Ebenso unsinnig ist es, daß es sich um einen verschwörerischen Anschlag gegen den Erzbischof handeln sollte: Denn der Hufschmied stand nicht im Dienste Konrads und war auch kein Anhänger von ihm.«

»Das habe ich mir ebenfalls überlegt. Und nun sagt, was Ihr herausgefunden habt, Herr«, forderte ich vorlaut.

»Wenn ich nicht wüßte, daß du auf meiner Seite stehst, müßte ich mich sehr vor dir in acht nehmen«, sagte er ausweichend, wie ich durchaus gewahrte. »Ich weiß nur, daß der Hufschmied im Verdacht stand, schwarze Messen zu zelebrieren. Deine Brüder sind auch dabei gesehen worden. Außerdem habe ich das Haus des Hufschmiedes aufgesucht, aber nicht gefunden, was ich zu finden hoffte.«

»Euren Siegelring?«

»Ja. Auch konnte ich keine Spuren der Anwesenheit meiner Feinde ausmachen. Inzwischen will ich gar glauben, daß es doch ein verschwörerischer Anschlag war, der aus einem durch Pater Bueno verwirrten Geiste entsprungen ist.«

»Meint Ihr nicht, daß Ihr dem Pater damit zu viel Ehre zuteil werden laßt?« Ich vergaß meinen Stand, so wie er es auch zu tun schien, und sprach mit El Arab wie eine Gleiche zu einem Gleichen. »Ich habe das Gefühl, daß die Bürger es schätzen, wenn er Aufsehen erregt, ihn aber nicht so recht ernst nehmen.«

»Es wäre mir wohler, wenn ich es genauer wüßte. Nicht um seine Unwürden habe ich Angst, sondern um deine Herrin, die, wenn der Erzbischof fällt, mit ihm fallen wird.«

Die Rede von El Arab zeigte mir schnell wieder den mir zugemessenen Platz, und also flehte ich nämlich: »Sprecht nicht auf diese Weise, ich bitte Euch, lieber Herr. Das macht mir angst.«

»Du weißt nicht zufällig etwas über die schwarzen Messen, von denen gesagt wird, der Hufschmied habe sie abgehalten?« El Arabs Züge wurden unerwartet hart und unzugänglich. »Wie gesagt, deine Brüder sind in die Sache verwickelt.«

»Ich weiß darüber so wenig, wie Ihr, Herr, darüber wißt, was mit dem ›Schatz‹ gemeint ist, der in dem Brief erwähnt wird.«

Wir schwiegen nun beide, weil ein jeder vermeinte, der andere würde ein wichtiges Geheimnis, das der Schlüssel zu der Mordtat sein könnte, für sich behalten. Ich für meinen Teil aber hatte ein reines Gewissen. Bis auf die Tatsache, daß ich nicht erwähnte, was mir am meisten Furcht einflößte: Mein wahnsinniger Bruder Peppino hatte gesagt, durch die Anklage gegen meinen erstgeborenen Bruder wolle der Erzbischof sich rächen. Und den Grund könne er mir nicht nennen, weil ich im Dienste der Herrin stehe. Ich mußte herausfinden, was er damit gemeint hatte. Aber wie sollte ich das anstellen? Wie weit konnte ich darauf vertrauen, daß El Arab mir beistehen würde? Die Kühle, in der wir unser Gespräch beendeten, ließ mich nichts Gutes für die Zukunft hoffen.

*

Da ich dies weder dem langsamen Gisbert noch sonst irgend jemand anderem zutraute, richtig zu machen, begab ich mich aus meinem Wochenbett, um die hohe Herrin zur Nacht zu bereiten. Ich achtete darauf, daß ihre Kammer der Venus, wenn es ihr denn gefiele, El Arab zu sich zu nehmen, gut riechen würde. Magdalena zählte jetzt achtundzwanzig Jahre und hätte gleichsam meine Mutter sein können. Sie wäre noch liebreizender gewesen, hätte sie etwas mehr Fleisch auf den Rippen gehabt. Doch ebendrum, weil sie noch nie geboren hatte, war ihr Fleisch gleichzeitig fest und zart wie bei einer Jungfrau, und ihre runden weißen Brüste, an denen noch nie ein Kind genährt worden war, hingen nicht schlaff herab. Sie hatte, als sie noch die Bettstatt mit Konrad teilte, wohl gewußt, wie sie es dabei belassen konnte, indem sie durch mancherlei Maßnahmen die Empfängnis oder die Entwicklung der empfangenen Frucht unterband. So hatte sie regelmäßig Salbeiwein getrunken, weil die Kälte des Salbeis die Aufnahmefähigkeit des Weibes auf Monate hinweg behindert. Als der Erzbischof sie noch erkannte, was freilich vor meiner Zeit in ihrem Hause gewesen war, nahm sie danach drei Unzen Basilikum zu sich und führte ein Zäpfchen aus Zedernholz ein. So war sie Konrad zwar zu Diensten gewesen, aber hatte ihm gleichwohl das, was er sich am sehnlichsten wünschte, verwehrt, da er ihrem Kinde genauso wie meinem geliebten Sohne keine ehrwürdige Familie hätte bieten können.

Ihre Arme waren für eine Frau zu stark, was ihr aber durchaus im Leben geholfen hatte. An ihrer linken Lende trug sie eine große Narbe (der einzige Makel an ihrer Haut, den ich um so mehr liebte), die sie sich zugezogen hatte, wie sie mir sagte, als sie vor Jahresfrist aus eigener Kraft einen schändlichen Angreifer, der sich ihrer süßesten Früchte wider ihren Willen zu bedienen beabsichtigte, abwehren konnte.

Ich rieb sie also zärtlich mit ihrem kostbarsten, einem edel duftenden orientalischen Öle ein, und sie bedankte sich bei mir – nicht wie man sich bei seinen Dienern, sondern wie man sich bei seiner Tochter bedankt. Denn ich gab ihr so freizügig, daß es nicht viel weniger gewesen sein mag, als ein Mann ihr zu geben in der Lage wäre. In der Nacht aber horchte ich angestrengt, um festzustellen, ob El Arab es gelungen war, das Herz der hohen Herrin zu erweichen. Allein, ich konnte nichts hören und schlief alsbald ein.

Im Traume besuchte mich mein Vater, um mich zu trösten. Ich sah ihn, wie er sein Handwerk vernachlässigte, um mir das Lesen beizubringen. Wir lasen in der teuren Bibel, die er durch die Hand des Hufschmiedes gekauft hatte. Mein Vater versprach mir, daß er mich auf die Klosterschule schicken werde, damit ich dereinst Äbtissin werden könne.

Die Mutter, der ich mein Leben verdanke, war im Wochenbett gestorben, nachdem sie mich zur Welt gebracht hatte. Mein Vater war sehr einsam. Er hatte seine Frau geliebt und nach ihrem Tode nicht noch einmal geheiratet. Doch nie hat er mir ihren Tod vorgeworfen. Zu meinen beiden Brüdern war er durchaus streng, mich allerdings behandelte er sanft und gütig. Ich war froh, daß mein Vater nicht mehr miterleben mußte, wie ich Schande über unsere Familie und mich gebracht hatte.

Beim Schlafen kuschelte ich mich stets an Peppino, meinen zärtlichen Bruder. Manchmal durfte ich mich auch zwischen meinen erstgeborenen Bruder und meinen Vater legen und den schönen harzigen Duft an den Händen der Zimmerleute riechen.

Mein Vater machte sein Versprechen unter großen Anstrengungen wahr und ließ mich in die Klosterschule gehen. Ich lernte willig und begierig alles, was mir zum Lernen vorgelegt wurde. Es fiel mir leicht, und ich war voller Neugier. Dann berief der Herr meinen Vater in die Ewigkeit ab, und meine Trauer war gar groß. Aber der Herr belohnte die harte Arbeit und das stetige Bemühen um ein gottesfürchtiges Leben meines lieben Vaters, indem er ihn ohne Schmerzen und Qualen im Schlaf zu sich nahm.

Man muß aber wissen, daß ich ohne eine Frau im Haus aufwuchs, weil ich weder Mutter noch Schwestern, weder Tanten noch andere weibliche Verwandte kannte. Beim ersten Blutflusse wußte ich also nicht, was das war; doch ich war zu ängstlich, mich mit meiner »Krankheit« an dem unaussprechlichen Körperteile an jemand anderen zu wenden als an den höchsten Seelsorger der Stadt, den Erzbischof. Dieser widmete sich mir bereitwillig und erklärte mir ausführlich, was der Herr mit den Dingen, die in mir vorgingen, bezweckt habe.

Dies begab sich nämlich so: Seine Unwürden pflegte sich gelegentlich selbst von dem guten Fortgang des Unterrichtes in der Klosterschule zu überzeugen. Und da ich ihm auffiel, bat er darum, daß ich in seine Residenz geschickt werde, damit er mich befragen könne. Das also geschah.

Wir befanden uns in dem kleinen Raum, welchen der Erzbischof für geheimste Zusammenkünfte eingerichtet hatte, die keine Störungen duldeten. Gold und Spiegel durften auch hier nicht fehlen, damit sich seine Unwürden wohl fühlte. Es gab noch einen kleinen, eher schlichten Altar für den Fall, daß der Herr um Vergebung für begangene Sünden gebeten werden mußte.

Nachdem wir eine Zeitlang gutes Latein gesprochen hatten, indem ich ihm, da es um Ostern war, den Leidensweg Christi schilderte, fragte er mich, ob ich etwas auf dem Herzen habe, denn eben dies sähe er mir an. Ich fiel vor ihm auf die Knie und sprach erleichtert zu ihm von meiner vermeintlichen Krankheit. Hinterlistig strich er mir, die ich weiter vor ihm kniete, scheinbar wohlwollend über mein Haar, was mich sehr beruhigte, und sagte:

»Mein Kind, keine Krankheit ist es, an der du leidest, sondern ein Glück in Gottes Natur. Der Körper des Weibes, wenn er sich so weit entwickelt hat, daß er zur Empfängnis von Kindern bereit ist, muß feuchter sein als der des Mannes. Da ein feuchter Körper eher als ein weniger feuchter die großen Schwankungen hinsichtlich der Kälte und der Wärme spürt, gerät das Blut darüber in Wallung. Und wenn das Blut in Wallung geraten ist und die Adern gefüllt hat, fließt ein Teil davon ab, und dies entspricht der Natur, wie der Grieche Hippokrates sagt, der Arzt aller Ärzte. Also ist es das Glück des Weibes, denn wenn das Blut nicht Monat für Monat fließt, ohne daß ein Kind in ihr ist, das das Blut aufnimmt, dann staut es sich, und was folgt, sind Kopfschmerzen, Sehstörungen, Schmerzen an den Gliedern, Beschwerden im Kreuze und im Unterleibe, Unwohlsein, Beunruhigung des Magens und dergleichen mehr.«

»Beschwerden dieser Art sind es«, sagte ich bang, »die mich, Ehrwürdiger Vater, um die Zeit ›dieser Sache‹ quälen.«

»Dies tritt darum ein, meine unschuldige Tochter«, sagte er nun schlau, »weil sich die Gebärmutter schließt und nicht genügend Blut durchläßt zur Reinigung, wenn das Weib, das gebären kann, nicht einen Mann erkennt. Nun wird es also nötig sein, meine unschuldige Tochter, daß ein Mann dich erkennt. Und dies will ich wohl sein, um deiner Gesundheit willen, da du dich nicht an irgend jemand anderen wenden könntest, ohne Angst haben zu müssen, daß derjenige unlautere Absichten damit verbindet. Welches Glück du auch hast, denn es ist Vollmond, und Vollmond sollte es sein, um günstigerweise mit der Behandlung zu beginnen.«

So holte er seinen mächtigen Bischofsstab hervor, hieß mich, auf seinen Schoß zu kommen, schob meinen Rock zur Seite und führte jenen in meine Öffnung ein. Da es ja eine Medizin war, wunderte ich mich nicht über die Schmerzen und hielt sie geduldig aus. Wir setzten die Behandlung einige Zeit fort, und alsbald stellte sich auch die beabsichtigte Wirkung ein, daß mein Reinigungsfluß keine Beschwerden mehr verursachte.

Da ich ganz ohne Arg war gegen den Erzbischof und mir das, was er mir zeigte, nach einer Weile nämlich gar wohl gefiel, wußte ich nichts von der Sünde, die wir begingen, bis auf den Tag, als es offenbar wurde, daß ich ein Kind gebären würde. Als ich es ihm verschämt vortrug, fluchte er ganz so, wie man es von einem Herumtreiber, aber nicht von einem frommen Gottesdiener erwartet: Er habe nicht aufgepaßt und die Behandlung, entgegen aller Vernunft, an einem dreizehnten Freitage nachmittags fortgeführt, einem Tage, an welchem er mittags, dem Gebote des Herrn entgegen, Fleisch in Form der gekochten Leber eines jungen Bockes genossen habe, das überdies die Zeugungskraft erhöhe. Dennoch hätte ich schwören mögen, daß er tief im Inneren eine große Befriedigung spürte, zum Vater zu werden, auch wenn er sich dazu nicht bekennen durfte.

Gleichviel, was half das mir armem Wurm, der ich noch nichts von des Lebens Grausamkeit wußte? Mir aber erging es schlecht. Nicht nur, daß mir also der Zutritt zum Palast des Erzbischofes verwehrt wurde, wo ich vorher so gern gesehen war, sondern man jagte mich auch mit Schimpf aus der Klosterschule, während ich nicht wagte, das Geheimnis preiszugeben, das ich in mir trug. Meinen Brüdern allerdings mußte ich schließlich gestehen, wer der Schänder war. Sie bebten vor Zorn, aber wagten ebenfalls nicht, offen gegen den mächtigsten Mann der Stadt aufzubegehren. Doch sie schworen sich und mir, in anderer Weise Rache zu nehmen an dem Erzbischof. Es war um diese Zeit, daß ich begann, ihn »seine Unwürden« zu nennen, auch um mich selbst taub zu machen gegen das herrische Verlangen, das ich immer noch in mir spürte und in welchem sich Süßigkeit und Bitternis so unauflöslich miteinander verbanden.

Es verstrichen einige Wochen, während derer mich meine Brüder unter strengen Hausarrest gestellt hatten. Was sie in dieser Zeit taten, außer daß sie ihrem Handwerke nachgingen, wußte ich nicht, obgleich ich bemerkte, daß sie mit dem Hufschmied häufig in der Nacht unterwegs waren.

Dann erschien an einem nebligen Herbsttage im November 1251, als ich im sechsten Monat der Hoffnung war, die edle Frau, die mir zur hohen Herrin wurde. Sie gebot in rauhem Tone meinen beiden Brüdern, mich freizugeben, und sie versprach ihnen, für mich und meinen Balg zu sorgen bis an das Ende ihrer Tage. Diese starke Frau fragte nicht, sie befahl. Meine Brüder wagten nicht, sich der Konkubine des Erzbischofes zu verweigern, und ich war glücklich. Denn auf den ersten Blick hin wußte ich, daß ich diesem Menschen und niemand anderem im Leben dienen wollte, auch wenn dies nicht meinem Stande als freie Bürgerin von Köln angemessen war. Ganz ohne Schmuck und in schlichtem Weiß war Magdalena gewandet, so daß sie fast wie eine Braut Christi aussah. Ihre feurigen Augen glitzerten voller Leben und Freude, aber dieselben duldeten keine Widersetzlichkeit.

Mein Vater tröstete mich nun im Traume, indem er zu mir dies sagte: »Geliebte Tochter. Schäme dich nicht, denn vor dem Höchsten bist du rein.«

Ich erwachte und bemerkte, daß mein Vater in der Stimme von El Arab zu mir gesprochen hatte. Ich wußte nun, daß der Herr wollte, ich solle El Arab so vollständig trauen, wie ich noch nie jemand anderem als meinem Vater getraut hatte. Dann wurde mir der Grund meines Erwachens bewußt. Es war mein geliebter Sohn, der hungrig nach mir verlangte. Ich gab ihm, was ich konnte (ich hoffte, Gott habe dafür gesorgt, daß es genug sei), und schlief dann wieder ein, ohne zu fühlen, daß es nicht Stunden, sondern Tage waren, die vergingen.

Nun war es meine Mutter, die mich im Traume besuchte. Erstaunt stellte ich fest, daß sie, die ich nicht gekannt und nie gesehen habe, die Gestalt meiner hohen Herrin annahm. Auch meine Mutter war gekommen, um mich zu trösten, und sie sagte: »Bedenke, mein liebes Kind, daß selbst die seligste der Jungfrauen ein Kind gebar. Es ist keine Schande, einem Kinde das Leben zu schenken. Dies tun wir Frauen um Christi willen, und keine Geburt wird uns beflecken, wie sehr die Menschen auch mit Dreck danach werfen. Wenn der Herr es nicht so gewollt hätte, wäre er eingeschritten. Geh also deinen Weg mutig weiter und vertraue auf den himmlischen Vater, der es für alle so einrichtet, wie es am besten für sie ist.«

Erneut wachte ich auf. Es wurde mir klar, welch großes Glück mir beschieden war und daß ich Gott dafür danken sollte. Ich sprach ein Gebet und fühlte dann, daß ich sehr hohes Fieber hatte. Aber selbst wenn ich jetzt sterbe, dachte ich, werde ich glücklich sterben: Dafür, lieber Vater, danke ich dir.

Ich rief nach El Arab und fragte ihn: »Werde ich an dem Fieber sterben?«

El Arab legte seine kühle Hand auf meine heiße Stirn, und dann antwortete er nach einer Weile: »Nein, du wirst nicht sterben. Das werde ich nicht zulassen. Ich müßte an meinem Glauben irr werden, wenn Gott ein so tapferes Mädchen wie dich sterben ließe. Mehr Schwierigkeiten hat mir dein Sohn gemacht in der Woche, in der du krank warst …«

»Eine Woche!« rief ich erschrocken. Das Fieber und die Träume hatten mich alles vergessen lassen, was mir hätte Sorgen bereiten sollen: das Wohlergehen des Neugeborenen und der bevorstehende Prozeß gegen meinen Bruder. Eine Woche, sieben Tage, sind eine kurze Zeit für den, der seine Pflicht tut, ebenso für den, der müßig geht und auf den keine Aufgaben warten, die zu erfüllen sind. Für mich war es gar keine Zeit, da ich ihr Vorübergehen nicht bemerken konnte. Zu lang aber war diese »kurze« Zeit für alle, die auf mein Wirken angewiesen gewesen wären. O Vater, halte die Zeit an! Aber nein, das Vergangene kann nicht mehr gegenwärtig sein, und so mußte ich in der Gegenwart erwachen, um festzustellen, daß mir kostbare Zeit zerronnen war. Zeit, in der ich nach Beweisen für die Unschuld meines Bruders hätte suchen können. Zeit, in der ich mich um meinen Sohn hätte kümmern müssen. Wie viel Schaden konnte doch ein Neugeborener in einer Woche der Vernachlässigung nehmen ...

»Mein Sohn, ist er nun gesund, Herr?« fragte ich.

»Ja«, sagte El Arab kurz.

»Tausend Dank, Euch, o Herr.«

»Danke nicht mir, sondern deinem Gotte«, entgegnete er bescheiden. »Natura sanat, non medicus: Die Natur, nicht der Arzt heilt.«

»Herr«, fragte ich, »wenn Johannes nun gestorben wäre, da er noch nicht getauft werden konnte ... Was hat es auf sich mit dem Streit über die Gnade, die ungetauften Kindern zuteil wird?«

»Dies macht mich so traurig, daß ich mich schäme, mich Christ zu nennen, also den gleichen Namen zu benutzen wie diejenigen, die da lehren, ungetaufte Kinder kämen in die Hölle der Schuld der ersten Eltern wegen. Es sind Männer wie Pater Bueno, die solcherlei Unsinn verkünden«, antwortete El Arab erhitzt.

Ungeduldig war ich darob, weil ich ihn nicht verstand: »Ich weiß jetzt nur, daß Ihr über diese Ansicht böse seid. Gelernt habe ich nichts aus Euren Worten. Denn ist es nicht richtig, daß durch die Taufe uns die Schuld erlassen wird, die von Adam und Eva auf uns herabgekommen ist?«

»Die Taufe ist ein sichtbares Zeichen, daß diese Schuld getilgt wurde«, erklärte der Gelehrte voll väterlicher Geduld. »Es ist nicht die Tilgung selbst, die unser Herr Jesus Christus am Kreuz vollzogen hat. Wer daran zweifelt, daß die Gnade durch den Tod von Jesus

Christus vollkommen ist, der kann kein Christ sein, denn er bezweifelt die Vollkommenheit des Herrn.«

»Der Erzbischof hat einen anderen Grund genannt«, entgegnete ich ungezogen.

»Ich darf dich verbessern: Ich habe einen zusätzlichen Grund zitiert. Aus einer Schrift des großen Abaelardus. Ja, wer behauptet, die ungetauften Kinder würden vor Gott nicht bestehen, zweifelt auch an Gottes Gerechtigkeit. Denn wir büßen nur die Schuld, die wir uns vorsätzlich aufgeladen haben. Für etwas bestraft zu werden, was wir nicht eigenhändig getan haben, ist offensichtlich ungerecht. Aber Gott kann ungerecht nicht sein. Ergo.«

»Was ist dann jedoch damit gemeint, daß wir schwer an der Schuld der ersten Eltern tragen?«

»Dies ist keine Schuld, wie es Mord oder Raub oder wie es Lüge oder Unzucht sind. Durch die Schuld der ersten Eltern ist die Natur beschädigt worden, die wir selbst sind: Insofern wir als Menschen geboren sind, tragen wir die Last der Schuld, weil sie die Natur des Menschen verändert hat. Wir müssen sterben, wir verdienen unser Brot im Schweiße unseres Angesichts, wir erleiden Krankheit und Irrtum. Das ist unsere Natur, wie sie die ersten Eltern uns durch ihren Ungehorsam hinterlassen haben.«

»Und weil Ihr solche überaus frommen Gedanken äußert, verfolgt man Euch?«

»Es sind schon Menschen, die dies gesagt haben, als Ketzer verbrannt worden. Ich unterstelle übrigens nicht, daß der heilige Franziskus das gewollt haben kann. Seinen Brüdern wird er hoffentlich, wenn sie zu ihm aufsteigen, gehörig Bescheid stoßen.«

»Ich danke Euch, Herr, für Eure Worte. Als Mutter bin ich sehr beruhigt, daß, was immer Gott gefällt, meinem geliebten Sohne zum Vorteile gereichen wird.«

Ich schämte mich, daß ich El Arab nicht gesagt hatte, daß ich von meinem Bruder Peppino erfahren hatte, er befürchte, der Erzbischof wolle sich durch die ungerechte Anklage gegen Rignaldo rächen – ohne mir zu offenbaren, für was es sich zu rächen gälte. So holte ich es jetzt schlaftrunken nach. El Arab dankte mir und überließ mich wieder mir selbst, ohne zur Auflösung des Mordes (und damit zur Rettung meines Bruders Rignaldo) noch etwas beizutragen. Er versprach aber, für die Taufe von Johannes Vorkehrungen zu treffen.

Im Halbschlaf bewegte mich eigenartigerweise ein anderes Thema, und ich wandte mich an den lieben Gott, um ihn zu fragen, welche Grenze es zwischen Keuschheit und Unkeuschheit gebe. Was die hohe Herrin sagte, leuchtete mir durchaus ein. Aber was der Erzbischof mir angetan hatte, war jedenfalls Unrecht. Doch aus dem Unrecht war mein geliebter Sohn geboren worden. Und ich dankte Gott, daß er mir mit meiner hohen Herrin und mit El Arab zwei Menschen gegeben hatte, die es mir nicht zur Schande werden ließen. Die gleiche hohe Herrin, die ich in ihrer Heiligkeit verehrte, die anderseits seinen Unwürden so eng verbunden war, der den Grund meiner Schande darstellte. So wandte ich mich an den Herrn, um dies zu verstehen, was ich nicht verstand.

Gott aber gab mir auf, es selbst verstehen zu wollen. Er habe mir schließlich nicht den Verstand gegeben, damit ich ihn ständig danach fragen solle, wie etwas zu verstehen sei.

Ja, der Herr kann auch ungehalten sein. Dann, wenn wir seine Schöpfung mißachten. Ich versprach, mich zu bemühen, seine Schöpfung zu heiligen. Und darauf erfüllte er mich mit wohliger Wärme, die mich ein wenig schlafen ließ – erlöst für einige Atemzüge von den Sorgen, die mich umtrieben, vor allem der Sorge wegen des Prozesses gegen meinen hoffentlich unschuldigen Bruder.

*

Auch an diesem Tag kamen die Frauen, um an der Heiligkeit meiner hohen Herrin Anteil zu nehmen. Sie wußten wohl, daß sie nicht unmittelbare Heilung zu erwarten hatten. Nichtsdestoweniger hielten sie ihr die Treue und waren froh, ihre heiligen Worte vernehmen zu dürfen. Zu ihnen sagte sie:

»Wenn wir sagten, Gott sei in uns, wären wir größer als er, und er wäre unser Diener. Wenn wir sagten, wir seien in Gott, wäre er größer als wir und über uns. Er ist aber beides zugleich, und darum ist er auch ein Drittes. Größer als wir ist er als unser Vater, kleiner als wir ist er als unser Sohn, und das dritte, das ihn vereint zu unserem Gott, das ist der heilige Geist.

Insgleichen findet sich dies in allen Dingen seiner Schöpfung wieder. Der Stein ist Härte, und er ist Feuer, insofern er warm werden kann. Und er ist dies dritte, das die verschiedenen Eigenschaften zu der Einheit macht, die wir ›steinern‹ nennen.

Die Pflanze ist die unbeseelte Sache, die sich nicht durch sich selbst bewegt, und sie ist die Seele, die Nahrung aufnimmt und wächst. Das Geheimnis ihrer Einheit nährt alle anderen Lebewesen.

Auch das Tier ist der Staub, aus dem es ist und zu dem es werden wird, und ebenso hat es die bewegende Seele, die leben will. So auch ist der Mensch das Tier, das der Lust folgt, und er ist Geist, der die Wahrheit sucht. Und er ist dieses göttliche Geheimnis, das beides zu einem fügt.«

Dieses Mal aber kam Unruhe auf, als eine Frau zu wissen verlangte, ob Keuschheit nicht Gott wohlgefällig sei und zur Heilung beitragen könne. Obwohl die meisten davon ausgingen, daß die hohe Herrin über diese Frage erhaben sei, fühlte man die Herausforderung und wartete gespannt auf die Antwort.

Aber Magdalena ließ sich nicht beeindrucken. Für lange Zeit schloß sie die Augen, bevor sie sagte:

»Als der Fuchs das Feuer einzufangen versuchte, ging sein Bau in Flammen auf. Als der Wolf die Fastenzeit einhalten wollte, verhungerte er. Wem die Keuschheit leicht fällt, der mag keusch bleiben ›zur Ehre des Fleisches unseres Herrn. Aber wem sie schwer fällt, der neigt‹, wie Ignatios von Antiocheia sagte, ›wenn er sich zu ihr zwingt, zur Selbstüberhebung. Wer sich der Keuschheit rühmt, ist verloren. Und wenn er sich gar für mehr hält als der Bischof, ist er dem Verderben verfallen.‹

Darum also höret:

Es gab einmal zwei Geschwisterpaare. Das eine liebte sich, wie Geschwister einander lieben sollen. Aber da sie ins Alter der Reife kamen, liebten sie sich allzu sehr und wurden unkeusch. Das andere Geschwisterpaar dagegen haßte sich derart, daß es Gott jammerte. Und da sie sich immer ärgeres Leid zufügten, haßten sie sich um so mehr, daß eines Tages der eine den anderen erschlug. Was meint ihr nun, wem Gott lieber verzeiht? Dem, der aus Liebe sündigt, oder dem, der sich wahrlich unkeusch dem Hasse hingibt und kein Ende findet vor dem Ende?«

Nachdenklich löste sich die Menge von Frauen auf, die man schon bald »Magdaleninnen« nannte.

*

Zweites Buch:
Die Heilige

Wir Heiligen

Der Herr gibt jedem von uns auf, die Last zu tragen, die er zu tragen vermag: Denn es wäre ein offensichtliches Unrecht, jemanden mit einer Aufgabe zu prüfen, die er nicht bestehen kann. Ein solches Unrecht aber begeht unser Gott nicht.

Das Heil erlangen wir nicht, indem wir uns Prüfungen stellen, die uns überfordern, sondern indem wir das tun, was der Herr von uns fordert. Da wir jedoch unterschiedliche Naturen haben, erlegt uns der Herr auch unterschiedliche Prüfungen auf.

So sind wir alle der Möglichkeit nach Heilige, wenn wir dem Wege folgen, der uns vorgezeichnet ist, und nicht von ihm abweichen. Wer aber etwas anders behauptet, der bricht den neuen Bund.

Darum bitten wir den heiligen Vater in Rom, daß er uns erlauben möge, Gott auf die folgende Weise anzurufen:

»Herr, wir bitten dich: Nimm dich
unserer Seelen an, denn wir sind hilflos
in diesem Jammertale und erwarten
das Glück durch deine Gnade.

Herr, wir bitten dich: Strafe uns nicht,
wenn du uns das Glück zuteil werden
läßt, sondern erlöse uns von der Furcht,
die wir in uns tragen, weil wir das Elend
um uns herum sehen, das du nach deiner
Weisheit zuläßt, aber von dem du nicht
willst, daß es uns überwältigt.

Herr, wir bitten dich: Laß uns standhaft
sein im Glauben an dich und im Gehorsam
dir gegenüber, auch wenn andere meinen,
uns in deinem Namen fälschlich beschuldigen
zu können. Und wenn sie uns verfolgen,
laß uns standhaft sein.«

Seine Unwürden lädt neue Schuld auf sich, aber wir wissen nicht, welche

»Du mußt ihn vielmehr umsonst lieben, ihn, der dich sättigen kann mehr als alle geschaffenen Dinge.«
Augustinus

Köln, 24. Januar 1252
Immer Donnerstags war der Tag, an welchem auch viele Mönche des Minoritenklosters trotz Pater Buenos ausdrücklicher Mißbilligung sich zum Bade begaben. Es war dies das alte Badehaus in der Filzgasse, inzwischen abgebrannt, das auf hölzernen Stelzen stand und ein rotes Dach mit vielerlei Erkern und Türmchen besaß. Von der Treppe aus, die zum Eingang führte, konnte man den Kessel sehen, der die Form einer Birne hatte und in welchem das warme Wasser bereitet wurde. Ein Rohr leitete das Wasser in die verschiedenen Zuber, die der Heilung und dem Vergnügen dienten. Es gab auch mit bis an den Boden herabhängenden Scheidewänden abgetrennte Nischen für die Einsamen, die sich hier frei und ohne das Gesetz der Bewerbung erkannten. Ein übriges tat der Bader, der Wilibald hieß und der ein großes Glück für die Weiber bedeutete, die verschlossen waren oder an anderen Unpäßlichkeiten litten. Sein Geschick der Hände unterstützte die Heilkraft des Wassers, während er für die Mannsleute, die ähnliches erlitten, einige liebreizende Mägde beschäftigte.

Obwohl der Haushalt der hohen Herrin über ein eigenes Bad verfügte, wollte El Arab es sich nicht nehmen lassen, das allgemeine Bad zu besuchen. Meine hohe Herrin begleitete ihn, und so kam ich, wieder genesen, in ihrem Gefolge ebenfalls ins Bad. Meinen Sohn wußte ich in der liebevollen Obhut der Köchin, die von unserer Herrin, ihrer vielen Kinder und ihres herzlichen Wesens wegen, dazu auserkoren war, für Johannes zu sorgen, wenn ich anderen Pflichten nachzukommen hatte.

Als Magdalena nun das unkeusche Treiben von nahem erblickte, bei welchem die beiden Geschlechter völlig unbekleidet, die Alten wie die Jungen, badeten, aßen, spielten und der Musik lauschten, so tauchte sie nur ihren Fuß ins Wasser, erklärte das Bad für genommen und zog sich zurück. Und also wurde uns ihre Heiligkeit offenbar.

Später sprach man in den Straßen und Gassen darüber, ob denn nicht diesem Werke der Keuschheit durch eine offensichtlich unkeusch lebende Person die nötige Ernsthaftigkeit fehle. Aber die meisten kamen überein, daß jedes Werk für sich genommen gewürdigt werden müsse, wie auch unser Herr Jesus Christus jede Reue, die jemand zeige, begrüße, und stamme sie auch vom ärgsten Sünder. Denn die Gewalt, die man sich antun muß, um züchtig zu sein, ist zu groß, als daß wir schwachen Menschenkinder sie ununterbrochen aushalten.

El Arab allerdings tat sich erst gar keine Gewalt an und mischte sich in das Getümmel. Alsbald war er umringt von nackten Weibsleuten, die ihn seines vielversprechenden Körperbaus wegen bewunderten und wohl nach seinen orientalischen Liebeskünsten hungerten. Mir allerdings fielen nun einige erst jüngst zugefügte Wunden an ihm auf.

Um mir eine Freude zu machen, gestattete die hohe Herrin mir, mich unter das Badevolk zu mischen. Ich aber konnte mich nicht recht freuen, weil ich in sorgenvolle Gedanken verfiel, die den morgigen Gerichtstag betrafen, auf dem die ungerechte Anschuldigung gegen meinen erstgeborenen Bruder Rignaldo verhandelt werden sollte. So hielt ich mich abseits, aß nicht viel und lachte nicht mit den anderen. Da sprach mich ein gut ausgestatteter Mann an. Er fragte mich, warum ich trübsinnig sei an diesem Ort der Lust. Ich sagte es ihm, und er antwortete ernst, wahrscheinlich solle er sich fern halten von mir, da ich in Schande lebte und in Schande einer Pfäffin verbunden sei sowie mein Bruder ein Mörder.

Darauf erwiderte ich: »Ich habe Euch nicht um Eure Gesellschaft gebeten, wer immer Ihr seid. Darum verschont mich mit Euren Beleidigungen.«

Er aber lächelte mir zu, nahm ein Stück Brot, brach es und schob mir einen labenden Bissen in den Mund. Er sagte: »Die Schande ist ganz auf meiner Seite, da ich, wie Ihr nicht wissen könnt, Mönch bin, Bruder Hilger mit Namen, und hier nichts verloren habe außer unkeuscher Lebenslust. Aber wenn sich zwei Menschen wie Adam und Eva gegenüberstehen, sollten sie nicht an den Stand oder an andere irdische Gegebenheiten denken, die die Menschen zu ihrem Unglück erfunden haben.«

»Wenn Ihr mir«, antwortete ich der Wärme des Bades zum Trotze kühl, »Eure Wurst mit Bart zu essen geben wolltet, so sucht Euch besser eine andere, die vielleicht williger ist, mit Euch eine Mahlzeit einzunehmen.«

»Ich wäre schon glücklich«, antwortete Hilger buhlend, »wenn Ihr mir erlauben würdet, Eure wunderschöne Brust zu kosen.«

Er wartete aber nicht auf meine Erlaubnis und streckte seine Hand aus. Ich wich so weit zurück, daß er mich nicht erreichte, und lächelte ein bißchen. »Soweit ich hörte«, sagte ich, »wäret Ihr der erste Mann, der es dabei belassen würde. Zuerst möchte ich also um Eure Ehrlichkeit bitten.«

»Ich weiß nichts von der Liebe«, entgegnete Hilger verwirrt, »und darf es auch nicht. So bitte ich Euch, mir zu helfen und zu sagen, welche Worte ich gebrauchen muß, um Euch zu öffnen.«

Nun mußte ich lachen ob seiner Einfalt. »Dann«, sagte ich und bespritzte ihn ein wenig mit Wasser, »wäre es, als würde ich mich selbst in Versuchung führen.«

Hilger schaute an sich hinunter und sagte: »Die Schlange ist zwar schon da, aber sie hat durch die lange Zucht verlernt, die rechten einschmeichelnden Worte zu finden.«

»Seht Euch um«, forderte ich ihn heraus, »erhebt Eure Schlange ihren Kopf, egal welches entblößte Weibsbild Ihr auch erblickt?«

Der Mönch schaute sich verdutzt um, aber dann wandte er sich unschlüssig an mich: »Eure Frage vermag ich nicht zu begreifen.«

»Das ist die erste Lektion, die ich Euch gebe: Wenn Ihr mich versuchen wolltet, müßtet Ihr mir das Gefühl geben, nur ich und niemand sonst würde Eure Natur ansprechen können.«

»Nur einen Gott bete ich an, der Geist ist, und einen Körper, das ist der Eure«, hauchte Hilger, alle Gelübde hintanstellend.

»Ihr lernt schnell«, sagte ich, »das gefällt mir. Allein, wenn wir fortfahren, wie in einer Disputation zu sprechen, erstirbt die Minne.«

Alles Blut, das er im Leibe hatte, war ihm zu Kopfe gestiegen. »Ich werde tun, was Ihr befehlt. Nur sagt mir, was ich tun soll!« flehte er.

Gern wäre ich mit diesem stattlichen Mönch meiner Trübsal, die, wie Cicero sagt (dessen »Gespräche in Tusculum« wir in der Klosterschule gelesen hatten), auch eine Krankheit ist, für kurze Zeit entronnen und hätte es ihm gewährt, seinen Stand zu vergessen, allein, meine Verzweiflung war zu groß, und ich erinnerte mich überdies an meine Treuepflicht der hohen Herrin gegenüber. »Ihr wißt nicht, was Ihr tut«, sagte ich darum niedergeschlagen, »Eure Sinne sind verwirrt. Wenn wir uns wiedersehen, werden wir fortfahren, vielleicht mit der zweiten Lektion.« So verließ ich ihn leidend, ohne zu wissen, daß es eine ganz andere Situation sein würde, in der ich ihn erneut treffen würde, eine Situation, in der die Rollen vertauscht sein würden.

*

Köln, 25. Januar 1252

An dem nächsten, durch Konrads Sterndeuter festgelegten Tage, dem fünfundzwanzigsten im Januar, als die ganze Stadt wiederum unter einer dichten Schneedecke lag, hielt seine Unwürden Gericht. Man muß wissen, daß der Stolz der Bürger diesem Gericht nur Fälle zur Bearbeitung überläßt, die sich nicht durch die Ordnung der Gilden regeln lassen. Das sind die Streitigkeiten in den Familien und die Verbrechen gegen König und Kirche.

Niemand konnte dem Erzbischof nachsagen, er würde nicht mit Gerechtigkeit und Weisheit richten. (Darum gebrauchte ich den Ausdruck »seine Unwürden« auch nur mir selbst gegenüber, eher um mich stets daran zu erinnern, was er mir angetan hatte, als um einer offensichtlichen Ehrlosigkeit wegen.) So hielt er es auch an diesem Tage.

Gespannt wartete man auf das Urteil, das der Erzbischof in der Sache Herzog Chlodwigs gegen seine Gemahlin Leutsinda fällen würde: Der Herzog hatte wegen eines nachgewiesenen Ehebruches um die Aufhebung der Ehe nachgesucht. Der Erzbischof bestand darauf, die Gattin anzuhören, wogegen der Herzog heftig protestierte.

»Wollt Ihr den Worten einer Ehebrecherin Glauben schenken?«

»Es geziemt sich, Herzog, daß Ihr dem Richter die Führung der Verhandlung überlaßt. Wir versichern Euch aber, daß wir Eure Frau nicht zum Gegenstande des Ehebruches befragen werden.« Dann wandte er sich an sie:

»Edle Frau Leutsinda, werdet Ihr diesem Manne, obwohl er bestreitet, mit Euch in der rechtmäßigen Form die Ehe zu vollziehen, den geschuldeten Dank abstatten, wenn wir es ihm verweigern, die Ehe aufzuheben?«

»Ehrwürdiger Vater und Herr Erzbischof, ich bitte Euch, ersucht Herzog Chlodwig, daß er Euch die Verzeihung bekennt, die er mir in der Nacht auf mein Bitten hin durch seine Taten ausgedrückt hat und die er nun zu bestreiten scheint.«

Der Erzbischof schaute auf den Herzog und entschied: »Herzog Chlodwig, da wir um Euer Seelenheil besorgt sind, möchten wir Euch helfen, Euren Hochmut zu überwinden, der Gott nicht gefällt, und auf den Weg des Verzeihens zurückzukehren. Darum verfügen wir, daß Ihr die hohe Leutsinda bei Euch behaltet, die Ihr, indem Ihr ihr den Bruch der Ehe vorwerft, schon als Eure Frau anerkennt. Denn eine Ehe, die nicht bestünde, könnte auch nicht gebrochen werden. Dieser Spruch des Richters stützt sich auf Papst Nikolaus, der im neunten Jahrhundert dem fränkischen Kaiser Lothar II. mit eben dieser Begründung die Annullierung versagt hat. Euch aber, Herzog Chlodwig, möchten wir sagen, daß Ihr den Ehebruch nicht so sehr Eurer Frau zur Schande anrechnet als vielmehr Euch selbst; eine Schande, die Ihr nicht tilgt vor Gott, wenn Ihr Euch gegen sie wendet, sondern indem Ihr ihr den Dank abstattet, den Ihr ihr schuldet.«

Diese Entscheidung wurde mit großer Heiterkeit aufgenommen und von den hochgeborenen Eheleuten durch eine Umarmung angenommen.

In der zweiten Sache ging es um eine Erbschaftssache: ein Familienstreit, der unter den Bürgern schon länger für Gesprächsstoff gesorgt hatte. Ingotrude, Witwe des Tuchmachers Gregor, hatte den Wunsch, daß ihre Tochter Maria Äbtissin in einem Kloster werde, und befahl ihr darum, ihren Mann zu verlassen. Sie erreichte beim Bischof von Aachen eine Annullierung der Ehe; aber der Ehemann verklagte den Aachener beim Erzbischof.

Der Erzbischof verfügte, daß die Frau zu ihrem Manne zurückkehren müsse, und sie folgte dieser Verfügung gern. Daraufhin enterbte die Mutter sie. So stand nun die Klage der Tochter gegen ihre Mutter um das Erbe des Vaters an. Der Erzbischof gab zu, daß die Tochter ungehorsam wider die Mutter gehandelt habe, dies aber aus Treue zu ihrem Manne und zu Gott. Er erreichte, daß die Mutter schließlich zustimmte, der Tochter einen solchen Teil des Erbes zu überlassen, womit die Tochter sich zufriedengeben konnte.

Verhandelt wurde auch die Sache des Bauern Michael aus Deutz gegen einen Wolf, der bei ihm und bei anderen Bauern gewildert hatte. Der große, vollständig weiße Wolf war seinen Verfolgern immer wieder entkommen und hatte einige Knechte der Bauern verletzt. Erst als Michael auf ein Zeichen des heiligen Franziskus hin gelobte, das Tier nicht zu töten, sondern nur gefangenzunehmen und vor ein Gericht zu stellen, sollte es ihm gelingen, des Wolfes habhaft zu werden.

Da der Wolf, wie gesagt, vollständig weiß war, dachte man, er stehe unter dem besonderen Schutze Magdalenas. Und sie war es nämlich, die ihn, weil er nicht für sich selbst sprechen konnte, verteidigen sollte. Also sagte sie:

»Dieser weiße Wolf ist, wie wir alle, ein Geschöpf Gottes. Indem er seine Nahrung sucht, wo er kann, folgt er seiner Natur, die er offensichtlich von Gott erhalten hat. Nichts, was jemand von Gott erhalten hat, kann aber schlecht sein. Darum handelt dieser Wolf nicht böse, wenn er seiner Natur folgt.«

»Aber«, wandte Konrad in seiner Rolle als Richter ein, »es ist dem Bauern ein offensichtliches Unrecht geschehen, indem ihm sein Eigentum genommen wurde, und dafür ist die weiße Bestie, die ja auch den Menschen anfällt, des Todes.«

Die Verteidigerin widersprach: »Zur Bestie ist er geworden, weil er im Winter keine Nahrung findet, wo er lebt, so daß er zum Menschen gekommen ist. Wenn wir dem Tier geben, wessen es bedarf, wird es lammfromm werden.«

Wie um ihre Aussage zu bestätigen, wurde der in einem Käfig gefangene und vorgeführte weiße Wolf sehr ruhig, hörte auf zu wüten und zu heulen. Von diesem Anblick gerührt, sagte der Richter:

»So sei es. Die Bauern werden täglich abwechselnd ihren Fleischabfall an seine Futterstelle legen, damit er nicht verhungert, oder, um dem vorzubeugen, wildert.«

Das Haupt der hohen Herrin umkränzte ein Ring aus hellem Lichte, und das Tier, dessen Leben sie verteidigt und gerettet hatte, nahm die Gestalt eines Lammes an.

Es kam danach zu einem Aufruhr, da der Kaufmann Heinrich Overstolz Klage gegen einen unbekannten Betrüger erheben wollte. Die Klage stellte sich als Falle für den Erzbischof heraus:

»Ich frage den höchsten Richter dieser Stadt Köln«, erhob Heinrich seine Stimme, »was es anderes sei als Betrug, wenn jemand seine

Schuld mit Münzen zurückzahlt, von deren Gewicht er gegenüber dem Gepräge etwas abgenommen hat? Und ich frage ihn weiter, was er zu tun gedenkt, wenn nicht ein Betrüger etwas von dem Golde der Münzen abgekratzt hat, sondern das Oberhaupt der Stadt Münzen ausprägt, denen von vornherein etwas an Gewicht fehlt?«

Die fröhliche Stimmung wich, und einige der anwesenden Bürger begannen, ungehalten zu rufen: »Münzfälscher, Münzfälscher!«

Auch der Erzbischof verlor seine gute Laune, mußte sich jedoch beherrschen, da er hier als Richter fungierte: »Wohl wissen wir, worauf Ihr hinauswollt, Heinrich. Da wir uns aber nicht selbst anklagen können, müssen wir Euch an das Gericht des Königs verweisen.«

Daraufhin gab es viel unruhiges Gemurmel, denn es war bekannt, daß der König Erzbischof Konrad zu großem Dank seiner Treue wegen verpflichtet war. Und es schien jedem aussichtslos, beim König, den alle Pfaffenkönig nannten, weil es nur die Erzpfaffen von Mainz, Trier, Köln und Bremen waren, die ihn als König schätzten, gegen den Erzbischof von Köln klagen zu wollen. Heinrich zog sein Schwert und mit ihm weitere Bürger, die bereit waren, das, was sie für ihr Eigentum hielten, mit der Waffe zu erkämpfen. Auch Gildemeister Wilbert schickte sich an, das Schwert zu ziehen, aber als sich die Wachen des Erzbischofes ihm näherten, steckte er es geschwind wieder weg. Die Wachen des Erzbischofes befanden sich in der Überzahl, und offensichtlich war die Mehrheit der Bürger zum Aufstand nicht bereit.

Nachdem die Ordnung im Gericht wiederhergestellt war, war es Zeit für den traurigen Höhepunkt dieses Tages: die Anklage gegen meinen erstgeborenen Bruder Rignaldo. Ihm wurde vorgeworfen, seinen ehemaligen Freund, den Hufschmied, in der Nacht hinterrücks enthauptet und den abgeschlagenen Kopf also vor dem Hause der edlen Frau Magdalena zusammen mit einem geheimnisvollen Brief aufgerichtet zu haben.

Der Angeklagte wurde von zwei Wachen vorgeführt. Er war bleich, und die Angst stand ihm ins Gesicht geschrieben. Die Stimmung der Leute war geteilt. Es war klar, daß die einen ihn für schuldig, die anderen für unschuldig hielten, und daß ein jeder eine bestimmte Meinung über seine Schuld hegte.

Als erstes brachte der Gildemeister Wilbert erneut den Einwand vor, der Mordfall gehöre vor das Gericht der Gilden und nicht vor das Gericht des Erzbischofes. Außerdem wiederholte er, daß der Zimmermann Rignaldo ein unschuldiger Ehrenmann sei. Daraufhin entstand wieder einige lautstarke Erregtheit. Der Erzbischof war hierauf vorbereitet und entgegnete ruhig und selbstsicher:

»Wir, Konrad, Erzbischof und Richter der Stadt Köln von Gottes Gnaden, werden sowohl beweisen, daß dieser unglückliche Zimmermann, der angeklagte Rignaldo, der Mörder des Hufschmiedes ist, als auch, daß dieser Fall vor unser Gericht gehört, da es sich um ein Verbrechen gegen den König handelt.«

Er machte eine Pause, und nachdem Ruhe eingetreten war, fuhr er fort: »Es wird wohl niemanden in der Stadt geben, der uns beschuldigen kann, einen Freund zum Zeugen zu rufen, wenn wir nun Pater Bueno auf die heilige Schrift schwören lassen und fragen: Bruder, habt Ihr diesen Mann in der Nacht beim Hufschmied neben dessen Leiche kniend angetroffen?«

Nach der Vereidigung antwortete der Greis: »Ja, hoher Richter von Gottes Gnaden, das ist wahr.«

»Nun sagt uns aber: Was habt Ihr selbst beim Hufschmied um diese Zeit gesucht?«

»Der Hufschmied handelte mit Büchern. Er liebte sie ...« Pater Bueno sprach mit einer so lieblichen Stimme, daß ihm der Lug dahinein geschrieben stand.

»Er stahl sie, um genau zu sein, Bruder Bueno«, berichtigte der Erzbischof ungehalten.

»Mir war zu Ohren gekommen«, säuselte Pater Bueno unbeeindruckt weiter, »daß der Hufschmied über ein überaus seltenes Werk des heiligen Franziskus verfüge, das ich gern für unsere Klosterbibliothek erstanden hätte.«

Der Erzbischof beachtete ihn nicht mehr weiter. Statt dessen wandte er sich an eine andere Person. »Sodann wollen wir unter Eid den Wachmann Arnold dort fragen: Habt Ihr bei dem Angeklagten, der nun neben Euch steht, die Münzen gefunden, die er selbst dem Hufschmied als Rückzahlung seiner Schuld zuvor ausgehändigt hatte?«

»Ja, hoher Richter, dies ist die Wahrheit«, bestätigte Arnold, ein durch und durch häßlicher, von Geschwüren gezeichneter Mann, bei dem es mich wunderte, daß er das Wort »Wahrheit« in den Mund nehmen konnte.

»Ferner wollen wir Wachmann Goswin, ebenfalls nicht ohne seine Ehrenhaftigkeit vor dem Herrn zu bezeugen, fragen, ob er nicht unweit des Hahnentores einen Beutel mit einem unbekannten Siegelring und einigen Büchern gefunden hat, die offensichtlich beim Hufschmied entwendet worden sind?«

»Ja, hoher Richter«, antwortete Goswin, eine nicht weniger unangenehme Gestalt mit fauligen Zähnen, »das habe ich. Wenn ich auch hinzufügen muß, daß ich nicht weiß, wer diesen Beutel dort hingelegt oder verloren hat.«

»Nun werden wir also erfahren, wie es sich zugetragen hat: Der Hufschmied hatte, wie ihr alle wißt, den Zimmermann, der sein Freund gewesen war, aufs heftigste beleidigt und ihm seine Ehre abgeschnitten, indem er ihn des Betruges bezichtigte. Man muß aber auch wissen, daß der Zimmermann viele Schulden hatte, die er sich durch seinen übermäßigen Umgang mit den Dirnen zuzog, was niemandem unbekannt ist. So trieb ihn nicht nur der Schmerz um die verlorene Ehre, sondern auch die Geldgier, den Hufschmied zu erschlagen, um wieder Herr des Geldes zu werden, das er hatte zurückzahlen müssen. Als er nun den fremden Siegelring fand, den der Hufschmied wie die Bücher als Hehlerware erhalten hatte, ersann er einen Plan, um derart an weiteres Geld zu kommen: Er schrieb diesen Brief, in welchem die Worte stehen: ›Zur Warnung an den, der seinen Schatz vor dem Hahnentor verteidigt.‹ Er baute den abgeschlagenen Kopf zusammen mit dem Brief vor dem Hause unserer Konkubine, der Edelfrau Magdalena, auf und hoffte, sie so zu erschrecken, daß sie ihm am Hahnentor weitere Schätze aushändigen würde. Diese Wegelagerei aber ist ein Verbrechen gegen den König, das nicht unter die Gerichtsbarkeit der Gilden fällt. Mögen die Gilden das, was zu richten übrig bleibt, richten, wenn wir mit dem Elenden fertig sind.«

Es war, als würde mir das Herz aus dem Leibe gerissen. Seine Unwürden hatte alle meine Fragen, die ich mir gestellt hatte, so beantwortet, daß die Schuld Rignaldos unausweichlich festzustehen schien! Und indem er sich öffentlich zu meiner hohen Herrin bekannte, gewann er die Liebe der Menge und erzwang meine Treue. Es gab keinen Ausweg mehr, und ich wünschte, auf der Stelle tot umzufallen – eine Gnade, die der Herr mir jedoch verwehrte.

Der Erzbischof holte tief Luft und wandte sich dann an meinen

Bruder: »Bedauernswerter Rignaldo, bekennst du nun deine Schuld, nicht um Gnade vor dem Gericht der Menschen, wohl aber vor dem Gericht des Höchsten zu erlangen?«

Rignaldo aber schrie: »Nein, nein! Gott ist mein Zeuge, ich bin unschuldig an dem, was Ihr mir vorwerft! Ich gebe es zu, daß ich bei dem Leichnam war. Bruder Bueno spricht nicht falsch. Auch gebe ich zu, daß ich das Geld an mich genommen habe – was nützt es einem Toten? Doch zu der Zeit, als ich zum Hause des Hufschmiedes kam, mit bösen Absichten, das gebe ich zu, war sein Haupt bereits vom Rumpfe getrennt. Und obwohl ich weiß, daß es mich nicht retten wird, so will ich doch, daß alle die Wahrheit erfahren: Denn es war die Pfäffin Magdalena, die ich bei dem Toten fand. Sie allein kann die Mörderin sein. Und wenn man mich hinrichtet, dann nur aus Rache für das, was mein Bruder, der Hufschmied und ich dem Ehrwürdigen Vater und Herrn Erzbischof zugefügt haben: etwas, das ich nicht preisgebe, da mein Bruder noch lebt und ich hoffe, daß er, wenn ich schweige, vom Zorn des Erzbischofes verschont bleibt.«

Selbst Dietrich von der Mühlengasse, ein Schöffenbruder, dessen Feindschaft gegen den Erzbischof jedermann bekannt war, empörte sich über diese unkluge Rede meines armen Bruders, die ihm wohl von der Angst diktiert worden war. Dietrich sprach also:

»Wir wollen unsere Zeit nicht mit dem Anhören von nichtswürdigen Ausflüchten vertun. Stopft dem Angeklagten das Maul. Wir halten es nämlich für offensichtlich, daß er sich mit dem Tode abgefunden hat, weil er schuldig ist.«

Es erschien niemandem notwendig, meine hohe Herrin zu befragen, da keiner annahm, daß eine Frau mit dem Schwert tötete, sondern mit Gift. Sie selbst machte auch keine Anstalten, zu der Anschuldigung Rignaldos Stellung zu nehmen.

Da der Erzbischof in Person des Richters das geklärt hatte, was die Bürger an Einwänden hatten, war selbst sein ärgster Widersacher, der Gildemeister Wilbert, nicht mehr willens, für Rignaldo einzutreten. Er verabschiedete sich mit Tränen in den Augen von Rignaldo, indem er sagte:

»Wenn du unschuldig bist, Bruder, wird dich Gott entschädigen. Die Menschen können nichts mehr für dich tun.«

War Rignaldo wahrhaft der Mörder? Wieso hatte er meine hohe

Herrin beschuldigt? Wenn sie die Mörderin wäre und ihn ungerecht sterben ließe, um selbst weiterleben zu können, müßte ich sie, die ich nicht weniger liebte als ihn, verlassen und zusammen mit meinem Sohne jämmerlich zugrunde gehen. Aber wann hätte sie einen Mord begehen können, ohne daß ich es gemerkt hätte, da ich doch so gut wie nie von ihrer Seite wich? Und wenn sie den Mord nicht begangen hatte, warum, um Himmels willen, richtete sich Rignaldo gegen sie? Ich wußte nun nicht, wem ich mißtrauen sollte, meiner hohen Herrin oder meinem Bruder! Die hohe Herrin äußerte sich nicht über den Fall, und ich wagte nicht, sie anzusprechen. So faßte ich den hoffnungsvollen Gedanken, um Erlaubnis zu bitten, meinem Bruder einen Besuch abstatten zu dürfen, damit ich ihn befragen konnte. Wenn er mir einen Hinweis auf den wahren Mörder geben könnte, würde ich versuchen, mit El Arabs Hilfe einen Gnadenerlaß beim Erzbischof zu erwirken.

*

Also erhielt ich die ersehnte Zustimmung, meinen Bruder Rignaldo aufzusuchen. In der Hacht, dem Gefängnis im erzbischöflichen Palastbezirk, da Rignaldo gefangengehalten ward, befand sich die ganze Kälte des Winters. Kaum ein Lichtstrahl drang durch das kleine vergitterte Fenster. Das Stroh, das meinem unglücklichen Rignaldo als Lager diente, war klamm. Auch ich hätte den Tod vorgezogen gegenüber einem Leben an diesem schrecklichen Ort, dem nur das Feuer fehlte, um es als Hölle sehen zu können.

Mein Bruder hatte sich in der Tat mit dem Tode abgefunden und fragte mich mit traurigem Lächeln: »Du, geliebte Schwester, hast, wie ich gehört habe, einen gesunden Sohn zur Welt gebracht?«

»Ja, teurer Bruder, es ist Johannes.«

»Es tröstet mich, daß ich durch dich in ihm weiterleben werde. Es schmerzt mich aber, daß er aus dem Samen meines Mörders stammt.«

»Lieber Bruder, meine Sünden sind an deinem Unglück schuld. So würde ich gern an deiner statt sterben, wenn ich nicht ein Kind hätte, das mich verpflichtet zu leben.«

»Du könntest dies auch nicht. Ich sterbe für meine eigene Sünde, wenn auch nicht für diejenige, die die Menschen mir zur Last legen.«

»Kannst du mir es nicht offenbaren, jetzt, wo die Stunde deines Todes naht?«

»Nein, um unseres Bruders willen darf ich es nicht sagen. Es würde den Erzbischof zwingen, sofort seinen Tod zu veranlassen.«

»Gott möge verhüten, daß ich auch meinen zärtlichsten Bruder verliere: Du weißt, daß er dem Tode nicht so tapfer wie du in die Augen würde blicken können.«

»So gibt Gott jedem die Last, die er tragen kann. Und dies macht mich zuversichtlich: Wenn Gott mich ein schweres Schicksal ertragen läßt, zeigt das mir, daß er mich für stark genug hält.«

»Bruder, ich brauche nun deine Stärke. Denn ich diene der Herrin, die du des Mordes an unserem Freunde beschuldigt hast. Ich frage dich also um meinetwillen und der Ehre unserer Familie willen: Ist die edle Frau die Mörderin des Hufschmiedes? Muß ich sie mit meinem geliebten neugeborenen Sohne um der Ehre unseres Freundes willen verlassen, um elend zugrunde zu gehen?«

»Selbst wenn Magdalena die Mörderin des Hufschmiedes wäre, so riete ich dir, bei ihr zu bleiben. Der Hufschmied war ein falscher Freund, der den Tod verdient hat, das kann Gott allein bezeugen. Auch bin ich mir nicht sicher, daß sie den feigen Mord begangen hat. Denn ich war nicht Zeuge des Mordes. Wohl aber sei versichert, daß ich sie dort erblickt habe.«

»Ich kann nicht glauben, es sei meiner Aufmerksamkeit entgangen, daß sie, wiewohl ich beinahe nie von ihrer Seite weiche, das Haus in jener Nacht verlassen hat.«

»Du willst mich, jetzt in dieser meiner schwersten Stunde, der Lüge zeihen?«

»Kann Pater Bueno der Mörder sein?« lenkte ich von seiner Frage ab. »Er war jedenfalls dort und hat dich gesehen.« Nein, ich wollte nicht aufgeben und stemmte mich gegen die Erkenntnis, daß es Gottes Wille sein mußte, Rignaldo von des Henkers Hand sterben zu lassen.

»Das kann ich nicht bezeugen. Als er mich antraf, war der Hufschmied bereits enthauptet. Natürlich kann er zurückgekehrt sein zu dem Ort des Verbrechens.«

»Hast du den Beutel mit dem Siegelring und den Büchern genommen oder hast du ihn wenigstens gesehen?«

»Nein. Ich habe alles durchsucht, um das Geld zu finden, Gott verzeih mir diese Sünde. Der besagte Beutel war nirgendwo.«

»Gelänge es mir, ärmster Bruder, den wahren Mörder ausfindig zu machen, bevor man dich richtet, wärest du gerettet. Es haben sich drei Personen dort aufgehalten: meine hohe Herrin, Pater Bueno und du. Du hast, wenn ich dir so roh die Wahrheit sagen darf, zwei Gründe zum Morde gehabt, einen ehrenhaften und einen habgierigen. Aber ich glaube dir gern, daß die Geschichte mit dem Brief und Siegel keinen Sinn ergibt. Sie ergibt allerdings, soweit ich sehe, auch keinen Sinn, wenn man einen der beiden anderen Anwesenden zum Mörder erwählt. Welchen Grund sollte Pater Bueno gehabt haben, den Hufschmied zu töten? Welchen Grund könnte meine hohe Herrin für solch einen Mord gehabt haben? Vorausgesetzt, sie kann überhaupt das Schwert in dieser Weise führen.«

»Ich wähne, sie hatte einen männlichen Helfer. Ich vermute, daß eine weitere Person zugegen war, deren Namen ich aber nicht kenne. Was ich im fahlen Fackellichte gewahrte, war der Schatten eines Mannes mit ungewöhnlich großen, abstehenden Ohren.«

»Es könnte auch ein Helfer von Pater Bueno gewesen sein, der für den Greis das Schwert führte. Gleichviel, das würde uns nur helfen, wenn wir wüßten, wer den Schatten geworfen hat. Um dich zu retten, gibt es darum nur den Weg, das Volk gegen Konrad aufzubringen. Dazu müßte ich wissen, was ihr ihm angetan habt, um das Volk davon zu überzeugen, daß nicht die Liebe zur Wahrheit, sondern niederträchtige Rache die Grundlage seines Urteils war.«

»Da ich, liebe Schwester, des Todes bin, muß ich als der älteste von uns dafür Sorge tragen, daß es dir, deinem Kinde und meinem jüngeren Bruder wohl ergeht. Ich schweige also und nehme dieses Geheimnis mit ins Grab. Denn wenn du es wüßtest, könnte das, Gott behüte, auch deinen Tod heraufbeschwören.«

»Warum verschweigt es Konrad so hartnäckig?«

»Du fragst mich, so daß ich mich verraten möge. Aber das gelingt dir nicht, dafür sorge ich um deinetwillen. Er verrät das Geheimnis nicht, weil er es sogar vor seinem Gott zu verbergen sucht.«

»Ich sehe, daß ich dich, wenn nicht Gott mit einem Wunder hilft, verloren habe, lieber Bruder. Meine Liebe aber und meine Dankbarkeit werden dich begleiten in alle Ewigkeit.«

»Amen.«

Als ich Rignaldo betrübt verließ, traf ich am Tor der Hacht Peppino, meinen zärtlichen Bruder, der sich wohl ebenfalls von dem Unglücklichen verabschieden wollte. Ich war erleichtert, ihn zu sehen, und setzte dazu an, ihn zu umarmen, weil ich hoffte, an seiner Brust Tröstung zu erfahren. Ich bemerkte Schwellungen auf seinem Gesicht, kam aber nicht dazu, ihn nach dem Grunde zu befragen. Denn er stieß mich barsch zurück, weil er mich ganz und gar für das Unglück unserer Familie verantwortlich machte. Er eröffnete mir, daß er die Stadt verlassen und erst zurückkehren und wieder mit mir sprechen werde, wenn ich den Dienst bei der Hure beendet haben würde, die bezeichnenderweise ja in dem Stadtviertel wohne, in welchem auch diejenigen verworfenen Menschen lebten, die unseren Herrn ans Kreuz genagelt hätten:

»Höre du besser nur auf Pater Bueno«, sagte er, »und halte dich fern von den Juden.«

Nichts weiter konnte ich ihn fragen, denn unvermittelt verließ er mich.

*

Die Angst um meinen Bruder Rignaldo, aber auch die Ungewißheit darüber, wer der Mörder des Hufschmiedes sei, schnürte mir die Kehle zu, als ich, überdies gekränkt durch die Zurückweisung meines Bruders Peppino, in das Haus der hohen Herrin zurückkehrte. Je länger ich über das, was ich wußte, nachdachte, um so gewisser wurde ich, daß Rignaldo unschuldig war. Der Erzbischof mußte die Ergreifung von Rignaldo ja verfügt haben, noch bevor er sich auf den Weg ins Haus meiner hohen Herrin begeben hatte. Wie konnte er so schnell nicht nur von dem Mord erfahren, sondern auch den Mörder ausfindig gemacht haben? Also mußte der Erzbischof mehr gewußt haben, als er sagte. Dies kam mir überaus verdächtig vor. Ich raffte mich auf, den langsamen Gisbert zu beauftragen, seinen Vetter Goswin, der am Hahnentor Wachdienst versah, zu seinem vor dem Gericht bezeugten Funde des Beutels mit Siegelring und Büchern zu befragen.

Nachdem ich schon die hohe Herrin gebettet und mich in meine

Kammer zurückgezogen hatte, suchte mich El Arab auf und sprach mich an.

»Alle sind nun von der Schuld deines Bruders überzeugt, bis auf einen, was sehr merkwürdig ist – es ist nämlich seine Unwürden höchstpersönlich –«

»Ich habe diese verachtende Bezeichnung aufgegeben«, warf ich ein. »Denn ich habe über das, was Ihr mir einst sagtet, nachgedacht und bin zu dem Schluß gelangt, daß seine Sünde kaum schwerer wiegt als die meine.«

»Nimm sie wieder an, sie steht ihm zu, dem Abergläubischen. Er nämlich hat nach dem Gericht, als du deinen Bruder im Gefängnis aufgesucht hast, zu seiner Leman gesagt, und ich war Zeuge: ›Um deinetwillen habe ich einen Unschuldigen zum Tode verurteilt.‹ Verstehst du, was gemeint ist?«

»Nein, ich will zwar nicht an die Schuld meines Bruders glauben; wer aber der Mörder ist, das weiß ich auch nicht. Was meint Ihr?«

»Der Erzbischof scheint überzeugt«, sagte El Arab ausweichend, »daß seine Leman in den Mord verstrickt ist. Nur so läßt sich verstehen, was er gesagt hat.«

»Mein Bruder hat mir bestätigt, daß er Magdalena im Hause des Hufschmiedes gesehen habe. Aber kann sie das Schwert führen? Er meinte überdies, daß noch jemand anwesend war, von dem er nur einen ›Schatten mit ungewöhnlich großen, abstehenden Ohren‹ gesehen habe. Ich frage mich übrigens auch, warum Pater Bueno so bereitwillig dem Erzbischof als Zeuge gedient hat.«

»Darüber habe auch ich schon nachgesonnen. Meine Vermutung ist, daß der Erzbischof ihn in der Hand hat. Er hat ihm wohl gedroht, ihn andernfalls selbst unter Anklage zu stellen.«

»Mein Bruder Peppino, der mich für die Verurteilung unseres älteren Bruders verantwortlich macht, hat mir gesagt, ich solle auf Pater Bueno hören und die Juden meiden. Was hat es damit auf sich?«

»Durch seine Aussage vor dem Gericht auf seiten des Erzbischofes hat Bueno viel von seiner Sympathie bei den Gildebrüdern verloren. Jetzt predigt er dem Pöbel und hetzt gegen die Juden, die unter dem Schutz des Erzbischofes stehen. So nämlich rächt er sich meines Erachtens für die Schmach, die ihm Konrad zufügte, als er ihn zur Aussage gezwungen hat.«

»Könnte der Pater vielleicht tatsächlich als Mörder in Frage kommen? Obgleich es ihm, da er ein Greis ist, kaum zuzutrauen wäre?« El Arab war es gelungen, mich aus meiner Mattheit zu rütteln, und ich schöpfte Hoffnung, das Rätsel mit seiner Hilfe zu lösen und meinen Bruder doch noch zu retten. »Es gab nach den Zeugen drei oder vier Personen am Ort des Geschehens: meinen Bruder, die hohe Herrin und Pater Bueno sowie, nach dem Gefühl meines Bruders, eine weitere Person, die er aber nicht erkannt hat. Mein Bruder war wahrscheinlich nicht der Mörder, meinem Empfinden und dem Zeugnis des Erzbischofes nach. Meine Herrin wollen wir nicht als Mörderin verdächtigen – bliebe nur noch der greise Bueno oder die geheimnisvolle vierte Person. Mein Bruder meinte, es könnte ein Gehilfe von Magdalena gewesen sein. Aber ebenso könnte es sich um einen Gehilfen von Pater Bueno gehandelt haben. Ich frage mich: Was hat Pater Bueno bei dem Hufschmied gewollt? Welchen Grund könnte er gehabt haben, ihn zu erschlagen oder erschlagen zu lassen? Und dann, was hätte ihn dazu bringen können, die grausige Aufstellung vor dem Hause der Herrin vorzunehmen?«

»Der Hufschmied handelte mit Büchern«, erläuterte El Arab, der anscheinend mehr wußte als ich. »Mit gestohlenen Büchern, genauer gesagt. Es waren darunter mitunter auch solche, von denen manche wollen, daß sie nicht gelesen werden. Studenten der Universität haben zum Teil viel Geld geboten für Abschriften der philosophischen Werke des Arabers Avicenna oder des Juden Maimonides.«

»Wie ergibt sich daraus ein Grund, den Lieferanten dieser Bücher töten zu wollen?«

»Pater Bueno will verhindern, daß diese Ideen sich in der Studentenschaft verbreiten, denn viele der Studenten sind zukünftige Würdenträger der Kirche oder des Reiches.«

»Und die Aufstellung vor dem Hause meiner hohen Herrin?«

»Das paßt ebenfalls zu Bueno: Er predigt seit Monaten gegen ›die lasterhafte, in der ganzen Stadt bekannte Pfäffin‹.«

»Wenn Pater Bueno eine öffentliche Wirkung beabsichtigt hätte, hätte er dann nicht in dem Brief eine deutliche Botschaft ausgedrückt? Warum hat er Euer Siegel benutzt? Wußte er, wofür das Siegel stand?«

»Er haßt mich vermutlich, weil ich für die Sache des Geistes kämpfe, die ihm, dem alten Franziskaner, zuwider ist. So wollte er mich denn warnen und davon abhalten, fürderhin den Schatz der Wahrheit zu verteidigen!«

»Haben wir denn damit seine Schuld nachgewiesen? Ich muß gestehen, daß ich noch Zweifel habe«, gab ich frech zurück. »Denn ich habe folgende Fragen: Wer war die vierte Person, die den Schatten mit den großen, abstehenden Ohren geworfen hat, den mein Bruder sah? Und, darüber haben wir noch gar nicht gesprochen, obwohl es doch ein so offensichtliches Rätsel ist: Wie hat der Erzbischof so schnell von all dem erfahren? Er hat den Befehl, meinen Bruder zu ergreifen, gegeben, bevor er hier am Hause war!«

»So wie du es jetzt darstellst, haben wir einen weiteren Verdächtigen: den Erzbischof selbst, oder vielmehr einen seiner Häscher. Das wäre die vierte Person, der Ohren-Schatten, wie wir ihn nennen könnten – und dergestalt ließe sich erklären, wie er an die Information gekommen ist. Es würde zudem erklären, warum er daran interessiert ist, schnell einen Unschuldigen als Mörder hinrichten zu lassen, nämlich um den Verdacht von sich selbst abzulenken.«

»Es würde aber nicht erklären, was es mit dem Siegel und dem Brief auf sich hat«, überlegte ich.

»Richtig, das würde es nicht erklären.« El Arab steuerte keinen Gedanken bei, der mir im Bemühen, Rignaldo zu entlasten, weiterhalf.

Ich führte also den Gedankengang selbst fort: »Der Erzbischof muß meinen Bruder noch mehr hassen als Pater Bueno! Denn er hatte schließlich die Wahl, wen von beiden er anklagen würde – vorausgesetzt, wir gehen davon aus, daß er seine Konkubine nicht anklagen wollte. Er hat sich für eine Anklage gegen meinen Bruder entschieden, wo er doch Pater Bueno hätte vernichten können. Welch unbändiger Zorn muß ihn geleitet haben! O Gott, es gibt keine Rettung für meinen unglücklichen Bruder!«

El Arab nickte stumm. Ich versuchte immer noch, der Lösung näherzukommen, und fragte: »Herr, Ihr hattet den Erzbischof gebeten, den aufgespießten Kopf des Hufschmiedes untersuchen zu dürfen. Was hat Euch diese Untersuchung über den Mord gelehrt?«

»Manchmal ist die Wissenschaft blind«, antwortete El Arab gleichgültig. »Es hat zu keinem Ergebis geführt, wie Konrad vorausgesagt hat. Auch der Abergläubische hat, wenngleich nur aus Zufall, schon mal recht.«

Wie also sollten wir das Rätsel lösen? Ich war nur eine Magd, und meine Möglichkeiten waren beschränkt. El Arab dagegen war anderen Standes und klug, und ihm standen alle Wege offen, wie ich unterstellte. Sollte es so sein, daß ihn das Schicksal meines unglücklichen Bruders gar nicht so sehr scherte? Erneut beschlichen mich Zweifel ob El Arabs Lauterkeit. Oder hegte ich ungerechten Groll El Arab gegenüber, weil ich unglücklich und ungeduldig war? El Arab jedenfalls verabschiedete sich und überließ mich meinen Gedanken.

Wenn der Erzbischof den Befehl gegeben haben sollte, den Hufschmied zu töten, gab es keine Rettung für meinen Bruder, so viel war gewiß. Ich war verzweifelt und fand keinen Schlaf. Meine Unruhe übertrug sich auf meinen Sohn, der keine Ruhe gab und schrie und schrie die ganze Nacht hindurch. Mißtrauisch wie ich war, spähte ich wieder und wieder aus dem Fenster. Und richtig: Irgendwann verließ El Arab das Haus. Während ich im fahlen Mondenscheine seine schwarze Gestalt über den Hof schleichen sah, erinnerte ich mich daran, was der langsame Gisbert gesagt hatte: Die Morgenländer seien Teufel, die, wenn überhaupt, nur ein halbwegs gutes Benehmen hätten. Mußte ich mich mit dem Teufel verbünden, um meinen Bruder zu retten? Und was für einen verführerischen Liebreiz dieser Teufel versprühen konnte!

Am Morgen war El Arab bei uns, als sei nichts geschehen. Ich entsann mich der Wunden, die ich im Bade an seinem Körper gewahrt hatte. Welche Kämpfe kämpfte er im Dunkel der Nacht? Etwas Unheimliches ging hier vor, das ich nicht durchschaute. Aber mein Stand verbot es mir, danach zu fragen.

*

Köln, 26. Januar 1252

Für den nächsten, klirrend kalten Tag hatte sich El Arab etwas Besonderes für meine hohe Herrin ausgedacht. Er besuchte mit ihr die jüdische Mikwa, das Bad der rituellen Reinigung. Es ist nur Juden vorbehalten, und daher ranken sich unter uns vielerlei blutige Gerüchte um das Bad. Die einen sagen, es sei ein Ort der Unkeuschheit, die anderen, es fänden dort grausame Menschenopfer statt. El Arab hatte mit dem Rabbi gesprochen und ihn irgendwie überzeugt, ihm und der hohen Herrin Zutritt zu gewähren.

Da Magdalenas Köchin krank daniederlag, trug ich meinen Sohn bei mir und hoffte, daß er weder die Gespräche der Herrschaften durch ungebührliches Schreien stören noch mich darin behindern möge, meiner Herrin zur Hand zu gehen, wenn dies erforderlich war.

Als El Arab nun mit vor Frost steifen Fingern an die Tür der Synagoge klopfte, sagte er: »Hoher Rabbi, wir kommen als Freunde und ohne Arg im Herzen.«

Der Rabbi antwortete, während er die Tür öffnete: »Für mich ist am wichtigsten, daß Ihr ohne Waffen kommt.«

»Ist es nicht eigenartig«, sagte El Arab, »daß die Religion, in deren Buch geschrieben steht, man solle seine Feinde lieben, den Haß predigt, während Ihr, die Ihr in Eurem Buch vielerlei Gewalt habt, so außerordentlich friedfertig seid?«

»Wollen wir disputieren? Nein, herzlich willkommen sind mir alle, die reinen Herzens sind. Herr Averom, die Edelfrau und ihre Magd.«

»Warum nicht disputieren«, beharrte El Arab. »Das ist die rechte Gruppe dafür: der Jude, die Christin und ich als Philosoph.«

»Man sagt uns Juden nach, geschwätzig zu sein, Herr Averom, aber von Euch können wir noch etwas lernen. Nun kommt.«

Der schwarzgekleidete Rabbi mit seinem langen dunklen Bart, ein kleiner sehniger Mann, der sich trotz seines wohl recht hohen Alters behend bewegte und dessen kleine Augen merkwürdig anziehend glitzerten, führte uns in die Mikwa, wie er El Arab es versprochen hatte, und redete zu uns über deren Sinn:

»Das Wort ›Mikwa‹ bedeutet in unserer Sprache soviel wie ›Sammlung‹. Die Mikwa enthält nach Vorschrift drei Ellen Wasser in der Höhe auf eine Quadratelle. Es darf kein Wasser enthalten sein, das zuvor in einem Behälter gefüllt ward. Also liegt unsere Mikwa, die schon zur Zeit des alten römischen Reiches erbaut worden ist, tief genug, um durch Wasser vom Grunde gespeist zu werden. Entsprechend der über die Mikwa im Talmud niedergelegten Vorschriften dient das Wasser zu rituellen Handlungen wie die der Reinigung, wenn wir mit Toten in Berührung gekommen sind, sowie nach dem Monatsflusse der Frauen.«

Meine hohe Herrin war in dieser ihr gänzlich fremden Welt zunächst sehr zurückhaltend. Erst später, als sie die religiöse Inbrunst der Gastgeber ebenso wie deren Lebenslust kennenlernte, stimmte sie mit El Arab in das angeregte Gespräch ein.

Für eine Weile gelang es ihnen nämlich hier bei den Juden, den rätselhaften Mord, der geschehen war, zu vergessen, und sie ließen sich sorglos treiben: Fast war es mir, als ob sich mein Traum in der Kirche verwirklichen sollte, der Traum, in ein Land zu gelangen, in welchem die Menschen friedlich und gemeinsam Gott für seine Gaben danken. Konnte es sein, daß dieses Land in Köln lag?

»Ich kenne den Spruch Eures Avicenna«, sagte der Rabbi zu El Arab. »Den Spruch von den ›drei Betrügern‹, mit denen er Moses, Christus und Mohammed meinte.«

»Er wird ihm, wohl fälschlich, unterstellt.«

Ich bemerkte, wie ein Schatten ehrlichen Unwillens über El Arabs Gesicht huschte, ohne daß ich mir den Grund erklären konnte.

»Gleichwohl könnte er von ihm stammen, er entspricht seiner Geisteshaltung«, beharrte der Rabbi. »Denn ihm zufolge erkennen wir Gott durch die Vernunft und nicht durch den Glauben, wie es jene Genannten auf je verschiedene Art bezeugten.«

»Oder er stammt von Eurem Moses Maimonides«, gab El Arab nun wieder leicht belustigt zurück. »Keiner vor ihm hat wie er die Vernunft an die Stelle des Glaubens gesetzt.«

»Auch hier an der Universität gibt es jemanden, dem ich einen solchen lästerlichen Gedanken zutraute, Magister Albertus ist sein Name«, wehrte der Rabbi ab. »Magister Albertus zeichnet das Bild eines Gottes, zu dem auch wir uns, ebenso wie unsere Brüder, die Jünger des Propheten, bekennen könnten. Was meint Ihr?«

»Ich würde eher meinen, sein radikaler Schüler, Bruder Thomas, sei Urheber des Satzes«, antwortete El Arab. »Ich hörte ihn in einer Disputation mit dem furzenden Bruder Bueno, diesem franziskanischen Hurensohn, und er verteidigte die heidnischen Lehren der antiken Philosophen.«

Wieder fiel El Arab kurz aus seiner vornehmen Rolle und fluchte ganz unvornehm. Auch wünschte ich, daß er sich, anstatt in eitle Disputationen über scholastische Fragen einzustimmen, mit der Aufklärung des Mordfalles beschäftigen würde, um meinen Bruder zu entlasten. Warum war es für El Arab so wichtig, daß sich meine hohe Herrin mit den Juden traf?

»Nein, nein, Bruder Thomas scheint ganz ehrlich fromm zu sein«, widersprach der Rabbi mit neckischem Grinsen. »Zuerst konstruiert er alles aus der Vernunft, und dann sagt er: ›Siehe, dies ist es, was uns Gott im neuen Testament offenbart hat.‹«

»Aber«, wandte meine hohe Herrin ein, »der Spruch von den drei Betrügern ist falsch. Er müßte umgekehrt lauten: Wir sind die Betrüger. Betrügen wir nicht fortwährend Moses, Christus und, wenn wir wirklich diesen Gewaltherrscher einbeziehen wollen, Mohammed, um den Gott, den sie uns bringen wollten um unseres Heiles willen?«

»Wir betrügen unseren Gott nicht«, ereiferte sich der Rabbi. »Doch werden wir um den Frieden betrogen, den Euer Messias angeblich bringt. Kaum ein Unrecht kann in der Stadt geschehen, das nicht uns zur Last gelegt wird. Sind uns die bürgerlichen Berufe versagt, so leben wir von dem Beruf, der Euch versagt ist, dem Geldverleih, was uns jeden Haß einbringt, obgleich Euer Handel zum Erliegen käme, würden wir unser ungeliebtes Gewerbe vernachlässigen. Es ist erst ein paar Tage her, daß ein Knabe verschwand. Fast hätte man einen der Unsrigen dafür erhängt, wenn nicht herausgekommen wäre, daß er zu den Räubern in die Wälder geflüchtet war, weil die Eltern ihn schlimmer behandelten als ihr Vieh!«

»Wohl verstehe ich Euren Zorn«, erwiderte El Arab. »Vielleicht solltet Ihr, anstatt auf den Schutz des Erzbischofes zu vertrauen, Euch mit dem Volke verbünden. Es sind die Handwerker, besonders Gildemeister Wilbert und die Seinen, die unter dem Regiment des Erzbischofes leiden – und sie sind auf Eure Dienste angewiesen. Da Ihr jedoch mit dem Erzbischof paktiert, richten sie sich gegen Euch, obwohl sie eigentlich mit Euch sein müßten. Die religiösen Fragen spielen für sie gar keine Rolle.«

»Herr Averom, wir verstehen uns auf die Rolle der Verfolgten länger als Ihr.« Der Rabbi blieb freundlich, doch seine Stimme wurde fester. »Wir werden uns in die Angelegenheiten der Stadt nicht einmischen. Den Schutz nehmen wir von jeder Macht, die ihn uns anträgt und bei der wir eine gewisse Dauer vermuten.«

»Ihr Wicht! Haltet Ihr Wilbert etwa nicht für ehrenhaft?« schnaubte El Arab. Für einen kurzen Augenblick schien er Feuer zu spucken, und ich konnte mir vorstellen, daß hinter der edlen Maske ein gewalttätiger Kerl steckte. Die scharfen Worte weckten sogar meinen Sohn, den ich nur schwer wieder beruhigen konnte.

»Natürlich ist er ein Ehrenmann«, lenkte der Rabbi besänftigend ein. »Ich wäre der letzte, der dies bestreitet. Aber unser Volk hat zu viele Ehrenmänner gesehen, die ihr Wort für eine höhere Sache hingaben und uns verrieten.«

»Ja, nehmt Euch in acht vor den Ehrenhaften«, sagte meine hohe Herrin. »Mit den Sündern ist besser auszukommen.«

El Arab schaute etwas verlegen und gab sich dann wohl geschlagen: »Mag sein, daß Eure Erfahrung Euch Besseres lehrt als meine Idee vom Gemeinwohl, die ich zudem hier in einer mir fremden Stadt durchzusetzen versuche. Doch möchte ich Euch fragen: Seht Ihr nicht auch, daß der Streit zwischen dem Erzbischof und den Bürgern Euch schadet? Da der Erzbischof die Hand über Euch hält, wenden sich die Bürger gegen Euch. Zudem handelt Ihr mit den untergewichtigen Münzen des Erzbischofes, was den Zorn der Bürger nur zu verständlich werden läßt.«

»Nun aber«, sagte der Rabbi und lachte, nicht ohne einen bösartigen Unterton, »verläßt Euch der gesunde Menschenverstand, auf den Ihr Euch so viel einbildet. Wir bekommen als Gläubiger die Schuld in den untergewichtigen Münzen zurückgezahlt, die wir in guter Münze liehen. Dies rechnen wir gleichsam als unser Opfer, das wir für den Schutz des Erzbischofes aufbringen.«

»Ihr denkt in Geld«, setzte El Arab an.

Der Rabbi unterbrach ihn scharf: »So sagen uns unsere Feinde nach.«

»Zur Hölle, ich bin nicht Eurer Feind«, bekräftigte El Arab unwirsch. »Wenn Ihr in Geld denkt, denke ich in Macht. Das ist auch nicht besser. Aber erfolgreicher. Und Ihr müßt zugeben, daß Ihr zwischen der Partei des Erzbischofes und der Partei der Bürger ein Unterpfand werdet, das allzu schnell hergegeben werden wird, wenn jemand sich daraus einen Vorteil reimt.«

»Wir stellen das betrübt fest. Es ist jedoch unsere Sache nicht, uns dort einzumischen. Selbst wenn es unsere Sache wäre: Was sollten wir tun?«

»Ihr könntet vermitteln! Wollt Ihr das denn nicht, verflixt, begreifen?« El Arab sprach, wie mir nunmehr schien, allzu heftig.

»Euer Vorschlag zeigt, wie sehr Ihr unseren Einfluß überschätzt.

Wir sind froh, daß uns der Erzbischof am Leben läßt. Er ist nicht derjenige, der auf uns hören würde. Wenn es aber einen Menschen gibt, der von uns allen geachtet wird, so ist das der besagte Magister Albertus. Wir wünschen uns sehr, daß sie Frieden schließen mögen, denn daß ihr Frieden auch unser Frieden ist, wissen wir sehr genau. Und wenn es einen Menschen gibt, der Einfluß auf den Erzbischof hat, um ihn geneigt zu machen, den Magister als Schiedsrichter anzuerkennen, dann seid Ihr es, hohe Frau.«

Was beabsichtigte El Arab? Rief er zum Aufstand gegen den Erzbischof auf? Meinen Bruder schien er ebenso vergessen zu haben wie die Tatsache, daß er als Gast in einem Hause lebte, das dem Erzbischof gehörte. So verletzte er das Gastrecht, und meine hohe Herrin ließ es geschehen.

*

Das Gespräch zwischen dem Rabbi, meiner hohen Herrin und El Arab wäre vermutlich endlos fortgeführt worden, hätte sich nicht unerwarteter Besuch angekündigt.

Zaghaft trat eine Gestalt ein, schluchzend, ein Mönch, eingehüllt in seine Kutte. Ein alter gebeugter Mann. Keiner wollte recht glauben, was wir dann zu Gesicht bekamen: Es war Pater Bueno.

Pater Bueno warf sich vor der hohen Herrin auf den Boden und küßte ihre Füße. Mit erstickter Stimme sagte er dann, immer noch vor ihr kniend: »Wohl weiß ich, daß Ihr allen Grund habt, mich ungehört fortzuschicken, weil ich gesündigt habe wider Euch. Möge Gott mich dafür bestrafen; aber Ihr, edle Frau, bitte verzeiht mir nur einen Augenblick, um mich anzuhören. Die Enkeltochter meines geliebten Bruders ist schwer krank. Fieber hat sie seit Tagen, und Ohnmacht überfällt sie. Gleichviel sie ohne Hunger ist, plagt sie gar großer Durst. Sobald sie berührt wird, verspürt sie Schmerz, und ein Knurren und Gurgeln dringt aus ihrem Unterleibe. Ihr tut das Rückgrat weh. Sie kann kein Wasser lassen, es sei denn blutrot gefärbtes. Vor Unruhe wirft sie sich hin und her. Bauch und Oberschenkel sind geschwollen, und wir sehen ihren nahen Tod voraus. Jeder in der Stadt sagt mir, daß nur Ihr vom Herrn die Kraft habt, sie zu heilen. So bin ich hier, um, meine Ehre vergessend, Euch anzuflehen, in das

Haus meines Bruders zu kommen und Euch der Kranken anzunehmen.«

»Gütiger Gott«, murmelte El Arab, bekreuzigte sich und wich ein Stück zurück.

Meine hohe Herrin aber hob Pater Bueno auf und sagte: »Bitte, Bruder, steht aufrecht vor mir. Wäre Gott wahrhaft größer und gütiger als wir, wenn er uns unsere Gemeinheiten, die wir gegeneinander hegen, nicht verzeihen würde? Und hätte er mir die Kraft des Heilens gegeben, wenn er nicht wissen würde, daß ich sie in seinem Sinne allen Menschen zukommen lassen werde, ohne auszuwählen nach meinem eigenen Vorteile? Kommt, Bruder, wischt Eure Tränen ab, faßt Hoffnung und weist mir den Weg.«

Die zweite Vision und wie die hohe Herrin El Arab erkannte

»Wo die Liebe wohnt, wohnt Gott.«
Augustinus

Köln, 26. Januar 1252
So begab es sich, daß meine hohe Herrin hinter Pater Bueno durch die verschneite Obenmarspforte über den Steynweg zur Armenstraße lief, um zu dem Hause seines Bruders zu gelangen, in welchem dessen junge Enkeltochter krank lag. El Arab aber blieb aus starrsinniger Abneigung gegen Pater Bueno zurück, eine Abneigung, die nicht einmal Barmherzigkeit zu überwinden vermochte.

Die Unglückliche, Teresa mit Namen, befand sich in ihrem ärmlichen Bett aus Stroh, das sie nach Auskunft der Verwandten seit Tagen nicht verlassen hatte. Sie war nicht aufgestanden, noch hatte sie Nahrung zu sich genommen. Wollte ihr jemand aufhelfen oder sie untersuchen, schrie sie, daß man sie in Stücke reißen würde. Ihr Gesicht hatte schon die Züge und die bläßliche Farbe des Todes angenommen. Magdalena hob die klamme Decke an und besah sich die Schwellungen von Bauch und Oberschenkeln. Es stank widerlich. Die Kranke hatte sich wohl seit Tagen ihrer Notdurft an Ort und Stelle entledigt.

Da die Kranke niemanden um sich haben konnte, standen die Verwandten, die bei ihr wachten, in größerem Abstande. Alle waren, soweit ich es in der Dunkelheit erkennen konnte, in grobem, grauem Stoff gekleidet. Die Mutter, offensichtlich kaum halb so alt wie der Sohn von Pater Buenos Bruder, ihr Gatte und Vater des Kindes, weinte still. Es war dies ein Haus, wie auch ich es aus meiner Kindheit kannte. Das Haus meines Vaters war ähnlich gewesen, jedoch war es besser geführt. Hier waren die Lagerstätten aus Stroh, das sich auf der gestampften Erde befand, während mein Vater und meine Brüder, da sie ja Zimmerleute waren, die Erde mit harzigen Bohlen abgedeckt und zwei große, schön verzierte Betten aus Holz gefertigt hatten. In der Mitte des Raumes von Teresas Leuten befand sich ein Tisch, und zum Sitzen gab es abgesägte Baumstümpfe. Die Fensteröffnungen waren abgedeckt, so daß es bei geschlossener Tür recht dunkel war. Trotz der Dunkelheit sah man den Ruß des Herdfeuers an den gekalkten Wänden haften, weil der Schornstein zu gering bemessen war.

Nachdem Pater Bueno eingetreten war, wandte er sich an seinen Bruder, Teresas Großvater, und sagte schlicht: »Ich bringe Hilfe, geliebter Bruder.«

Der Bruder, ein freundlicher, einfacher Mann, der Pater Bueno ähnlich sah, aber kräftiger gebaut war wegen des Tagewerkes, dem er als Gerbergehilfe nachging, nahm ihn, ohne ein Wort über die Lippen bringen zu können, in den Arm und hielt ihn eine Weile.

Die hohe Herrin wies mich an, alles für ein Bad vorzubereiten, wie ich es von ihr kannte. Es war dies jedoch ein armes Haus, das der nötigen Gerätschaften entbehrte. So mußte ich einen Badezuber herbeischaffen lassen sowie zwei Kessel, um ausreichend Wasser auf dem Feuer erhitzen zu können. Aus der Krohn-Apotheke ließ Magdalena Nieswurz, Portulak, Bingelkraut, Beifuß und Anemone holen, die dem Badewasser beigegeben wurden, sowie Gänsefett. Die hohe Herrin ermahnte mich zur Eile, während die Mutter der Kranken meinen geliebten Sohn hielt.

Als ich dergestalt meine Aufgaben erledigt hatte, breitete die hohe Herrin die Arme aus und hieß alle Anwesenden, sich ganz still zu verhalten. Sie begann dann zu summen, erst leise und dann immer lauter.

Es war ein sehr dunkler, monotoner Klang, der aus einer Tiefe zu kommen schien, die sehr viel tiefer reichte als ihre Stimme selbst. Dabei wiegte sie ihren Oberkörper vor und zurück. Während sich zunächst Finsternis im ganzen Zimmer ausbreitete, ging, mit zunehmender Lautstärke des Summtones, ein blaues Leuchten von der Kranken aus. Meine Herrin aber erschien wie das lodernde Licht des Höchsten.

Kaum merklich formten sich also Worte aus dem Summtone: »Wie der Vogel fliegt, so sprechen wir. Wie der Wolf jagt, so schlafen wir. Wie Gott denkt, so versagen wir. Habe ich nicht Hände, um zu denken? Ist mein Kopf nicht geeignet, um Lasten zu tragen? Weist mir nicht die Nase die Himmelsrichtung? Habe ich nicht einen Mund, um damit zu schweigen? Sind meine Augen denn für immer geschlossen? Ist es die Aufgabe meines Geschlechts, untätig zu sein? Wohin also sollen mich meine Füße tragen?«

Als nun der Badezuber mit dem heißen Heilwasser neben ihrem Bett aufgestellt ward, schwebte die Kranke, getragen von dem Summen der hohen Herrin, hinüber, ohne daß jemand Hand an sie legte und ohne daß sie sich selbst bewegte. Die hohe Herrin trat hinzu, entblößte sie und begann, nachdem sie ihre Hände in das Fett getaucht hatte, eine Stelle im oberen Bereich der Schamlippen zu massieren. Das blaue Leuchten wich langsam wieder dem natürlichen Farbton. Dabei summte die hohe Herrin unaufhörlich weiter, bis das Mädchen von einem heftigen Schütteln ergriffen wurde und sich das gestaute Blut von vielen Monaten, gemischt mit Eiter, in das Badewasser ergoß. Mit einem Schrei warf Teresa die Todesstarre ab und rief wüst: »Ich habe Hunger!«

Die hohe Herrin zog sich bescheiden zurück und überließ es der glücklichen Mutter, dem Mädchen zu essen zu geben. Sie ermahnte die Mutter jedoch, der Genesenden die nächsten Tage nur leichte Kost zu reichen, auf daß sich der Körper in Ruhe erholen könne. Wenn es ihr dann besser ginge, solle sie in ihr Haus kommen, um sich noch einmal untersuchen zu lassen.

Pater Bueno fiel erneut vor meiner hohen Herrin auf die Knie und sagte: »Ich weiß nicht, edle Frau, wie ich Euch das danken kann.«

»Verheirate Teresa schon bald an einen guten Mann, den sie sich selbst aussucht«, sagte sie schroff (wohl weil sie meinte, daß diese Art der Erkrankung und die damit verbundenen Leiden vermeidbar wären, wenn die Franziskaner mehr echtes Verständnis für Gottes Natur aufbringen würden). »Achtet in ihr das Geschöpf Gottes«, setzte sie darum hinzu.

Ohne ein weiteres Wort an die Verwandten zu richten und ohne einen Gruß oder andere Worte des Abschieds verließ sie das Haus, um zurückzukehren in ihr eigenes Heim, wo El Arab uns schon erwartete.

El Arab amüsierte sich darüber, daß die hohe Herrin Pater Bueno »erledigt« habe, »diesen alten Franziskaner«; auch den Erzbischof würde das freuen.

Die hohe Herrin aber entgegnete: »Geschätzter Averom, du denkst an die Gemeinschaft der Menschen, ich dagegen denke als Dienerin des Herrn. Ich hoffe also, mein über alles geliebter Bruder Bueno mache weiter, so wie er es meint, von Gott befohlen bekommen zu haben, selbst wenn es mir schadet. Denn ich darf aus der Gabe Gottes, heilen zu können, keinen Vorteil ziehen.«

*

Es war weit nach der Non an diesem kalten, wiewohl sonnig-klaren Wintertage, und die hohe Herrin entließ mich für diesen Abend, aber sie trug mir auf, mich um eine gewisse Paulina zu kümmern, ein gefallenes Mädchen, das nach der Ergreifung meines Bruders Rignaldo in Not geraten sei. Sie gab mir ein paar Münzen mit, die ich ihr überbringen sollte. Wie es sich gehörte, ließ ich mir nichts anmerken, aber mein Herz beunruhigte sich, weil ich wiederum feststellen mußte, daß ich nicht im Bilde war – nicht einmal über den Lebenswandel meines Bruders. Andererseits konnte ich die freie Zeit nutzen, um zu versuchen, etwas in Erfahrung zu bringen, damit ich Rignaldo vielleicht noch entlasten konnte. Es war also nicht eitel, daß meine Herrin mir den Namen der Dirne nannte, die Rignaldo besucht haben sollte. Vielleicht wußte sie etwas, das ich für meine Zwecke nutzen konnte.

Bevor ich mich aber, meinen geliebten Sohn in einem um die Hüften geschlungenen Tuch mit mir tragend, auf den Weg machen konnte, stellte sich mir der langsame Gisbert in den Weg und tat sehr geheimnisvoll. In einem abgeschiedenen Winkel des Hauses übergab er mir einen Beutel und eine Nachricht des Erzbischofes. Der Beutel enthielt einiges an Goldmünzen, alte ehrliche Goldmünzen aus der Zeit vor der Neuprägung.

Das Pergament sagte: »Dir, unserer zarten Knospe der Klosterschule, lassen wir diese Münzen überbringen, die aus dem Besitze deines unglücklichen Bruders Rignaldo stammen. Es handelt sich um die Münzen, die er erst dem Hufschmied zurückgezahlt und dann, nach dem Morde, wieder an sich genommen hat. Nicht nur wirst du unseres Erachtens die rechtmäßige Erbin sein, sondern dir und deinem Kinde gebührt auch diese Unterstützung. Konrad, Sohn des Lothar, aus dem Geschlechte derer zu Are. Erzbischof und Fürst von Köln.«

Wenn dies die Münzen waren, die Rignaldo dem Hufschmied zurückgezahlt hatte, schoß es mir durch den Kopf, dann hatte Rignaldo ihn nicht betrogen, sondern mit gutem Gelde seine Schuld beglichen. Mein Bruder war kein Schuft! Der Hufschmied hatte ihn falsch beschuldigt!

Freudig überrascht umarmte ich den langsamen Gisbert herzlich. Was ich von El Arab nicht erhalten hatte, gab er mir – einen lang ersehnten Beweis für die Ehrenhaftigkeit meines Bruders.

Der langsame Gisbert aber hatte noch weitere gute Neuigkeiten für mich.

»Ihr hattet mich beauftragt«, sagte er, »bei meinem Vetter Goswin nachzufragen, was er über den Mord am Hufschmied weiß. Er hat eine Botschaft für Euch, aber er besteht darauf, sie Euch persönlich zu übermitteln.«

So lud er mich ein, ihm aus dem Hause zu folgen, und er führte mich erstaunlich behend über die Schildergasse, vorbei am Hof Merzenich, und dann zum Marsilstein, dem »Grabe des Aristoteles«, wie man sagt, weil die künftigen Studenten vor ihrer Aufnahme in die Universität hier Kerzen zu opfern pflegen, bis wir zum Hahnentor gelangten, wo sein Vetter Goswin den Wachdienst versah. Nachdem er mich dorthin gebracht hatte, beeilte er sich dann allerdings unerklärlicherweise, fortzukommen, so daß ich von ihm nur noch den Schatten sah, den die blutrote, tiefstehende Sonne von ihm auf die Mauer warf.

Der Wächter empfing mich mit seinem gemeinen Grinsen, so daß meine Hochstimmung einer schlechten Vorahnung wich. Er sagte, die Worte merkwürdig in die Länge ziehend: »Ich besitze einen Schatz, der dir vielleicht wichtig ist.«

Ich aber entgegnete: »Ihr Vetter versprach mir eine Nachricht über den Tod des Hufschmiedes, die meinen unglücklichen Bruder vor dem Henker bewahren kann. Ich bitte Euch, gebt mir um Christi willen diese ersehnte Auskunft!«

Als habe er nicht vernommen, was ich gesagt hatte, fuhr Goswin fort: »Bisher habe ich es verheimlicht, aber nun, da du über Reichtum verfügst, möchte ich mir doch mein Wissen vergolden lassen.«

»Wovon Ihr sprecht, weiß ich nicht.« Gleichwohl mich nun das ungute Gefühl beschlich, mit einem Abgesandten der Hölle zu sprechen, mußte ich mich mit ihm abgeben, weil ich ja hoffte, von ihm etwas zu erfahren, das meinem Bruder helfen könnte.

»Nach der Mordnacht sah ich den Araber hier am Hahnentor. Und dies hier«, er holte ein Buch unter einem Tuche hervor, »glaubt Vetter Gisbert, sei der Schatz, den der Araber suchte, aber nicht fand, weil ich ihn bereits an mich gebracht hatte.«

»Habt Ihr also falsch ausgesagt vor dem Gericht des Erzbischofes? Ist darum mein Bruder verurteilt worden und wartet nun auf den Henker? Ihr habt, wie Ihr sagtet, Euch des Beutels mit dem Siegelring bemächtigt. Also müßt Ihr ihn dem Diebe entrissen haben. Ihr habt ihn gesehen! Ihr kennt seinen Namen! Gebt ihn mir preis, und alle Schätze, über die ich verfüge, sollen Euch gehören!«

Er antwortete nicht, sondern sagte geistesabwesend mit dem stieren Blicke des Schwachsinnigen: »Es muß doch ein Schatz sein, aber ich kann mit dem Schatz nichts anfangen, ich finde den Schatz nicht darinnen. Wenn du das Buch besäßest, könntest du es als Beweismittel gegen den Araber verwenden, der bei euch wohnt und sein falsches Spiel treibt.«

»Sagt mir den Namen des Mörders! Mein Bruder wird sterben, wenn Ihr mir nicht helft!« flehte ich eindringlich.

»Wer kann es anderes sein als der Araber, der den Schatz vor dem Hahnentor verteidigt?« ließ er unklar verlauten. »Ich rate dir, kaufe mir das Buch ab und frage den Araber, den morgenländischen Teufel, der vor den Toren Kölns seine Spießgesellen hat.«

»Ihr redet wirr«, sagte ich matt, während sich mein Verdacht nährte, daß El Arab tatsächlich, wie der Höllenhund sagte, ein falsches Spiel trieb. Ließ er nicht eine beklagenswerte Gleichgültigkeit bei der Aufklärung des Mordes obwalten? Doch bevor ich urteilen durfte über El Arab, mußte ich das Buch haben, um hinter sein Geheimnis zu kommen. Wie sehr wünschte ich mir, daß es nicht so sein möge, wie es schien! Nur einen Lidschlag lang überlegte ich und fragte dann: »Wieviel verlangt Ihr?«

»Ich bin kein böser Mensch, sondern ein guter Christ. Weil geschrieben steht, ›liebe deinen Nächsten wie dich selbst‹, also sage ich: Ich weiß, welchen Betrag du bekommen hast vom Erzbischof. Nur die Hälfte davon übergib mir, und das Buch gehört dir.«

Ich zögerte nun nicht mehr, sondern gab ihm, was er verlangte, und nahm das geheimnisvolle und vielleicht gefährliche Buch, eingeschlagen in ein Leinentuch, an mich. Goswin versetzte mich so in Angst, daß ich nichts mehr wollte, als diesen schrecklichen Ort so schnell wie möglich zu verlassen.

Dann lief ich eine Weile wie benommen, ohne recht zu wissen, wohin mich meine Füße brachten. Unter der großen alten Linde vor dem Butzenhofe setzte ich mich schließlich und schaute das Buch an. Glücklicherweise war der Schnee geschmolzen und die Blätter des Baumes schon fast trocken, so daß kein Naß auf das kostbare Buch tropfte.

»Petrus Abaelardus, Dialogus inter Philosophum, Judaeum et Christianum«, las ich. Der Dialog zwischen einem Philosophen, einem Juden und einem Christen von Peter Abaelardus. Sollte das der »Schatz« sein, hinter dem El Arab her war? Kann man für ein Buch morden?

Eine Erinnerung schickte sich an, Gestalt anzunehmen. Sie schrie in meinem Kopfe und forderte unmißverständlich Gehör. Wäre es möglich, daß El Arab der hochgewachsene Unbekannte war, von dem der langsame Gisbert berichtet hatte? Derjenige, der den Grafen von Dampierre mißhandelt und dem Pfaffenkönig zum Morde vorgeführt hatte? Ist nicht jemandem, der derartige Gräßlichkeiten begeht, auch anderes zuzutrauen? Den Hufschmied zu enthaupten? Meinen Bruder an seiner statt verurteilt zu sehen?

Hat mich Gott betrogen? Wie hatte ich nur El Arab trauen können? Er hat den Hufschmied umgebracht! Er ist bereit, meinen Bruder dem Verderben anheim zu geben, um sich zu retten!

Nein, das ergab keinen Sinn. Gott betrügt mich nicht.

Jemand mußte El Arab zuvorgekommen sein und dem Hufschmied den »Schatz«, den er suchte, bereits entwendet haben. Denn warum hätte El Arab den Kopf des Toten vor dem Hause meiner hohen Herrin aufbauen sollen? Warum sollte er einen Brief mit seinem Siegel verschlossen haben? Wie konnte er hoffen, auf diese Weise seines »Schatzes« habhaft zu werden? Gleichviel, wenn es auch nicht die Lösung des Rätsels war, so hatte ich doch einen Hinweis bekommen, der mir sagte, daß ich El Arab gegenüber mißtrauischer sein mußte. Nein, ich wollte nicht glauben, daß er mich hintergangen hatte – und die hohe Herrin ebenso.

Ich blätterte in dem Buch, ohne mich zu wundern, daß meine Erinnerung an den Unterricht, den ich in der Klosterschule genossen hatte, trotz all der dazwischenliegenden Tragik gut genug war, um mich die Worte verstehen zu lassen. Ich fand eine Stelle, bei der ich verweilte, wo der Philosoph sagt: »Selbst der Autorität der christlichen Philosophen beugen wir uns nicht, ohne ihre Meinung vorher mit der Vernunft zu überprüfen.« Ich konnte mir vorstellen, daß es Leute gab, die diesen Satz für Ketzerei hielten ...

Unschlüssig, was ich nun mit dem Buch anfangen sollte, wickelte ich es wieder in das Tuch ein und versteckte es in einem geschützten hohlen Astloch der Linde, wünschend, daß es niemand finden und entwenden würde. Es schien mir aber sicherer, es nicht mit mir herumzuführen. Ich wollte es wieder an mich nehmen, wenn ich wußte, was zu tun sei, besonders, wie ich mich El Arab gegenüber verhalten sollte.

Dann nährte ich meinen hungrigen Sohn, um mich hernach auf den Weg über die Vrisingasse, vorbei an den ehrbaren Häusern der friesischen Tuchhändler in die Schwalbengasse zu machen. Ich hoffte, dort Glück bei meinen Nachforschungen zu haben.

*

Als ich in der Schwalbengasse, nicht weit westlich des Minoritenklosters gelegen, angekommen war, fühlte ich mich recht unbehaglich unter den ebenso mißtrauischen wie spöttischen Augen der Hübschlerinnen, deren Elend mir wohl bewußt war, die jedoch in ihrem

Elend eine Art eigenen Stolz bewahrt hatten, der sich Fremden gegenüber in Überheblichkeit ausdrückte.

Ich betrat mit beklommenem Herzen das berüchtigte Hurenwirtshaus der dicken Eleanore, Ehefrau eines Bauern namens Michael Mauerkauer (der nämliche Bauer, der den Prozeß gegen den weißen Wolf geführt und verloren hatte). Das Wirtshaus war dunkel, kaum Tageslicht drang durch die Ritzen, und der gestampfte Boden war modrig, weniger von getautem Schnee als von vergossenem Wein und Bier. Die Tische und Stühle, die dicht gedrängt standen, waren eher entzwei als ganz, und ein jeder hatte sich hingekauert, wo es nur ging. Im Gedränge des betrunkenen Bubenvolkes (erstaunt gewahrte ich darunter auch den Ratsherrn Hans, den man den »Frommen« nennt) und der geschäftigen Mägde konnte ich kaum die vollständig in Hurengelb gewandete Wirtsfrau erkennen, die gute Geschäfte machte. Eleanore war eine, die sich, wie man so sagt, über die Schenkel pißt – von eher grober und derber Schönheit, daß sie nur auf Mannen wirkt, die eine Arzenei gegen ihr ungebührliches Leiden sehr nötig haben.

Erst als mich zufällig eine der Hübschlerinnen, die auch zu den Magdaleninnen zählte, erkannte und ansprach, wurde ich freundlich aufgenommen.

Die Magdalenin, Angela mit Namen und von anmutigem Äußeren, führte mich zu Paulina und erzählte mir derweil, daß sie einen kränklichen Sohn habe, der weder sterben wollte noch gesund genug war, um die Arbeit zu tun, die notwendig ist, um seinen Lebensunterhalt zu verdienen.

»Weißt du, wieviel das alles kostet, dieses unschickliche freie Leben, das ich führe? Wenn ich auch, meines ansprechenden Fleisches wegen, das Gott mir als einzige Gabe verliehen hat, zwei Albus bekomme, so muß ich davon aber neben meiner vorgeschriebenen Abgabe an den Henker noch für das Essen und Trinken im Badehaus bezahlen, um die Männlein gefügig zu machen, habe Ausgaben für Kleidung, Putz und Barbier und zahle mehr Mietzins als jeder andere in der Stadt.«

Als ich sie nun mitleidig anschaute, fügte sie jedoch schnell hinzu: »Den Preis bezahle ich jedoch mit Freude, statt daß ich betteln oder dienen müßte, wäre nur nicht der faule Junge, der mir die Haare vom

Kopfe frißt, anstatt für sich selbst und für mich zu sorgen, wie es sich für einen gesunden Sohn gebühren würde.«

Natürlich erwartete sie, daß ich bei meiner hohen Herrin ein Wort für sie einlegen solle, was die Heilung ihres Sohnes betraf. Ich beschloß, daß dies ein Fall für El Arab sei. Sollte auch er einmal unter Beweis stellen, was er konnte! Nein, das war ungerecht gedacht. Ich hatte sein Geschick am eigenen Leibe schon erfahren bei der Geburt meines Sohnes Johannes. Auf jeden Fall wollte ich El Arab schicken, das war das mindeste, was er als Wiedergutmachung leisten konnte für den Lug, den er mir angetan hatte.

Ich versprach Angela, mich in ihrer Sache zu verwenden, damit sie mich allein mit Paulina reden ließ. Paulina war ein Mädchen, kaum älter als ich, mit einem engelsgleichen Gesicht, das nichts von dem unzüchtigen Berufe erkennen ließ, dem sie nachging. Sie war klein und rundlich, also gut genährt, mit rosigen Backen und einem gewinnenden Lächeln um den Mund. Sie hatte auch ein Kind, eine kleine Tochter, einige Monate alt. Ihr Zimmer war sehr eng, doch sauber gehalten. Es gab dort keinen Platz, um mich zu setzen, als das schändliche Lotterbett, vor dem es mich ekelte. Ich bemerkte wohl, daß es mit frischem und teurem Tuche bezogen war, und setzte mich dann doch mangels einer anderen Gelegenheit.

Als ich ihr sagte, wer ich sei, begann sie zu weinen, nicht aus Abneigung gegen mich, sondern weil sie dadurch an das Unglück meines Bruders Rignaldo erinnert wurde.

»Ihr scheint meinen Bruder aufrichtig gern zu haben.«

»Er war immer gut zu mir«, schluchzte Paulina.

»Im Prozeß beim Erzbischof hörte sich das aber nicht so an ...«

»Dieser stinkende Drecksack, der Teufel soll ihn holen, ich weiß genau, was er Euch angetan hat.«

»Mein Bruder«, gab ich zurück und deutete auf ihre Tochter, »ist da wohl kaum ehrenhafter.«

»Das ist es ja gerade«, schluchzte sie weiter, »es ist ganz anders, als die Leute gesagt haben. Rignaldo ist nicht der Vater von Francisca. Aber er war gut zu uns. Sogar heiraten wollte er mich, trotz all der Schande!«

Jetzt war es an mir zu schluchzen. Ich vergoß einige Tränen um meinen Bruder Rignaldo, der doch ein besserer Mensch war, als gesagt wurde. Für mich stand fest, daß er nicht der Mörder war, für den die anderen ihn hielten. Daß er, der Beschuldigung des Hufschmiedes entgegen, kein Betrüger war. Daß er überdies ein guter und barmherziger Mensch war und nicht der Hurenbock, wie es im Prozeß gesagt worden war. Dagegen war der Mensch, auf den ich allen Zweifeln im Herzen zum Trotze meine ganze Hoffnung gesetzt hatte, bei der Rettung Rignaldos zu helfen, El Arab, in meinen Augen zum Lügner geworden. Nichts bot mir mehr Halt. Alles war anders, als es schien.

Mein Sohn weinte mit mir, und Paulina, die von El Arab und den Qualen, die ich seinetwegen litt, freilich nichts wußte, nahm ihn mir ab, um ihn zärtlich zu trösten. Dann sagte sie zu mir:

»Ja, Ihr könnt stolz sein auf Euren Bruder. Er ist gerecht vor dem Herrn, nur die Menschen haben ihn verurteilt.«

Darum also erzählte sie mir aus ihrem Leben: »Fast noch als Kind kam ich als Magd auf den Hof des Bauern Michael. Bald verführte er mich, und da ich empfangen hatte, kümmerte sich seine Frau Eleanore um mich. Sie nahm mich mit in ihr Wirtshaus. Hier schenkt sie das schale Bier aus, das sie braut, und den sauren Wein, den sie keltert, und erzielt jeweils gute Preise. Schnell bemerkte ich, was von mir als Lohn für Kost und Unterkunft erwartet wurde, und ich tat es, teils aus Not und teils aus der Einsicht, daß alles andere, was mir vom Leben geblieben war, schlechter sein würde. Euer Vater ließ sich hier manches Mal blicken. Was sollte der einsame Mann nach dem Tode Eurer Mutter auch anderes tun? Rignaldo brachte er eines Tages her, denn er machte sich Sorgen, weil dieser schon längst Mann war, aber unbeweibt zu bleiben schien. Euer Vater wählte mich aus, um ihn in das Liebesleben einzuführen, denn ich dünkte ihm sanft und geduldig. Euer Bruder allerdings verabscheute die Hurerei, und da er mir wohl gefiel, verlobten wir uns. Er hat mir viel von Euch, seiner liebsten Schwester, erzählt, und ich bin glücklich, daß ich Euch jetzt sehe, obgleich ich Euch mit größerem Glück auf unserer Hochzeit kennengelernt hätte.«

Mir wurde bewußt, daß Paulina sich bereits in das Schicksal gefügt hatte, Rignaldo dem Henker zum Opfer fallen zu sehen. Woher sollte sie auch Zuversicht schöpfen? Nie wäre es ihr in den Sinn gekommen, das Urteil des Erzbischofes in Zweifel zu ziehen!

»Ich bin hier, Paulina«, sagte ich, nachdem die Lebensgeister wieder zu mir zurückgekehrt waren, »um Euch eine großzügige Gabe meiner hohen Herrin, der edlen Frau Magdalena, zu überbringen. Außerdem habe ich unverhofft das Geld meines Bruders in die Hände bekommen, das er sich vom Hufschmied zurückgeholt hatte. Obzwar mir die Hälfte davon durch übles Ränkespiel schon verlorengegangen ist, handelt es sich um eine ansehnliche Summe, die, wie ich finde, Euch zusteht, zumal für mich durch die hohe Herrin gesorgt wird.«

»Für mich selbst möchte ich nichts. Aber mit Angela, die Euch herbegleitet hat und die eine glühende Verehrerin Eurer hohen Herrin ist, möchte ich ein Haus für Reuerinnen einrichten, die in der gleichen Lage sind wie wir. Wenn wir das Gold Eurer hohen Herrin und aus dem Besitze Eures unglücklichen Bruders als erstes Almosen nehmen dürften, würden wir vielleicht mit unserer Sache schneller vorankommen, als wir gehofft hatten.«

»Ich werde davon meiner hohen Herrin Bericht erstatten und glaube gar fest, daß sie Euch in dieser Sache eine weit großzügigere Spende wird zukommen lassen können.«

Paulina war einigermaßen froh, und ihre Traurigkeit schien zu verfliegen. Sie bot mir etwas zu essen an. Und ich faßte Mut, ihr die Frage zu stellen, die in mir am heftigsten drängte:

»Paulina, wißt Ihr, was meine Brüder dem Erzbischof zuleide getan haben? Mein Bruder Peppino wird es mir nicht sagen, denn er spricht nicht mehr mit mir und will die Stadt verlassen. Rignaldo meint, es mir verschweigen zu müssen – aus einem Grunde, den ich nicht vermag zu verstehen, nämlich um unseren Bruder Peppino und mich vor der Rache des Erzbischofes zu schützen, die ihn, Rignaldo, schon getroffen habe. Doch glaube ich, daß ich den wahren Mörder des Hufschmiedes nicht werde entdecken und meinen Bruder vor dem Henker werde retten können, wenn ich jenes nicht in Erfahrung bringe, und bin bereit, mich für dieses Wissen in Gefahr zu begeben.«

»Rignaldo hat mir strengstens verboten, mit jemandem darüber zu sprechen«, antwortete Paulina ernst.

»Also wißt Ihr, um was es geht?« fragte ich erregt.

»Ja«, antwortete sie. »Aber ich darf Euch keine Kunde davon geben. Ein heiliger Eid hindert mich daran.«

»Es steht geschrieben: ›Du sollst nicht schwören.‹ Vor Gott gilt kein Schwur«, disputierte ich, wie ich es von El Arab gelernt hatte.

»Vor Rignaldo aber bindet mich der Eid ewiglich«, wandte Paulina streng ein.

»Er ist am Leben!« rief ich.

»Noch«, sagte sie traurig.

»Er ist am Leben«, wiederholte ich. »Also ist es nicht zu spät.«

»Es ist zu spät«, resignierte Paulina.

»Nein! Es ist nie zu spät!« widersprach ich heftig. »Liebt Ihr ihn denn nicht?«

Paulina riß die Augen auf. »Was unterstellt Ihr mir?«

»Sehr Ihr, Ihr liebt ihn«, fuhr ich fort. »Es liegt in Eurer Hand, ihn zu retten!«

»Ihn retten? Vor der Rache des Erzbischofes? Ich glaube, Ihr wißt nicht, welchen Standes Ihr seid. Rignaldo hat seine guten Gründe, nicht zu wünschen, daß Ihr den Anlaß für den Rachedurst des Erzbischofes erfahrt. Achtet seinen Willen. Denn er ist Euer erstgeborener Bruder!«

»Wenn nichts geschieht, war er das.« Ich mußte einen Weg finden, Paulina zu überzeugen. »Lieber sähe ich, daß er mich für meinen Ungehorsam straft, als daß er stirbt!«

»Meint Ihr wirklich«, fragte Paulina nunmehr unsicher, »daß Ihr ihn retten könntet?«

»Ich bin guter Hoffnung, daß ich es zu vollbringen in der Lage sein werde, wenn Ihr mir nur sagt, weshalb der Erzbischof Rache nehmen will an Rignaldo.«

»Und Ihr meint auch«, wagte sich Paulina vorsichtig weiter vor, »daß keine ... keine Strafe ...?«

»Ich, ich werde gern alle Strafen der Welt auf mich nehmen, wenn nur mein Bruder gerettet werden kann. Ich bitte Euch, sagt mir, was Ihr wißt!«

»Ich weiß nicht, was ich tun soll«, sagte Paulina unschlüssig.

»Tut es um Eurer Tochter willen, damit sie einen Vater bekommt!« Das war der letzte, aber auch schlagendste Grund, der mir einfiel.

Paulina blickte zu ihrer schlafenden Tochter hinüber und schwieg. Schließlich sagte sie: »Nun gut, wenn Ihr dieses Wissen, wie Ihr sagt, dazu gebrauchen könnt, Rignaldo freizubekommen, werde ich es Euch also auch wider seinen ausdrücklichen Wunsch kundtun: Eure Brüder haben mit dem Hufschmied einen alten Zauber benutzt, um Hochwürden in ihre Macht zu bringen ... na ja ... sie haben ihn des Werkzeuges beraubt, mit dem er Euch und der ganzen Familie die Schande zugefügt hat.«

Das also war das schlimme Geheimnis, das meine Brüder mit dem Hufschmied teilten: Um meiner Ehre willen war dem Erzbischof die grausamste und beschämendste Rache zuteil geworden, die ihm Schmerz an dem Teile seines Körpers zufügte, mit dem er gesündigt hatte! Eine Rache, die ihn mit Scham und Schmach erfüllt haben mußte! Hätte ich nun nicht mit hohem Lobe die anscheinende Gerechtigkeit preisen sollen, die meinem Schänder widerfahren war? Nein, denn es steht geschrieben, »die Rache ist mein«. Das heißt, wie der Apostel sagt, soviel wie: »Rächt euch nicht selbst.« So empfand ich eher Abscheu über die Tat, und alsbald ergriff mich gar Mitleid mit dem Entmannten. Dergestalt verstand ich, warum Rignaldo, mein erstgeborener Bruder, gesagt hatte, der Erzbischof versuche das, was ihm angetan worden sei, sogar vor Gott zu verheimlichen. Steht doch geschrieben: »In die Versammlung des Herrn darf keiner aufgenommen werden, dessen Hoden zerquetscht sind oder dessen Glied verstümmelt ist.« Ein solcher Greuel sind Eunuchen vor Gott. Keine guten Aussichten für die jenseitige Zukunft des Erzbischofes! Ebenso schadete es ihm im Diesseits, denn ohne Zweifel war dies der Grund, warum sich meine hohe Herrin und er nicht mehr erkannten.

Weil nun die Talion in diesem Falle ein Verbrechen ist, das wahrlich zu Recht mit dem Tode bestraft wird, begriff ich überdies, was Rignaldo gemeint hatte, als er mir sagte, er stürbe zwar nicht für die Sünde, die man ihm vorgeworfen habe, gleichwohl für eine andere todeswürdige Sünde.

Was für eine Genugtuung mußte es für den Erzbischof bedeuten, meinen Bruder durch den Henker den Tod finden zu lassen! Hatte also der Erzbischof selbst den Hufschmied getötet oder töten lassen, um ihn für das Vergehen zu strafen, ohne die Tat und damit seine eigene Verstümmelung offenbaren zu müssen? Es war vielleicht diese Vermutung, die Peppino, meinen einst zärtlichen Bruder, dazu gebracht hatte, Köln den Rücken zu kehren: Wenn die beiden anderen, die an der Verschneidung beteiligt waren, schon der Rache des Erzbischofes zum Opfer gefallen waren, lag es nahe, daß er sich als nächstes Opfer sah. Dieser Gedanke tröstete mich sogar ein wenig, weil es dann nicht sein unerklärlicher Haß auf mich gewesen wäre, der ihn aus der Stadt getrieben hatte.

Die Vermutung, der Erzbischof stecke hinter der Enthauptung des Hufschmiedes, klang schlüssig, aber wie alle anderen Möglichkeiten erklärte sie nicht den abgeschlagenen Kopf vor dem Hause meiner hohen Herrin mit dem Pergament und dem Siegel.

*

Schon von einiger Entfernung, bevor ich zum Hause meiner hohen Herrin kam, spürte ich einen Hauch, der von Engeln erzeugt wird. Meine innere Erregung und mein Ärger über El Arab wurden auf diese Weise verscheucht, weil ich wußte, daß das Bett die beiden Liebenden schließlich aufgenommen hatte.

Was für ein Unglück es doch war, daß dieses ersehnte Ereignis zu einer Zeit eintrat, in welcher mein Vertrauen in den Gast so tief erschüttert ward! Hatte sie, die seine Liebe so nötig hatte, ihm nicht zuerst die Stirn des Jupiters geboten und ihn standhaft abgewiesen? Wie hart hatte er, der sich nach ihr verzehrte, um ihre Gunst kämpfen müssen! Beide hatte ich leiden sehen in diesem Leiden, das herrlicher ist noch als jedes Glück, weil es ewig währt, während das Glück, das Gott uns Sündern zu schenken bereit ist, oft nur allzu kurz verweilt (aber nicht immer, wie ich heute bezeugen kann).

Ich betrat das Haus, und das, was ich mitbekam, zeigte mir, ein welch ungeschickter Lehrer der Erzbischof doch gewesen war, denn es gab weit mehr zu lernen als die Art der Schlange.

Die Liebenden befanden sich in Magdalenas verbotenem Raum, den ich durch einen geheimen, nur für mich bestimmten Eingang unbemerkt betreten konnte.

Beide waren völlig entkleidet. El Arab hatte seine Liebste auf dem dichten und wohlgeratenen Teppich, der den Boden zierte, niedergelegt, küßte ihre Brüste, ihren Leib, ihre Lenden, zog ihren Atem ein, biß sie neckisch und schloß sie inniglich in seine Arme, bis sie vor Vergnügen verging. Doch immer noch zögerte er, sein natürliches Werkzeug in ihre Öffnung einzuführen, sondern beugte seinen Kopf hinunter und berührte sie mit dem Munde. Ihr Blut aber wallte, und sie nahm seinen Pfeil an ihre Lippen und küßte ihn zärtlich, kaute und biß mit andächtiger Inbrunst daran herum, so daß ich endlich die verwirrende Abbildung auf dem prächtigsten ihrer heidnischen Teppiche verstand. Schließlich drehte er sie um, und sie stützte sich auf ihre Knie und Ellbogen (derart wie ein Muslim zum Gebet). Nun also nahm er sie nach der Weise eines Stieres und bewegte sich gar heftig, so wie ich es noch nie zuvor gesehen hatte. Nachdem er sich aber ergossen hatte und sie den »kleinen Krampf« erlitt, wie Marc Aurel sagt, begab sich El Arab auf und betete – zu Allah.

»Für all jenes, was ich unterließ zu denken,
gleichwohl ich es hätte denken sollen.

Für all jenes, was ich unterließ zu sagen,
gleichwohl ich es hätte sagen sollen.

Für all jenes, was ich unterließ zu tun,
gleichwohl ich es hätte tun sollen.

Für all jenes, was ich gedacht habe,
gleichwohl ich hätte unterlassen sollen,
es zu denken.

Für all jenes, was ich gesagt habe,
gleichwohl ich hätte unterlassen sollen,
es zu sagen.

Für all jenes, was ich getan habe,
gleichwohl ich hätte unterlassen sollen,
es zu tun:

Für all jene Gedanken, Worte und Taten
bitte ich dich, allmächtiger Allah,
um Vergebung.«

*

Das fremdartige Gebet zu hören, hätte mich wohl gar erschreckt, wäre ich nicht schon darauf vorbereitet gewesen, daß El Arab nicht das war, als was er sich ausgab und als das er uns erschienen war. Nichts konnte aber mein Glück mindern, meine hohe Herrin glücklich zu sehen, die vorgeben mußte, die Geliebte eines Mannes zu sein, der über keine Manneskraft mehr verfügte.

»Jetzt, da ich dich als Beschnittenen erkannt habe, frage ich dich: Ist es nicht Heuchelei oder Lüge, wenn du mit uns betest?«

Meine hohe Herrin fragte dies El Arab nicht unfreundlich, als er nach dem Ritus, den ihm seine Religion nach der fleischlichen Vereinigung vorschreibt, an ihr Lager zurückkehrte.

»Zu Gott kann ich in jeder Kirche und mit jedem Gebet sprechen. Oder wer sollte so vermessen ein, dem Allmächtigen zu unterstellen, daß er nicht alle Sprachen und Zeichen verstünde? Daß er nicht den wahren Verehrer Gottes in jeder Gestalt an seinem Herzen erkenne?«

»Aber du hast dich dann doch für eine Religion entschieden, den Islam?«

»Mein Vater kannte nicht nur die Lehren des Propheten, sondern auch die des weisen Buddha, der noch weiter östlich gelebt hat als unser Morgenland. Ein junger Mann kam zu Buddha und sagte: ›Ich habe meiner Heimat und dem Kultus meiner Heimat den Rücken gekehrt, um dir, weiser Buddha, ganz und gar folgen zu können.‹ Der Buddha aber antwortete: ›Du folgst meinem Wege, wenn du zurückkehrst zu dem Kultus deiner Vorfahren. Denn du kannst meinem Wege nur folgen, wenn du fest verwurzelt bist in der Religion, aus der du herstammst.‹ Und so hielt ich es auch.«

»Es ist immer wieder ein Wunder, auf welchem Wege Er sich uns offenbart. Ich bin voll Liebe zu Ihm, unser aller Gott. Ich kann nicht verstehen, daß die Unsrigen zwischen der Liebe, die im Fleisch zu Unseresgleichen ist, und der Liebe, die im Geist zu unserem Gott ist, so scharf meinen unterscheiden zu müssen. Alle Liebe ist von Gott, und alle Liebe führt zu Gott.«

»Das hast du schön gesagt.«

»Würdest du, Liebster, dich denn zu mir bekennen, wenn ich empfangen habe?«

»Ich werde mich auch zu dir bekennen, wenn du nicht empfangen hast (obwohl es in meiner Heimat üblich ist, daß der Mann um die Frau anhält und nicht umgekehrt). Doch ich weiß, daß du die ungewöhnlichste aller Frauen bist, die über den Gebräuchen aller Völker steht. Ich weiß auch, daß du nicht wirklich dem Erzbischof gehörst.«

»Woher weißt du das, Geliebter?«

»Du hast eine dir sehr ergebene Magd, ein kluges Mädchen. Und sehr wachsam.«

Als ich das hörte, wurde mir bewußt, daß der langsame Gisbert nicht im Hause weilte. Bestimmt hatte er nicht Ausgang zugleich mit mir bekommen. Sein Wegsein beunruhigte mich.

»Aber auch, wenn ich, wie du sagst, nicht wirklich dem Erzbischof gehöre, dem Herzen nach ohnehin nicht, können wir nur eine Zukunft haben, wenn wir von Köln weggehen.«

»Daran zweifle nicht. Ich muß dich nur noch um ein wenig Geduld bitten. Denn du mußt wissen, daß ich in meiner Heimat ein Sultanat besitze, das mir unrechtmäßig entrissen wurde. Ich werde es mit einem Heer zurückerobern, das ich bereits aufgestellt habe. Ich benötige nur noch diesen einen Schatz, ein Buch, das die Grundlage eines glücklichen Sonnenreiches wird, das du dereinst als Königin an meiner Seite regieren sollst.«

Sultanat! Wie der langsame Gisbert uns berichtet hatte, nannten sie den hochgewachsenen Morgenländer, der den buckligen Grafen Dampierre dem Pfaffenkönig als Schlachtvieh zugeführt hatte, Sultan! Also verdichtete sich mein Verdacht: Welche Verbrechen hatte der Sultan mit uns vor? Hatte Wachmann Goswin, der Vetter des langsamen Gisbert, nicht von den Spießgesellen gesprochen, die vor den Toren Kölns lagerten? Waren es diese, die El Arab hochtrabend »sein Heer« nannte? Dann konnte ich mir auch erklären, warum er sich nächtens aus dem Hause geschlichen hatte, wie ich es beobachten konnte: Vielleicht hatte er sich ja im Mantel der Finsternis dorthin begeben, wo sich sein Heer befand.

»Das also war das Buch, das ich beim Hufschmied in Empfang nehmen sollte, und jemand war uns zuvorgekommen?« fragte Magdalena.

Wovon sprach sie? Wenn sie im Auftrag von El Arab beim Hufschmied gewesen war, kann dies nur in der Mordnacht gewesen sein. Die Aussage meines Bruders, daß er sie dort erblickt hatte, die für mich so unglaubwürdig klang, wurde nun von ihr selbst bestätigt. Ja, jetzt erinnerte ich mich daran, daß ich nach El Arabs Ankunft der bevorstehenden Niederkunft wegen die hohe Herrin am Abend nicht gebettet hatte. Da mußte es geschehen sein. Aber was war geschehen? Fast hätte ich meinen Stand vergessen und wäre hervorgestürzt, um die beiden, die mehr wußten, als sie mir sagten, zur Rede zu stellen. Nur im letzten Augenblick vermochte ich es, mich zu zügeln.

»Das ist das Buch«, seufzte El Arab.

»Was macht das Buch so wertvoll für dich?«

»Es ist ein Buch von einem Christen, in welchem er in die Gestalt eines Glaubensbruders von mir schlüpft, den er einen ›Philosophen‹ nennt. Als dieser disputiert er mit einem Juden und einem Christen. Das Buch soll meine Untertanen lehren, nur die Vernunft über sich regieren zu lassen. Das wird das wahre himmlische Königreich auf Erden, vortrefflicher noch als das Königreich Granada.«

»Wirst du dieses Buch finden, Geliebter, oder werden wir, darauf wartend, in Köln weiter eine Posse aufführen?«

»Ich verspreche dir, daß ich es finden werde.«

Mir sank das Herz. Ich hatte den Schlüssel nicht nur zum Glück meiner hohen Herrin, sondern auch eines ganzen Volkes. Doch bevor ich El Arab diesen Schlüssel übergeben konnte, mußte ich herausfinden, ob er ein Ehrenmann oder aber ein hinterlistiger Mörder war. Denn es waren mir bohrende Zweifel gekommen, und Gott hatte noch nicht zu mir gesprochen, um meine Zweifel zu zerstreuen. Im Gegenteil: Es waren immer neue Zweifel aufgetaucht, die nun sogar meine hohe Herrin einschlossen. So gefiel es dem Herrn, mich nicht zur Ruhe kommen zu lassen.

Dann sprachen sie von der neuerlichen Heilung, die meine hohe Herrin vorgenommen hatte. El Arab sagte: »Schade, daß ich meines sündigen Hochmutes wegen nicht zugegen war.«

»Das Mädchen litt an fortgeschrittenem Blutstau«, sagte Magdalena. »Ich vermutete dies gleich, als Pater Bueno die Anzeichen aufzählte, die ich von Hippokrates nur zu gut kenne, denn viele der Mädchen, die unter der zu strengen Zucht der Franziskaner stehen, leiden daran.«

»Was hast du getan, um sie zu heilen?« fragte El Arab. »Hippokrates meint ja, wenn ein gewisses Stadium überschritten sei, wäre der Tod unvermeidlich.«

»In der Tat stand sie kurz vor dem Tode. Ich brachte ihr Blut in Wallung, so daß sich ihr Körper öffnete und das Gift entweichen konnte.«

El Arab schaute ungläubig, aber mit dem mir gut bekannten Ausdruck des Wissenschaftlers, und sagte verblüfft: »Es ist für mich eine neue Einsicht, daß unkeusche Berührungen die Kraft der Heilung in sich bergen.«

»Was unterscheidet also dies, was du unkeusche Berührung nennst, von dem, was unser Glück ausmacht? Dies nämlich sagt euer Avicenna: ›Laßt den jungen Leuten freien Lauf im Geschlechtlichen, dann geschieht ihnen kein Übel.‹ So wie der Hunger nach Nahrung den Körper zerstört, wenn er zu lange andauert, so kann auch der Hunger nach Fleischeslust den Menschen an Körper und Geist erkranken lassen, wenn ihm das, was er liebt, zu lange entzogen wird. Unsere ersten Kirchenväter haben dies noch besser gewußt als wir heute. Daß nämlich die Verhalnüß, wie auch Avicenna sagt, zu argen Krankheiten führt, ist wohlbekannt. Noch heute gibt es, obwohl der Zölibat offiziell als durchgesetzt gilt, Gemeinden, die da befinden, daß ihr Geistlicher, so wie das zu alten Zeiten allgemein üblich war, eine Frau haben sollte, damit er nicht hinter den Frauen anderer Männer hersteigen möge.«

»Du zeigst mir, daß ich im Christentum nicht so bewandert bin, wie ich es glaubte, denn dies ist mir neu. Das beschämt mich aufs Tiefste.«

»Beschämt es dich, von einer Frau belehrt zu werden? Denn belehrt worden mußt du schon sein, weil du gelehrt bist. Ich kenne mich nicht in den Lehren des Propheten aus, so wie du dich in unseren Lehren auskennst, darum weiß ich nicht, wie ihr es mit den Frauen haltet. Wir jedoch haben unsere gelehrten Frauen, wenn auch wenige, so doch überragende wie die besagte Hildegard von Bingen, auf die wir, wie ich meine, sehr stolz sein können, hat sie nicht nur den Herrn geschaut in Visionen, die keinem Menschen zugänglich sind, sondern auch Kenntnisse der heilenden Natur uns überliefert, wie sie kein anderer vor ihr hatte, auch euer Avicenna nicht.«

»Über Hildegard ließe sich sicherlich streiten, oder besser gesagt über den Sinn der mystischen Theologie. Unbestreitbar aber scheint auch mir, daß sie einen überlegenen Geist hatte und daß ihr Wissen um die Kräfte der Natur in der Tat den Lehren unseres Avicenna hinzugefügt werden muß, damit unsere heilenden Fähigkeiten um so größer werden.«

*

Die Gespräche der Liebenden dauerten an, aber da sie völlig mit sich beschäftigt waren, glaubte ich nicht, daß sie meine Dienste noch nötig hatten oder auch nur daran gedacht hätten, sie nachzufragen. Darum erlaubte ich mir, mich in die Gesindekammer zurückzuziehen, noch bevor die Herrschaften schliefen. Überdies hatte die hohe Herrin mir ja ohnehin freigegeben.

Zunächst war es mir ein unabweisbares Bedürfnis, dem Herrn zu danken: zu danken vor allem dafür, daß er mir einen ehrenhaften Bruder wiedergegeben hatte. Er war kein Mörder, kein Betrüger und kein Hurenbock. Er hatte dem Hufschmied die Schuld in ehrlicher Münze zurückgezahlt. Und er hatte in christlicher Nächstenliebe einem Mädchen, das in Schande ein Kind erwartete, die Ehe versprochen; ein Versprechen, das einzulösen nur die verständliche, aber ungebührliche Rache des Erzbischofes verhinderte. Lieber Herr, es wäre schlimm, den Bruder zu verlieren. Aber es wäre schlimmer, wenn ein Familienmitglied wahrhaft Schande über alle bringt. (Von meiner eigenen Schande wollte ich an dieser Stelle schweigen.)

Nun war das geklärt. Aber wie sollte ich mich zu El Arab stellen? Meine Gedanken kreisten wieder und wieder um diese Frage, ohne daß ich eine Lösung finden konnte. Mein Herz sagte mir beständig, daß ein Mann, der so lieben kann, kein schlechter Mensch ist. Das Wissen sagte meinem Verstande insgleichen, daß ich ihm nicht trauen durfte. Er hatte vermutlich den buckligen Grafen Dampierre ermorden lassen. Er kümmerte sich nicht um das Schicksal meines Bruders. Er hat mich belogen. Er hat uns alle hintergangen. Hat er gar den Hufschmied enthauptet? Selbst wenn ich ihn zur Rede stellen würde, wie konnte ich ihm dann glauben, was er sagte? Dagegen schien es die hohe Herrin nicht zu verunsichern, daß er ihr die Unwahrheit gesagt hatte. Sie hatte es als ganz natürlich hingenommen, daß er ein Anhänger Mohammeds war und nicht Christ, wie er die ganze Zeit behauptete.

Oh, dieses Buch! Es war ein christliches Buch, wenn es auch ketzerische Gedanken zu enthalten schien. Dieses Buch wollte der Sultan El Arab in seinem Sultanat zur Staatsreligion machen. Vielleicht log er gar nicht, wenn er sich als Christ bezeichnete? Vielleicht war er ein moslemischer Christ? Oder ein christlicher Mohammedaner? Oder am Ende gar ein Jude? Jedenfalls hatte er einen verdächtig herzlichen Umgang mit ihnen ... Und besaß er überhaupt besagtes Sultanat? Oder hatte er die hohe Herrin damit nur angelogen? Wollte er sie etwa beeindrucken mit seinem Reichtum, den es vielleicht gar nicht gab?

Nein, der Herr hatte nicht bedacht, daß ich nur eine einfache Magd war, als er mir diese ungeheuren Rätsel aufgab. Sicherlich, einst hatte ich die Klosterschule besucht, um, wie es mein Vater wünschte, Äbtissin werden zu können, so daß ich die Grundlagen der Gelehrsamkeit durchaus kannte.

Hatte es der Herr verhindert, daß ich Äbtissin werden konnte, weil mir die Keuschheit nicht leicht gefallen wäre, die ich als Nonne hätte geloben müssen? Aber lebte ich nicht jetzt auch keusch, nur mit dem Unterschied, daß mir ein vergangener Makel sichtbar anhing?

Ich dachte über das Gleichnis nach, das meine hohe Herrin erzählt hatte, die Geschichte von dem Abt, der die verliebte Nonne und den verliebten Mönch hatte zusammenkommen lassen, ohne daß sie ihren Dienst an Gott hatten aufgeben müssen. Es war eine ungeheuerliche Aussage. Es war ungeheuerlich, daß die Konkubine des Erzbischofes eine solche Geschichte zum Besten gab.

Ich spürte dann, wie nah meine hohe Herrin und El Arab an die wahre Erkenntnis Gottes heranreichen mußten und wie sehr sie das in Gefahr brachte, weil die Menschen, die weiter von Gott entfernt waren, mit Neid und Mißgunst darauf blickten. Dann verfolgten sie die Gottesfürchtigen und führten dabei den Namen Gottes im Munde, beschmutzten den Namen Gottes. O Gott, warum läßt du das zu? Warum läßt du zu, daß die deinen verdorben werden durch den Haß derjenigen, die gar nichts von dir verstehen?

Auch ich verstehe nichts von dir, o mein Gott, denn ich verstehe nicht, wie du das zulassen kannst. Aber ich verstehe, daß es falsch ist, die Menschen, die dir näher sind, zu verfolgen. Ich brauche ein Zeichen von dir, mein Herr und Bruder, was ich nun tun soll. Ich werde mich ganz und gar in deine schützende Hand geben und nichts tun, bevor ich nicht dieses Zeichen von dir bekomme. So lange werde ich stillhalten und die Fragen nur in meinem Kopfe umherwälzen. Ich werde erst handeln, wenn du mir ein deutliches Zeichen gibst.

Es mußte, das wußte mein Herz, eine andere Lösung geben als die, die Schuld meines Bruders gegen die Schuld von El Arab oder meiner Herrin einzutauschen. Alle drei, die ich liebte, sollten unschuldig sein. Mit der schönen Hoffnung, daß es ein gutes Ende nehmen werde, schlief ich ein.

Das zweite Wunder oder meine Erkrankung und Heilung

»Das ganze Leben des guten Christen ist ein heiliges Sehnen.«
Augustinus

Köln, 27. Januar 1252
Nach der glücklich verbrachten Nacht nahm meine hohe Herrin am hellichten Tage die Gestalt der Büßerin an: Sie ging trotz der Kälte barfuß und zog nur grobe Kleider an. Daß sie ihre vornehmen Kleider ablegte, unterstrich die Lieblichkeit ihrer Gestalt jedoch um so deutlicher. Vor allem aber ließ sie fortan keinen Bettler, weder vor der Kirche noch auf dem Markt noch an ihrer Tür, ohne die ihm aus christlicher Nächstenliebe geschuldeten Almosen stehen.

Zu den Magdaleninnen sagte sie: »Glaubt nicht, daß ich die Sünden büße, von denen ihr meint, ich beginge sie (die ich in Wirklichkeit nicht begehe). Auch die nicht, die ich statt dessen wirklich begehe. Vielmehr weiß ich, was ich Gott für das Glück schulde, das er mir gibt.

Was aber die Keuschheit angeht, so sage ich euch: Die Hennen beschlossen eines Tages, daß ihre Eier zu wertvoll seien, um daraus Küken schlüpfen zu lassen, weil sie doch dem Menschen, der ein höheres Wesen ist, als sie selbst es sind, zur Nahrung dienen. Und so verweigerten sie sich den Hähnen. Alsdann brachten sie alle ihre Eier dem Menschen als Nahrung dar. Nachdem diese Generation keuscher Hennen gestorben war, hatte der Mensch keine Eier mehr.

Unsere Aufgabe ist es aber, Gott zu dienen. Wir dienen ihm, indem wir seine Schöpfung und all ihre Natur heiligen, die in uns ist. Wie unkeusch ist es in Wahrheit, sich seiner Natur zu verweigern!«

Mit bangem Herzen wagte ich, um das Versprechen einzulösen, das ich gegeben hatte, El Arab und meine Herrin anzusprechen und um die Heilung von Angelas Sohn Martin zu bitten. El Arab sagte, nachdem ich die Symptome aufgezählt hatte, daß der Junge an einer Krankheit litte, die in die Zuständigkeit von Magdalena fiele. Um die Heilung vorzunehmen, zog Magdalena an diesem kalten, aber schneefreien Wintertage mit ihren Anhängerinnen im Gefolge zum Berlich, wo sie als Heilige empfangen wurde.

Die Magdaleninnen und alle anderen Schaulustigen stellten sich im Kreise auf die Gasse, während sich der Junge und Magdalena in diesem Kreise befanden. Magdalena stand aufrecht in ihrem Büßergewand. Der ärmlich gekleidete Junge war dagegen in sich zusammengesunken.

»Was lastet auf dir, mein Junge?« fragte sie.

Er schaute unsicher in die Runde und sagte erst einmal nichts.

»Etwas lastet auf dir, Martin. Was ist es? Du mußt antworten, ich befehle es dir!«

»Ich bin schwach«, jammerte er.

»Du trägst etwas. Sag mir, was es ist.« Der Heilerin Stimme wurde bedrohlich.

»Es ist nicht schwer, aber ich bin zu schwach«, sagte er mutlos.

»Es erdrückt dich. Es ist schwer. Du mußt mir sagen, was es ist, mein Kleiner. Sonst werde ich dich bestrafen. Weißt du, wie das ist, bestraft zu werden? Ich bin mächtig: Ich kann dich bestrafen!«

»Ich werde es schon ertragen!« sagte er trotzig und schob sein Kinn vor. Das ließ ihn reifer aussehen.

»Du bist trotzig und böse, ungehorsamer kleiner Martin. Ich werde dich bestrafen, wenn du mir nicht bald sagst, was auf dir lastet.«

»Glaubst du, ich habe Angst?« sagte er. Die Menge fing an zu murren. Die Mutter rief ihm etwas zu. Man fand, daß er sich unbotmäßig der Heilerin gegenüber verhielt.

»Du siehst«, sagte Magdalena unbarmherzig und zeigte in die Runde, »sie sind auf meiner Seite. Alle. Wirst du mir nun sagen, was auf dir lastet!«

Die Menge rief: »Sag es! Sag es!«

Der Junge stampfte mit dem Fuße auf. »Glaubt ihr, ich werde mich beugen?« Er richtete sich nun zu voller Größe auf, und wir sahen also, daß Martin kein Kind war, wie seine Mutter uns gesagt hatte, sondern ein Mann. »Ich bin stark, vertut euch da nicht!« rief er mit kräftiger Stimme, gefolgt von einem höhnischen Lachen.

Magdalena klopfte ihm freundschaftlich auf die Schulter: »Es ist gut. Du bist ein Mann. Arbeite, sorge für deine Mutter. Es ist ungut, wenn sie für dich sorgen muß. Das ist gegen die Naturordnung.«

Er aber war alsbald fröhlich und sagte: »Ihr seid eine Heilige, edle Büßerin. Ihr habt erreicht, was die Natur und meine Mutter in all den Jahren nicht vermocht haben. Ich danke Euch.«

War es nicht bewunderungswürdig, wie es die Heilige zu vollbringen vermochte, Martin zum Manne zu machen? Indem sie ihn wie ein Kind ansprach, das er mimte, obwohl er der Wiege schon entwachsen ward, forderte sie seinen Widerstandsgeist heraus, ohne dessen Hilfe wir Menschen uns nicht der Härte der Welt zu erwehren wissen. So also erkannte er, indem er sich gegen sie stellte, daß er über die Stärke verfügte, die nötig ist, um mannhaft zu sein. Dazu nutzte die Heilerin geschickt die Menge, die, ohne es zu wissen, ihr half, indem sie den Druck auf den faulen Jungen verstärkte. Während die Leute meinten, Magdalena beispringen zu müssen, den Widerspruchsgeist, den sie fälschlich für böse hielten, zu besiegen, damit sie mit der eigentlichen Heilung beginnen könne, hatte die Heilung schon eingesetzt. Noch heute wenden wir Magdaleninnen ein Verfahren solcher Art erfolgreich im weißen Hause an, wenn die Mädchen meinen, dem Ungemache des Lebens hilflos ausgeliefert zu sein.

Da ich mit meiner hohen Herrin über die Absicht von Paulina und Angela gesprochen hatte, eine Heimstätte für gefallene Mädchen einzurichten, nutzte die hohe Herrin nun die Gelegenheit, darüber zu sprechen: »Es sind zwei unter euch, die ihr zu den Meinigen zählt, die ein christliches Herz haben. Wir setzen sie hiermit als unsere Stellvertreterinnen ein, um ein Haus zu führen, in welchem unverheiratete Mädchen, die guter Hoffnung sind, ohne Schande Aufnahme finden. Dieses heilige weiße Haus werden wir stiften und bitten alle Christen um Almosen.«

Dann aber nahm mich El Arab zur Seite, hielt mich an den Schultern und sagte leise: »Du mußt jetzt sehr stark sein. Ein Bote hat mir soeben mitgeteilt, daß heute der Tag sein wird, da der Henker das Urteil an deinem Bruder Rignaldo vollstrecken wird.«

El Arab fing meinen Körper auf, der in sich zusammenbrach. Nur gut, daß ich meinen Sohn nicht mit mir trug, sondern bei der Köchin gelassen hatte, denn ihn hätte ich jetzt vielleicht verletzt. Alles Hoffen und Beten war umsonst gewesen! Ich wollte El Arab anflehen, doch noch etwas zu unternehmen. Statt dessen konnte ich nur verzweifelt murmeln: »Herr, ich darf Euch nicht vertrauen.« Dann sank ich in Ohnmacht.

Ungeachtet meiner ungebührlichen Bemerkung stützte er mich, nachdem ich aus der Ohnmacht erwacht war, und führte mich zum

Richtplatz im Judenbüchel vor dem Severinstor. Er fragte mich nicht, was ich im Sinne hatte, und ich sagte es ihm nicht, weil ich meinte, ihm keine Erklärung schuldig zu sein. Jedes Gefühl war mir aus den Gliedern, dem Herzen und dem Kopfe gewichen.

Unter Glockengeläut hatten die Schöffen, Büttel und Gewaltrichterboten den schwarzen Henkerkarren mit dem Henker und meinem Bruder hierhergebracht. Das gemeine Volk war zahlreich versammelt, um sich das Ereignis nicht entgehen zu lassen. Kaum einer bot in seinem Herzen Platz für Zweifel ob Rignaldos Schuld, und so war jedermann einverstanden, daß er stürbe. Ich sandte ihm einen stummen Gruß mit meinen verweinten Augen. Er aber hieß mich mit seinem Blicke, den Lebensmut nicht fahren zu lassen. Zwar zitterte er, und das blanke Entsetzen, das die Seele natürlicherweise vor dem Tode ihres Körpers erfaßt, stand ihm im Gesicht. Aber ich war stolz, daß er eine ehrbare Haltung bewahrte, bis das schändliche Beil ihn traf. Gnädig war der Henker, daß er sein blutiges, unehrenhaftes Werk mit nur einem einzigen Hieb vollbrachte. Denn das Töten eines Menschen bleibt, auch wenn es um der Ordnung willen notwendig ist, vor Gott immer eine Sünde.

Als Rignaldos Blut spritzte und der abgetrennte Kopf den verdutzten Blick des Enthaupteten annahm, grölte das gemeine Volk, das nichts von der echten Hoffnung auf das künftige Leben weiß. Täglich bete ich für Rignaldos Seele und bin sicher, daß ihm die Gnade Gottes zuteil wird.

*

Köln, Januar/Februar 1252

In den nun folgenden Tagen nach Rignaldos Tod konnte ich meinen Pflichten immer weniger nachkommen. Des Nachts schüttelte mich ein schlimmes Fieber, und am Tag hinderten mich schreckliche Koliken. Ich hätte im Stehen schlafen können und wußte nicht mehr die Tageszeit. Fürsorglich deckte mich der langsame Gisbert, indem er mir viele meiner Aufgaben im Hause abnahm, schaffte ich es doch kaum mehr, für meinen geliebten Sohn zu sorgen. So versank ich im Fieber, das die Sinne verwirrt wie die Träume.

In meinen Fieberträumen begaben sich gar wundersame Dinge.

Meine Finger wuchsen zu selbständigen Personen heran, gewandet in die Farben des Regenbogens. Sie sprachen mit den Zehen, die ebenfalls zu Personen geworden waren, jedoch zu dunklen Kobolden aus weichem Holz und aus hartem Erz. Sagte der eine Finger fröhlich zu einem Zeh: »Guten Tag«, so antwortete der düster: »Ich verdamme dich.« Sprach aber ein anderer düsterer Zeh zu dem einen Finger, der von himmelblauer Farbe war: »Wo bist du?« bekam er zur Antwort: »Ich bin bei dir.«

Aus meinem Nabel entsprang eine wunderschöne, grüne Frau von luftiger Beschaffenheit. Sie rief: »Wer seid ihr?« Die Kobolde antworteten im Chor: »Wir sind die, die du siehst.« Die Regenbogenmenschen aber sagten: »Wenn du uns siehst, bist du nicht, was du zu sein scheinst.«

Mein Kopf wurde zur blutroten Sonne. So heftig sie auch zu scheinen versuchte, sie erwärmte die Kobolde nicht. »Wir sind ungehorsam«, brüllten sie. »Nur weil ihr glaubt, ungehorsam zu sein, seid ihr gehorsam«, kam die weise Antwort der Sonne. »Selbst wir verstehen dich nicht«, gaben die Regenbogenfinger zu.

Meine weißen Brüste kugelten über die grüne Wiese und begruben die Kobolde unter sich. Dann aber stritten sie, weil beide zum gelben Monde werden wollten. »Ich bin der wahre Mond«, sagte die eine. Die andere aber widersprach: »Denkst du. Wenn ich nicht bin, bist du auch nicht. Darum bin ich der, den alle den gelben Mond nennen.« Die andere gab sich nicht geschlagen: »So rund und weich und schön bin ich und so gut nähre ich den Sohn, daß ich eigentlich der wahre Mond bin, während du bloß das Abbild bist, das Spiegelbild, eine purpurne Nachahmung, völlig wertlos.« »Bin ich wertlos, so bist auch du wertlos, weil du farblos bist«, kam prompt die Antwort. »Ich habe den Regenbogen in mir, und das ist schließlich etwas wert.« »Da siehst du«, triumphierte die andere. »Der Regenbogen gehört dem Tage, der Mond gehört der Nacht. So gehöre ich der Nacht, weil ich der Mond bin. Und du gehörst dem Tage, weil du den Regenbogen in dir hast.« »Aber was bin ich?« »Du bist, was du bist, mache dir darum keine Sorgen. Regenbogen haben keine Sorgen. Farben haben keine Sorgen. Nur die Nacht hat Sorgen. Beneide also nicht mein düsteres Schicksal.«

Da plusterten sich die Kobolde auf und erstanden wieder und fraßen die Regenbogenfinger. Als sie aber diese gefressen hatten, wurden die Kobolde bunt wie jene und fröhlich und tollten unter dem sanften Mondscheine umher.

*

Köln, 14. Februar 1252
Vom Fieber betäubt vermochte ich nicht, darüber nachzudenken, wie ich weiter vorgehen konnte, um der Wahrheit über den Mord am Hufschmied, der den ungerechten Tod meines erstgeborenen Bruders nach sich gezogen hatte, doch noch habhaft zu werden. Denn obgleich ich Rignaldos Leben nun nicht mehr zu retten vermochte, fühlte ich mich als letzte in der Stadt lebende Verwandte verpflichtet, seine Unschuld zu beweisen, um zumindest seine Ehre wiederherzustellen.

Als das Fieber nicht ganz so schlimm war, wollte ich im Gespräche mit El Arab vorsichtig erkunden, welchen Anteil er an der Tat hätte und wie groß die Schuld sei, die er auf sich geladen, aber es fand sich keine Zeit, da der denkwürdige Tag gekommen war, an dem Pater Bueno Magdalena in die St.-Gereons-Kirche eingeladen hatte: Er wollte zusammen mit ihr eine Messe feiern.

Sie brachte ihre Anhängerinnen mit und war gewandet fast wie ein Priester selbst. Es waren sehr viele Menschen da, die mehr die Neugierde als der Glauben trieb, sich hier im Dekagon unter der vielleicht größten Kuppel der Welt zu versammeln.

St. Gereon war eine treffliche Wahl. Denn, wie Helinandus, ein französischer Zisterziensermönch, predigte, war es der heilige Gereon, der viele hundert Märtyrer der Thebäischen Legion geführt hatte, als diese sich dem Befehle des römischen Kaisers Maximian widersetzten, Christen zu verfolgen, und daraufhin in sechs Brunnen zu Tode gestürzt wurden. Auf diesem geweihten Boden stand das stolze Gotteshaus, das mir so viel wie kein anderes bedeutete.

Pater Bueno, der kleine, zitternde Greis hinter dem Gereonsaltar über der »nova crypta« mit den Gebeinen der Märtyrer, begann die Predigt schleppend und mühsam: »Ihr, liebe Mitbrüder und Christen, kennt mich als einen, der ich wohl nicht mehr bin. Ich darf euch versichern, daß ich nichts von meiner Überzeugung verloren habe, daß der einzige und gütige und dreifaltige Gott, der Vater, über uns wacht, als Sohn zu uns gekommen ist und mit dem heiligen Geiste unsere Liebe entfacht. Diese Wahrheit allein ist wichtig. Es ist nicht wichtig, wie die Menschen sind. Die Menschen sind schlecht, ich nicht weniger als ihr. Wir sind nur die Sünder, und für unsere Sünden müssen wir büßen.

Ich habe gepredigt, viel gepredigt zu euch, zu euch gesprochen, was ich für Gottes Willen gehalten habe und immer noch halte. Die heilige Schrift sagt mir ohne Wenn und Aber ...«

In den Greis kam Leben, und er erhob die Stimme, als er wiederholte: »Ohne Wenn und Aber!

Das sagt sie: ohne Wenn und Aber!

Es gibt kein Wenn und Aber: Ein armes, ein aufrichtiges, ein keusches Leben in Liebe zum Nächsten ist gottgefällig.«

Nun steigerte er seine Stimme zu einem donnernden Tosen: »Arm! Arm! Arm!« Und: »Aufrichtig! Aufrichtig! Aufrichtig!« Und weiter: »Keusch! Keusch! Keusch!

Seid arm! Seid aufrichtig! Seid keusch!

Das ist Gott wohlgefällig. Ja! Ja! Ja!

Darum!

Darum! Darum habe ich gekämpft gegen den Verfall der Sitten in den Kirchen, unter den Kirchendienern, die nicht keusch sind, die nicht arm sind, die nicht aufrichtig sind, die an die Sterne anstatt an den einen Gott glauben, von dem wir alle sind und der allein unser Schicksal bestimmt.

Gegen den, der unkeusch ist, aber an eurer Spitze steht!

Gegen den, der in Sünde lebt, aber an eurer Spitze steht!

Gegen den, der die Münzen fälscht, weil er an eurer Spitze steht!

Gegen den, der die Sünder beschützt, die unseren Herrn ermordet haben!

Gegen den, der einen Aberglauben hegt, anstatt ganz aufrichtig zu glauben!

Gekämpft! Gekämpft! Gekämpft!

Gehaßt! Mit meinem Haß verfolgt! Gehaßt!«

Pater Bueno hielt inne und setzte neu an. Seine hochbetagte Stimme klang jetzt heiser, und er krächzte wie eine Krähe: »Ich bitte Gott, daß dies nicht der falsche Weg ist, daß dies nicht die Sünden sind, um derentwillen er mich bestraft. Denn Strafe habe ich verdient.

Unzweifelhaft! Strafe! Verdiente Strafe!

Bestrafe mich, guter Gott!

Daß du gut bist, zeigst du, indem du mich bestrafst! Meine Schuld! Oh, meine Schuld!

Bestrafe mich! Ich bin schuldig! Schuldig!

Nein, meine Sünden sind andere: Ich war nicht demütig, sondern selbstgefällig.«

Seine Stimme brach nun völlig, und nur unter Heulen und Schluchzen konnte er fortfahren, während die heißen Tränen über sein altes, zerfurchtes Gesicht liefen: »Nicht demütig! Welche Schuld!

Nicht unterwürfig! Unerträgliche Schuld!

Ich war selbstgefällig! Schande über mich!

Ich war überheblich! Unerträglich!

Schande über mich, der keine Demut kannte.

Sollte ich doch Demut lernen vor Gott!

Vor dem geringsten seiner Geschöpfe, vor dem Gewürme bin ich ein Zwerg! Oh, guter Gott, demütige mich! Bring mir die Demut bei!

Ich sah die anderen als Sünder und mich als Gerechten. Ich sah den Splitter im Auge des Nächsten und nicht den Balken in meinem eigenen Auge. Ich habe andere verdammt und mich für heilig gehalten.

Mich für heilig gehalten!

Welche Überheblichkeit!

Welcher Mangel an Demut!

Schande über mich!«

Wieder entstand eine Pause. Pater Bueno wischte sich zitternd die Tränen aus dem benetzten Gesicht. Leise und in sich gekehrt sagte er: »Guter Gott, dafür bestrafe mich, damit ich rein werde vor dir und dich schauen kann, wenn du mich zu dir rufst!

Kann ich noch Gnade von dir erwarten? Welche überreiche Gnade du hast, daß du mir verzeihen kannst!

Ich war wie die Schriftgelehrten, wie die Juden, die unser Herr aus dem Tempel gejagt hat. Ich war nicht besser als diejenigen, die ich für meine Feinde hielt, sondern schlechter. Ich habe nicht die andere Wange hingehalten, wie es unser Herr Jesus von uns verlangt, sondern ich habe zugeschlagen.

Zugeschlagen!

Gehaßt!«

Über sein Gesicht ergoß sich erneut ein Sturzbach salziger Tränen. Mit erstickender Stimme setzte er seine Predigt fort:

»Geschlagen, wo der Herr mir Sanftmut befiehlt!

Gehaßt, wo der Herr mir Liebe eingibt!

Das ist, als habe ich den Herrn geschlagen.

Das ist, als habe ich den Herrn gehaßt.

Herr, gib mir die Liebe zu dir!

Geschlagen und gehaßt habe ich: bis mir der Herr in seiner Gnade die Augen geöffnet hat.

O Herr, welche Gnade! Ich danke dem Herrn für seine überreiche Gnade.

Durch den Menschen hat er mir die Augen geöffnet, den ich am meisten verachtete, über den ich mich am höchsten erhoben habe – die hohe Frau Magdalena.

Dort steht sie! Verachtet habe ich dich. Verabscheut! Seht, Brüder, seht selbst: Sieht so eine Sünderin aus? Dürfen wir Gottes Geschöpf verachten? Nein!

Nein. Nein. Nein, das dürfen wir nicht.

Ich aber habe es getan. Das habe ich getan. Seht, das ist meine Sünde. Seht selbst!« Pater Bueno wies auf Magdalena und sagte lange Zeit nichts.

Leise sprach er schließlich weiter: »So mag sie ihre Sünden tragen, aber ich muß meine tragen. Weil ich gedacht habe, sie sei schlecht und ich sei gut, hat mich der Herr belehrt. Wie gut es ist, vom Herrn belehrt zu werden, obwohl er das Recht hätte zu strafen!

So hat der Herr mich belehrt: Als meine allerliebste Nichte erkrankte, gab es keine Hilfe als die der Heilerin Magdalena. Ich flehte sie an, trotz alldem, was ich ihr angetan habe, der Kranken, die mir so überaus lieb und teuer ist, zu helfen, und sie hat geholfen. Welch christliche Barmherzigkeit! Diese christliche Nächstenliebe! Gott sei gepriesen.«

Nun erstrahlte die reinste Freude über das Antlitz des Greises, der zu schweben schien. Hell und klar tönte seine Stimme: »Gepriesen sei Gott. Gepriesen!

Danke, Gott, danke für deine Heilung!

Ich kann nicht sagen, wie dankbar ich Magdalena dafür bin. Dankbar! Dankbar! Dankbar!

Aber wichtiger noch ist die Lehre, die der Herr mir damit erteilt hat: Er hat mir gezeigt, was wahre Nächstenliebe ist. Er hat mir gezeigt, was es heißt, sich hinwegzusetzen über die kleinlichen Streitigkeiten der Menschen, die die Quellen aller großen Übel unseres Jammertals sind, das wir bewohnen müssen, bis der Herr uns zu sich ruft.

Ich habe gesagt, daß ich meine Überzeugungen nicht geändert habe.

Nein, ich stehe zu Gott! Zu meinem Gott!

Nein, ich widerrufe nichts! Nichts! Nichts!

Nein, ich bleibe meinem Gott treu! Gott!

Wie also kann ich nun weiter fortfahren, nachdem ich die Lektion vom Herrn bekommen habe? Dies, liebe Brüder in Christo, ist mein Entschluß: Hier gelobe ich feierlich, nicht mehr zu sprechen nach dieser Messe, sondern mich zurückzuziehen ins Kloster, bis daß der Herr meine Zunge löst, um die Wahrheit zu verkünden, die ich noch nicht kenne.«

Pater Bueno hob die Hand zum feierlichen Schwure. Alle starrten gebannt auf seine erhobene Hand. »Und nun bitte ich als letztes Magdalena, die Fürbitten zu sprechen, die sie frei wählen mag.«

Magdalena sprach die Fürbitten so schlicht und feierlich, daß alle ergriffen waren.

»Wir bitten dich, großer Gott, daß du Pater Bueno beschützen mögest und ihm die Kraft gibst, die Einsichten zu erlangen, nach denen es ihn dürstet.«

»Wir bitten dich, erhöre uns«, antwortete die Menge.

»Wir bitten dich, heiliger Geist, daß du uns Einheit und Frieden gibst und uns erlöst von den Streitigkeiten, die die Stadt spalten.«

»Wir bitten dich, erhöre uns.«

»Wir bitten dich, König des Friedens, daß du uns Ruhe und Gesundheit gibst, die wir brauchen, um die Menschen zu sein, die du geschaffen hast.«

»Wir bitten dich, erhöre uns.«

»Und wir bitten dich, allmächtiger Vater, daß du den beiden Menschen die Kraft gibst, ihr Werk zu vollenden, die das Heim der ›weißen Frauen‹ zu leiten übernommen haben.«

»Wir bitten dich, erhöre uns.«

»Wir bitten dich, Retter der Armen, die Christen in ihrem Herzen zu erweichen, daß sie Almosen geben für jenes Heim, in dem die Kölner Mädchen wohnen können, die von ihren Mitmenschen als von Schande behaftet verachtet werden. In jeder Frau nämlich, die ohne Gatten ein Kind gebären muß, sehen wir Christen in sündiger Form das Abbild der heiligen Familie.«

»Wir bitten dich, erhöre uns.«

»Wir bitten dich, gütiger Vater, strafe uns nicht, wenn du uns das Glück zuteil werden läßt, sondern erlöse uns von der Furcht, die wir in uns tragen, weil wir das Elend um uns herum sehen, das du nach deiner Weisheit zuläßt, aber von dem du nicht willst, daß es uns überwältigt.«

»Wir bitten dich, erhöre uns.«

»Und wir bitten dich, lieber Gott, demjenigen unter uns, der mutig ein Königreich des Friedens auf Erden schaffen will, eine glückliche Hand zu schenken.«

»Wir bitten dich, erhöre uns.«

Als dann das Abendmahl gefeiert wurde, lag über den Köpfen ein Glanz, den noch kein menschliches Auge je gesehen hatte. Magdalena aber brach, nachdem sie die Eucharistie empfangen hatte, vor dem Gekreuzigten zusammen und flehte: »Dein heiliges Leid sei mein Leid, das Leid, das noch die tiefste aller Freuden schenkt.«

All jene, die an dieser Messe teilgenommen hatten, empfanden sie als das größte Wunder, das sie je miterlebt hatten.

*

Köln, Ende Februar 1252

Das Wissen um die Entmannung des Erzbischofes lastete mir schwerer auf der Seele, und es bedrückte mich mehr, als ich zunächst angenommen hatte. Ich hatte mich wohl für stärker gehalten, als ich es in Wirklichkeit war. Weil ich es vorzog, nicht mit El Arab darüber zu sprechen, erleichterte ich mein Gewissen, indem ich den langsamen Gisbert in das Geheimnis einweihte, daß der Erzbischof ein Verschnittener sei. Der langsame Gisbert erschien mir überaus vertrauenswürdig, schließlich hatte er mir geholfen, daß ich meinen Bruder vom Vorwurfe des Betruges am Hufschmied reinwaschen konnte, und jetzt kümmerte er sich aufopfernd um mich. Der langsame Gisbert nahm das Geheimnis erheitert auf und machte ein oder zwei ungehörige Bemerkungen über die Unkeuschheit der Pfaffen, die allgemein bekannt sei.

Vielleicht wäre es ihm möglich, so hoffte ich, bei seinem Vetter Goswin noch weitere wichtige Auskünfte zu erlangen. Denn recht betrachtet war Goswin, so abstoßend er mir auch erschien, der einzige, der mich wirklich weitergebracht hatte bei der Entwirrung des Rätsels ... Oder war es vielmehr die Kunde, die ich von Paulina empfangen hatte, die den Schlüssel für die Lösung darstellte? Einerlei, ich bat den langsamen Gisbert also um weitere Erkundigungen, und er versprach, obgleich es ja jetzt gewissermaßen zu spät sei, Augen und Ohren für mich aufzuhalten.

Ich aber verfiel erneut in meinen Fieberwahn. Nun waren es die rosa Beine, die eine gewaltige Brücke über den majestätischen Rhein bildeten. Die Menschen liefen auf ihren Köpfen über die Brücke hin und her und riefen: »Wozu brauchen wir eine solche düstere Brücke, wenn wir nirgendwo ankommen?« Meine Schenkel aber waren böse und sagten: »Ihr seid undankbar, ihr dummen Leute. Also fallt doch ins Wasser.«

Es gab viele laute Platscher, als die Leute in den Rhein fielen. Sie schrien um Hilfe. Aber das blaue Wasser verschluckte sie nicht, sondern spie sie wieder aus: »Meint ihr«, sagte das Wasser, »ich würde mich von euch ockerfarbenen Sündern beschmutzen lassen? Wäre ich noch rein, wenn ich euch aufnehmen würde? Fragt woanders nach, ob man euch dort behilflich sein kann zu sterben. Ich gebe euch dem grünen Leben zurück. Danket mir nicht, denn ich weiß, was das Leben an grauem Leiden mit sich bringt. Ich aber sage euch, daß es nicht wenige Leiden sind. Dennoch bin ich das Leben, denn ohne mich ist kein Leben. Und ich bin das Gute am Leben. Also verschenkt mich nicht.«

Es kitzelte, als die Menschen also über die Oberschenkel zurück zum anderen Ufer gingen. Ich mochte den Kitzel. Aber dabei zuckten mir die Schenkel, und die Menschen fielen erneut. Da das Wasser sie jedoch nicht wollte, fielen sie nicht nach unten in die Tiefe, sondern nach oben in die luftige Höhe. Dort nahmen sie die violetten Engel in Empfang.

»Nanu«, sagten die Engel, ganz und gar violett vom Kopfe bis zum Fuße, Serafine und Cherubine und andere, die ich nicht kannte,

»da kommt ihr aber früh. Zu früh. Wir werden euch sanft zurückgeleiten auf die feuchte und die trockene Erde, so daß ihr dort noch glücklich sein und eurem Gott dienen könnt. Denn glaubt ihr, euer Gott hat euch gemacht, damit ihr düster und unglücklich seid, streitet, hungert und keine helle Freude habt am Leben? Das kann ja nicht sein.«

Nun kitzelte es wieder, und die Menschen liefen zum Bauchnabel. Dort erwartete sie die schöne grüne Frau, die ich schon kannte. Aber die luftige Grüne sagte nichts. Dann verwandelte sie sich in einen Mann, blau und rot und stark. Und der sprach: »Ihr erwartet, daß ich etwas sage. Aber ich bin aus Luft und kann darum nichts sagen. Wenn ich also etwas sage, sage ich eigentlich nichts. Das ist ein Paradox. Das könnt ihr nicht verstehen, aber ihr werdet es verstehen. Ich kann euch nicht sagen, wann. Denn ich kann euch nichts sagen, sonst könnte ich ja etwas sagen.«

Dieser blaurote Mann erweckte meine Begierde, und ich erwachte aus meinem Fiebertraume. Es war aber nicht, wie ich dann vermutete, der langsame Gisbert, der mir Wasser gab, um meinen Durst zu löschen, sondern El Arab.

»Gisbert?« fragte ich dennoch unsicher, weil ich meinen fiebergeschwächten Augen nicht traute.

»Nein«, sagte El Arab. »Du mußt trinken, viel trinken.«

»Ich werde sterben, Herr, ich habe schon die Engel gesehen.«

»Die Engel haben dich zurückgebracht, mein Kind«, sagte El Arab. »Ich habe dir doch versprochen, auf dich aufzupassen. Es war dieses Mal ziemlich knapp, weil ich einen Augenblick lang unachtsam war.«

Als ich dies vernahm, erinnerte ich mich aber daran, daß ich beschlossen hatte, El Arab zu mißtrauen, und sagte nichts.

»Man hat versucht, dich zu vergiften. Ich weiß nicht, wer diese ruchlose Tat zu vollbringen beabsichtigte, aber ich habe die Anzeichen der Vergiftung mit Solanaceen-Pulver schließlich erkannt und dem ein Ende gemacht, bevor das Gift dich ganz zerstören konnte.«

Ich war sehr traurig: Da hatte mir dieser Mann das Leben gerettet, doch ich konnte mich ihm nicht anvertrauen! Mir schossen Tränen in die Augen. Ich wollte zurück in meinen Fiebertraum, fliehen vor einer Welt, in der Hufschmiede ermordet, Brüder ungerecht hingerichtet, Erzbischöfe schändlich entmannt und demütige Mägde vergiftet werden.

Doch nein, ich mußte darüber nachdenken, wer mich hatte ermorden wollen. El Arab hatte mir das Leben gerettet. Aber er sagte, er wisse nicht, wer der Täter sei. Ich werde mich nicht erniedrigen, ihn zu bitten, es in Erfahrung zu bringen, dachte ich überheblich, sondern muß es für mich selbst herausfinden. Vielleicht war er ja selbst der Mörder! Es konnte allerdings nicht sein, daß er mein Mörder hatte sein wollen, denn ein Mörder rettet sein Opfer nicht vor dem sicheren Tode ... meine Gedanken kreisten und kreisten, ohne ein Ziel zu finden.

»Du bist schwach, mein Kind«, sagte El Arab. »Und ich weiß, daß etwas vorgefallen sein muß, was dich mir gegenüber argwöhnisch macht. Wenn du bereit bist, sage es mir. Bis dahin magst du schweigen. Nur um eines bitte ich dich: Werde gesund!«

*

Es dauerte einige Tage, bis ich wieder ohne Beschwerden war. El Arab brachte mir Essen, und niemand anderes durfte die Kammer betreten, in der ich zusammen mit meinem geliebten Sohne lag. Ich fragte, ob nicht der langsame Gisbert sich um mich kümmern könne, damit der hohe Herr von dieser Pflicht entlastet würde; aber ich erfuhr, daß der langsame Gisbert zum Dienste beim Erzbischof berufen worden sei.

Warum? Ich fragte es mich, ich fragte es nicht El Arab. Eine Antwort fand ich für mich nicht, denn ich war noch schwach. Mich quälte außerdem die Frage, wem ich mehr Loyalität schuldete, meinem toten Bruder oder meiner lebenden Herrin. Manches Mal meinte ich, sie sei zu meinem Verderben mit El Arab verschworen. Ein anderes Mal wähnte ich meine hohe Herrin in der gleichen Gefahr wie mich, nämlich von El Arab in eine dunkle Verschwörung verwickelt worden zu sein. Dann wieder beruhigte mich, daß mich El Arab vor der Vergiftung bewahrt hatte, so daß es schien, als müsse es eine andere Lösung für das Rätsel geben, vor dem ich stand. Statt aber El Arab mit den Zweifeln in meinem Herzen vertraut zu machen, wovor mir Angst war, wurde ich ein wenig frech und sagte also zu ihm:

»Herr, wie geht es mit der Rückeroberung Eures Sultanates? Oder gibt es das gar nicht, und ich habe das womöglich nur im Fieber phantasiert?«

»Man muß vor euch Bediensteten auf der Hut sein, Teufel noch mal«, sagte El Arab und zwinkerte mir neckisch zu. »Ihr bekommt so allerhand mit. Ja, ich bin dabei, mein Heer zu ordnen.«

Ich aber war auf einmal sehr erregt und ach so wißbegierig und fragte: »Wo liegt dieses Land? Wie viele Menschen leben dort? Ist es fruchtbar? Sind die Menschen dort glücklich, oder werden sie es sein, wenn Ihr dort regiert? Ach, ich wünschte, wir alle würden in so einem Lande leben, wie Ihr es beschreibt, einem Lande, in welchem die Menschen einander helfen und nicht übereinander herfallen, weil sie einen anderen Glauben haben. Wie dumm das ist!«

»Du stellst zu viele Fragen auf einmal, als daß ich sie beantworten könnte.« El Arab wurde, wie er es manchmal an sich hatte, abweisend und unnahbar. »Aber du kannst es ja selbst sehen, denn ihr, du und dein Kind, könnt auf mein Geheiß hin zusammen mit der Königin kommen, sobald ich als Sieger aus dem Kampf hervorgegangen bin. Bis dahin gedulde dich und sei versichert, daß es weder meiner Liebsten noch mir noch dir oder irgendeinem Untertan an irgend etwas fehlen wird – weder für den Leib noch für den Geist.«

Nein, ich wollte mich noch nicht zufriedengeben, denn mein Wissensdurst war größer als mein Taktgefühl: »Dieses Buch, Herr, welches Ihr erwähnt habt, ist es wirklich so mächtig? Werdet Ihr mit einem Buch Euer Land zurückerobern?«

»Das hast du wunderschön gesagt. Ja, mit dem Buch werde ich mein Land zurückerobern. Zwar wird das Buch auch das Schwert des Heeres benötigen, aber nicht ich, sondern wahrhaft das Buch wird vorangehen.«

»Ich bin ganz aufgeregt und kann es kaum erwarten. Was für eine Vorstellung, mit Euch zu ziehen und zu sehen, wie ein Buch ein Land erobert! Welch wunderbare Vorstellung!« Es war wohl so, daß ich mich zum Narren machte mit meiner Erregtheit. »Aber sagt mir, Herr, bitte, wenn es gefällt: Was steht in dem Buch, das es so mächtig macht?«

»Weil es gefällt, zum Beispiel dieses: ›Selbst der Autorität der christlichen Philosophen beugen wir uns nicht, ohne ihre Meinung vorher mit der Vernunft zu überprüfen.‹ Das ist der Satz, der es uns und allen anderen Herrschern unmöglich macht, über den Willen des Volkes uns hinwegzusetzen und selbstherrlich zu herrschen. Erkennst du, was ich meine?«

Ja, ich erkannte, was er meinte! Ich erkannte jedoch hauptsächlich, daß es genau der Satz war, den ich aufgeschlagen und gelesen hatte. War es Zufall? Es konnte kein Zufall sein. Es war ein weiteres Zeichen des Himmels! El Arabs Vision von seinem Sonnenreich war so schön wie seine Liebe zur hohen Herrin. Aber war dies nicht alles nur Lug und Trug, wenn ich mir vorstellen mußte, was er dem buckligen Grafen von Dampierre, vielleicht meinem Bruder und vielleicht dem Hufschmied angetan hatte? Kann denn ein Mörder und Betrüger ein Reich der Liebe und des Friedens errichten? Nein, der Herr ließ mein Herz nicht zur Ruhe kommen.

*

Köln, 1. März 1252

Aber der folgende Tag ließ mir keine Muße, um meine Nachforschungen wieder aufzunehmen, denn er war angefüllt von den Vorbereitungen zu einem Fest, das an dem von Konrads Sterndeuter angeratenen Tag ausgerichtet wurde. Dieses neuerliche ausgelassene Fest sollte, wie wir natürlich nicht wissen konnten, das letzte seiner Art sein. Und es war dem Anlaß angemessen: Der Erzbischof und Magdalena zeigten sich denen, die würdig waren, geladen worden zu sein, als das prachtvolle Herrscherpaar, und alle waren tief beeindruckt. Niemand konnte ahnen, welche Pein es beiden bereiten mußte, so aufzutreten. Aber Konrad tat es, wie ich jetzt wußte, um vor den Augen des Adels und der Bürger seine Entmannung zu verbergen – und vielleicht auch vor seinen eigenen Augen! Und Magdalena ergab sich in ihr Schicksal, wie ich dachte, weil sie nicht wußte, wie sie sich sonst hätte verhalten sollen, so lange, bis El Arab sie erlösen und aus ihrer mißlichen Lage in Köln befreien würde.

Ich aber schaute mich ständig verstohlen um, erschrak vor jedem Geräusch und jedem Schatten, denn ich hatte Angst, daß derjenige, der mich hatte vergiften wollen, sein Werk zu vollenden trachtete. Ich versuchte, mich eher in der Nähe von El Arab als von meiner hohen Herrin aufzuhalten, weil doch nur er es war, der mir das Gefühl der Sicherheit zu geben vermochte.

Dieses Mal mußte Magdalena nicht, wie beim Feste zu Ehren des Königs, acht geben, nicht zu sehr zu glänzen. Sie hatte ihren vollen Schmuck angelegt, die Edelsteine, gegen die der Teufel so viel Schrecken, Haß und Verachtung hegt, da sie ihn nämlich daran erinnern, daß sie in dem Feuer entstehen, in welchem er seine Strafpein erleidet. Über und über war sie mit Gold geschmückt. Ihr Haar hatte ich sorgsam mit einer Paste aus Eigelb, Goldasche und Indienerde zu ihrer glänzenden Krone werden lassen.

Auch Herzog Chlodwig zog mit der wieder versöhnten Gattin Leutsinda ein, die sich ja zu den Magdaleninnen zählte. So sank sie, trotz ihres Alters überaus anmutig, vor Magdalena auf die Knie und bezeugte ihre Unterwerfung unter die Heilige.

»Ja«, sagte Herzog Chlodwig wohlgelaunt, »ihre Medizin, der Kuchen der Krohn-Apothekerin mit dem Goldstaube darinnen, hat die Sonne in mein Leben zurückgebracht, wie sie gesagt hat, und die Schmerzen aus meinem Fleische getilgt.«

Magdalena half der Herzogin auf die Füße und wandte sich an den Herzog: »Eure Versöhnung mit Eurer allerliebsten Gattin, Herzog, war es, die Euch gesund werden ließ.«

»Hört, hört, ihr Männer«, sagte Leutsinda. »Wir Frauen sind nicht euer Verderben, sondern eure Gesundheit!«

»Aber auch umgekehrt«, tönte der Herzog. »Ihr kennt noch nicht die Geschichte von der liebeskranken Nonne? Als sie einen stattlichen Mönch die Leiter hinaufsteigen sah, fragte sie: ›Ei, ei, was ist denn das für ein Geläut?‹ Darauf der Mönch: ›Mit einem Klöppel, der kranke Nonnen gesund läutet.‹ Nachdem dies geschehen, rief die Nonne: ›Ei, ei, diese Medizin, die brauche ich wöchentlich.‹«

Der Ratsherr Andreas, der später der unaussprechlich stummen Sünde wegen peinlichst bestraft worden wäre, hätte man die Prozesse aufgrund der Vielzahl von hochrangigen Angeklagten nicht vorzeitig eingestellt, rief: »Gibt es noch kranke Weibsbilder hier?«

Zu Ehren unseres arabischen Gastes hatte der Truchseß es sich durchaus nicht nehmen lassen, zu Beginn des Festes eisgekühltes Scherbett, hergestellt aus Kirsch- und Himbeersaft, nach orientalischer Art aufzutragen. Er sollte nämlich sehen, zu was die Kölner fähig sind und daß sie also einem Gast die nötige Ehrerbietung zukommen lassen. Nach dem Scherbett wurde Schinken, Dörrfleisch und Zunge zu Möhrengemüse gereicht. Hernach trug man Henne in Gansleiden auf, gefolgt von gepfeffertem Eberbraten und mit Zucker bestreutem Fladenbrote. Zum Schluß gab es Beeren, gebratene Birnen, Nüsse und Käse.

Nun ließ es sich trotz des festlichen Rahmens nicht vermeiden, daß die Auseinandersetzungen in der Stadt diskutiert wurden. Alle waren sich darüber einig, daß die neuen Münzen des Erzbischofes der Stein des Anstoßes seien, während die weiteren Schwierigkeiten nur davon abhingen. Man drängte den Erzbischof, einzulenken und zum »ehrlichen Geld«, wie man sagte, zurückzukehren um der Sicherheit und des Friedens der Stadt willen. Der Erzbischof aber gab nicht nach, und es ergab sich ein gar hitziges Streitgespräch zwischen ihm und El Arab.

»Wenn sogar die Juden, die sich, wie ich höre und wie man allgemein für wahr hält, in Gelddingen auskennen wie niemand sonst unter uns, meine Münzen annehmen, wie sollte es da kein ehrliches Geld sein?« fragte der Erzbischof.

»Ihr wißt sehr wohl, daß die Juden Euren Schutz genießen und darum nicht anders können, als Euer Geld anzunehmen, da sie sonst fürchten, schutzlos ihren Feinden ausgeliefert zu werden, die reich an Zahl und mächtig in ihrem Haß sind«, gab El Arab zurück, der dieses ja vom Rabbi selbst erfahren hatte.

»Nein, das seht Ihr falsch, Herr Averom. Die Juden verstehen, daß Geld das ist, was der Herrscher als Geld erklärt. Und wenn ich Auswurf zum Geld erheben würde, so würden alle in Auswurf handeln. Denn es ist die Sache des Regenten, festzulegen, was die Grundlage des Handels ist.«

»Euer Erlaucht«, begann El Arab scheinheilig seine Antwort. »Solltet Ihr denn wirklich und wahrhaftig denken wollen, daß, wenn Ihr die Stadt mit Auswurf überzieht, die Menschen ihn für Gold halten mögen?«

»Das widerwärtige Bild hält mich ab, es zu versuchen.« Der Erzbischof begann, sich für seine Verhältnisse ungewöhnlich aufzuregen. »Gleichviel, daß die Münzen aus Gold sind, ist dies nichts als eine Übereinkunft, die vom Herkommen gedeckt ist. Dennoch würde nichts dagegen sprechen, irgendein beliebiges anderes Material zu benutzen, wenn dies dazu dienen würde, die Aufgaben besser zu bewältigen, die wir zu erfüllen haben.«

»Ihr irrt erneut, Ihr abergläubischer Narr. Es ist nicht die Willkür der Regenten, die das Gold zu Geld gemacht hat«, sagte El Arab unbeherrscht. Es war mir erneut, als nähme er eine Maske vom Gesicht und zeige sein wildes Inneres, das sich um das gute Benehmen, einem Gast würdig, nicht schert. »Nein, es war vielmehr der übergroße Einfallsreichtum der Kaufleute selbst, die es für nützlich ansahen, ein wertvolles Material zu haben, das unvergänglich ist, um damit den Handel zu vereinfachen. Die Münze ist nur das Zeichen, daß jeder das Vertrauen in das angegebene Gewicht haben kann. Dieses Vertrauen schenken die Bürger dem Oberen, um sich selbst der Anstrengung entziehen zu können, das Gewicht in jedem Einzelfalle überprüfen zu müssen. Wenn der Fürst dieses Vertrauen mißbraucht, so ist dies ein schlimmer Treuebruch.«

»Wäre es nicht ein viel schlimmerer Treuebruch, Herr Averom, wenn der Regent der Stadt nicht über genügend Mittel verfügte, um die Aufgaben erledigen zu können, die er im Dienste der Gemeinschaft zu erledigen hat?« Konrad fragte dies nicht, wie es sich geziemt, ruhig, nein, er schleuderte die Frage heraus.

El Arab antwortete mit einer Gegenfrage, die krachte, als sei ein schwerer Fels zu Boden gegangen: »Vielleicht hat der Regent sich zu viele Aufgaben angeeignet, die die Bürger vielmehr selbst zu erledigen in der Lage wären, so daß seine Verwaltung allzu aufwendig geworden ist?«

Mit hochrotem Kopfe zürnte der Erzbischof zurück: »Ihr predigt Aufruhr, und wenn Ihr nicht ein so guter Freund wäret und wenn ich nicht alle meine lieben Gäste auf meiner Seite wüßte, wenn ich also nicht wüßte, daß Ihr nur eine eitle Disputation führt, so würde ich nun einschreiten müssen als Richter, um Euch anzuklagen.«

»Eure Drohung schreckt mich nicht.« El Arab gelang es, sich zu mäßigen und ruhiger zu reden. »Und da es Euch gefällt, mir nicht mehr dem Inhalt nach zu antworten, befrage ich Euch dennoch weiter: Wenn es Euch möglich wäre, wie Ihr sagt, aus Auswurf Gold zu machen durch Eure Autorität, so müßte es Euch doch ein leichtes sein, Eure Geldsorgen zu lösen. Warum gebt Ihr Euch damit ab,

Goldmünzen auszuprägen, die geringer an Gewicht sind, als das Herkommen es gebietet? Ihr könntet doch so leicht Euer stinkendes ›Gold‹ in Umlauf bringen, um alle Schulden der Stadt zu bezahlen!«

Nur einige der Gäste lachten. Die Formulierung vom »stinkenden Gold« reizte zwar alle dazu, doch sie war derart unbotmäßig, daß jeder meinte, dem Erzbischof bliebe nun nichts anderes mehr übrig, als seine Drohung gegen El Arab in die Tat umzusetzen.

Es war aber Magdalena, die jetzt schlichtend eingriff. Sie verbeugte sich vor dem Erzbischof und sagte artig: »Ehrwürdiger Vater und Herr Erzbischof, da ich sehe, wie unbarmherzig die Disputation zwischen Euch und den Bürgern der Stadt verläuft, und da ich, wie mir wohl jeder glauben wird, möchte, daß Ihr ebenso wohlauf seid wie alle Bürger unserer schönen Stadt, so bitte ich Euch: Bedient Euch dessen, was von altersher getan wird, wenn sich Untertanen und Oberhaupt in einem Gegensatz befinden, und ruft einen Schiedsrichter an, der ebenso klug wie auch weise ist, damit jede Unbill von der Stadt abgewendet werde.«

»Ihr schlagt doch wohl nicht Herrn Averom, diesen rohen Klotz, vor, da ich Eure Vorliebe für ihn schon lange erkannt habe!« schnaubte der Erzbischof.

»Ehrwürdiger Vater und Herr Erzbischof, nein, er wäre kein Schiedsrichter, er ist Partei. Das weiß ich sehr wohl auseinanderzuhalten. Von Freunden, die Euch, wie Ihr wissen sollt, sehr gut gesonnen sind, habe ich vernommen, daß es jemanden gibt in unserer Mitte, der geeignet ist, weil er weiser ist und klüger als wir alle zusammen. Es handelt sich um den Magister Albertus von der Universität.«

Nachdem der Name des allseits verehrten Magisters Albertus gefallen war, erhob sich sofort zustimmendes Gemurmel der Erleichterung. Niemand zweifelte daran, daß Magister Albertus für diese Aufgabe geeignet sei. Der Erzbischof schien zwar nicht ganz so glücklich zu sein, aber er sah ein, daß er keine andere Wahl hatte, als diesem überaus bedachten Vorschlag seiner Konkubine zuzustimmen.

Als sich Magdalena später anschickte, sich zurückzuziehen, und es klar war, daß ihr El Arab folgen würde, sah ich, wie unbemerkt von allen anderen eine Träne, eine einzige, über Konrads Wange lief. Dies rührte mich sehr, und ich war versucht, meinen Stand zu vergessen und zu ihm hinzugehen, um ihm Trost zu spenden. Das wiederum entging El Arabs Aufmerksamkeit nicht. Als er meine Seite passierte, berührte er mich kurz mit seiner Hand. Er flüsterte: »Er sei dein!« Dann verschwand er aus meinem Blickfelde.

Würde ich El Arabs Hinweis Folge leisten, gliche mein Schicksal dem der berühmten Heloise, der Schülerin, die von ihrem Lehrer Abaelardus geliebt und geschwängert wurde. Ihn aber verschnitt ihr Onkel, obgleich Abaelardus Heloise geheiratet hatte. Fortan führten sie ein keusches Leben in gegenseitiger Treue und Dienstbarkeit. Um wie viel tragischer aber war mein eigenes Schicksal! Mein geliebter Bruder hatte Konrad entmannt und war daraufhin – vermutlich – dessen Rache zum Opfer gefallen. Wem von beiden ich auch meine Zuneigung schenkte, so richtete sich mein Herz gegen mich selbst.

Der Erzbischof war nun frei oder würde in Kürze frei werden. Daß er mir das Geld meines Bruders, das eigentlich dem Hufschmied und seinen Erben gehörte, hatte überbringen lassen, war ein unzweifelhaftes Zeichen seiner Zuneigung. Konnte ich seine Heloise werden? Ich beschloß, daß ich ein solches Leben nicht führen wollte – um meinetwillen ebensowenig wie um des Andenkens meines Bruders willen. Stumm widersprach ich El Arab ... Dann aber beschäftigte mich ein anderer Gedanke: Da der langsame Gisbert in der Zeit des Versuches, mich zu vergiften, noch im Hause von Magdalena geweilt hatte, konnte es doch sein, daß er etwas wußte, das mir bei der Entlarvung desjenigen, der mir nach dem Leben trachtete, behilflich war. Ich mußte nur noch herausfinden, wo ich ihn würde treffen können.

Drittes Buch:
Die Märtyrerin

Wir Märtyrer

Es gefällt dem Herrn, diejenigen unter uns, die am stärksten sind, auch den höchsten Prüfungen zu unterwerfen. Ihr Leiden ist nicht größer als unseres, und ihr Verdienst ist nicht größer als unseres, denn ein jeder von uns trägt die Last, die er tragen kann, weil der Herr sie ihm gegeben hat.

Dennoch haben die Märtyrer uns dies voraus, daß sie uns nämlich in ihrer Stärke vor Augen führen, was der Mensch zu leisten vermag, wenn er nicht durch Sünden sich selbst klein macht und seine Größe vernichtet. Demgemäß sind sie für uns das Vorbild, das uns Gott in seiner Gnade gibt, damit wir nicht an unserem Menschsein verzweifeln.

Wir bitten also dich, den heiligen Vater in Rom, uns zu erlauben, daß wir dem Herrn, unserem Gott, geloben dürfen:

Dies geloben wir dir, unserem Gotte:
»Keiner Autorität beugen wir uns,
ohne ihre Meinung vorher mit der
Vernunft zu überprüfen.«

Der feige Anschlag und die Vermittlung durch den Magister

»Unsere Freude, unser Frieden, das Ende
aller unserer Beschwerden ist nur Gott.«
Augustinus

Köln, 1. März 1252

Den Gedanken, nach dem langsamen Gisbert zu suchen, konnte ich jedoch nicht in die Tat umsetzen, denn während der Erzbischof noch verloren und unschlüssig unter den letzten seiner Gäste stand, drang eine große Menge von gefährlichen Gestalten in das Domizil Magdalenas ein. Wie wir später erfuhren, hatten die wilden Hünen, die als Wikinger verkleidet waren und deren Gesichter wir nicht zu erkennen vermochten, die Wachen überwältigt und niedergemetzelt.

Den Erzbischof erblickte ich am Rande der Gesellschaft, die in der Auflösung begriffen war, aber die Eindringlinge konnten ihn nicht sofort ausmachen. Sie schrien und brüllten und stachen, als sie Konrad nicht erblicken, statt dessen zunächst einige andere Gäste nieder.

»Konrad! Tod dem Konrad! Tod dem Tyrannen!« ließ sich vernehmen.

Ich schlug ein Kreuz und betete für Konrad. Sehen konnte ich den Erzbischof von meinem Platz aus nun nicht mehr, da Gäste und Angreifer wie aufgescheuchtes Wild durcheinanderliefen. Ich flehte Gott an, daß Konrad noch leben und daß der Herr uns einen Ausweg zeigen möge. Dergestalt gewahrte ich, wieviel mir Konrad bedeutete und wie sehr ich ihm, mir und unserem Sohne wünschte, er sei durch kein Zölibat gebunden, sondern ein freier Bürger, dem seinen Vaterpflichten nachzukommen erlaubt wäre. Dann nämlich wäre es auch nie zu dem Unheil gekommen, in welchem mein Bruder gemeint hatte, um meiner Ehre wegen den Schänder entmannen zu müssen, und der Entmannte ihn dafür zu Unrecht verurteilte. Daß Konrad die Freiheit zur Ehe nicht genoß, war weniger seine Schuld, wie ich es vermeint hatte, als ich ihn »seine Unwürden« nannte, sondern die Schuld des blasphemischen Unverständnisses der Kirchenfürsten für die Gegebenheiten der menschlichen Natur, die wir freilich von Gott als Gnade erhalten haben. Und der Herr erhörte meine Gebete: Er hielt die Zeit an, um dem Retter Gelegenheit zu verschaffen, einzugreifen.

Dieser Retter war El Arab.

Niemand hatte ihn je so gesehen. Mit wüstem Sarazenen-Blicke stürzte er, ohne daß ich sah, woher er kam, in den Raum und trat zwischen den Erzbischof und einen Angreifer, der sich gerade anschickte, das Schwert gegen ihn zu erheben. Mit einem einzigen wuchtigen Schlage war er enthauptet.

Der Kampf erlahmte sofort. Die vermummten Gestalten umringten El Arab und denjenigen von ihnen, der offensichtlich ihr Anführer war, um den beiden die Gelegenheit zum Zweikampf zu geben, wie es sich unter Rittern gehört.

El Arab aber trieb seinen Widersacher zur Tür, nicht ohne selbst Verletzungen davonzutragen. Als diesem das Schwert aus der Hand fiel, wandte er sich feige zur Flucht, während alle seine Mitstreiter ihm folgten, um dem Strafgerichte zu entkommen, das sie ohne Zweifel erwartete. Ihren Toten ließen sie zurück.

Man riß dem Kopfe die Maske vom Gesicht, und es stellte sich heraus, daß es der Graf von Jülich war! Der alte Feind des Erzbischofes! Aber wer waren seine Verbündeten in Köln, die ihn hineingelassen und begleitet hatten?

El Arab eilte von Verwundetem zu Verwundetem und tat für die, die noch den Funken des Lebens in sich trugen, was er konnte, während die Toten zur Seite geschafft wurden. Die Gäste und auch die Schaulustigen, die sich alsdann einstellten, warteten geduldig, bis er seine Arbeit getan hatte, um ihn dann als Helden auf ihren Schultern zu tragen.

Ich aber schaute, wo Konrad sei. Vorsichtig näherte ich mich ihm und sagte: »Hochwürdiger Vater, ich freue mich von tiefstem Herzen, daß Ihr am Leben seid.«

»Ja«, sagte er und lächelte sehr kurz, um dann wieder gar traurig dreinzuschauen. »Ich danke dir. Ja, ich bin am Leben geblieben, aber sonst habe ich alles verloren. Alles. Die Geburt des dreibeinigen Kükens auf unserer Domäne zur Zeit von Averoms Ankunft hätte mir Warnung sein sollen.« Er sagte dies und verschwand.

*

Köln, 2. März 1252

Konrad war in seine Residenz geflohen und verschanzte sich dort, weil überall in den Straßen Aufruhr gegen den Erzbischof in der Luft lag. So sahen wir ihn nicht, und ich fühlte zu meinem Erstaunen und wie gegen meinen Willen, daß ich seine Nähe sehr vermißte. Dies machte mir ein überaus schlechtes Gewissen, weil nämlich meine Treue zunächst Magdalena und dann El Arab zu gelten hatte. Die Zuneigung meines Herzens zu Konrad schien meinem Kopfe um so ungebührlicher, als ich doch annehmen mußte, daß er aus niedrigem Grund heraus meinen Bruder dem Henker übergeben hatte. Nun war mir allerdings nicht klar, welche Gründe wirklich zur Verurteilung meines Bruders geführt haben mochten, und so betete ich zu Gott, er wolle die Ehrenhaftigkeit von Konrad erweisen. Reichte es nicht, daß er Rignaldos Tod gewollt hatte, weil ihm dieser die Manneskraft raubte? Zweifellos hatte sich Rignaldo mit Peppino und dem Hufschmied zu dieser Tat hinreißen lassen, um meine Ehre wiederherzustellen. Aber hatte ich darum nachgesucht? Oder hätte ich in die schändliche und unchristliche Rache eingestimmt, wäre ich gefragt worden? Kann eine Frau dem Vater ihres Kindes wünschen, entmannt zu werden? Dem Herrn gefiel es, seine treue Magd erneut in Verwirrung zu stoßen.

Der feige Anschlag auf das Leben des Erzbischofes und der schändliche Mord an unschuldigen Wächtern und Gästen des Festes rief unter den Bürgern der Stadt nicht die gerechte Empörung hervor, die erwartet worden war. Nein, ich selbst wurde, als ich anderntags im Auftrag der hohen Herrin Hirschzungenpulver gegen die Schmerzen von Peter, Abt des Begardenkonventes in der Casiusgasse, überbringen sollte, traurige Zeugin, wie Gildemeister Wilbert, nun aufgeblasen wie ein Pfau, in Wirklichkeit ein fleischloser Mann, unscheinbar wie der König, auf dem Neumarkt vor einer großen Menge Handwerker und Kaufleute gegen Konrad hetzte – und die Kölner Bürger jubelten schließlich, obgleich Wilbert die Stimmgewalt eines Paters Bueno fehlte:

»Wo ist Pater Bueno heute, da wir ihn brauchen?«

Einige aus der Menge riefen: »Bueno, wo bist du?« Und: »Bueno, Verräter.« Oder aber: »Bueno, wir brauchen dich!«

Ich schaute mich um und meinte, daß sich am Rande der Menge eine Gestalt herumdrückte, die mich an den langsamen Gisbert erinnerte. War er es wirklich, oder täuschten mich meine Sinne?

Während ich mich bemühte, mich zu der Stelle durchzudrängen, wo ich den langsamen Gisbert gesehen zu haben vermeinte, fuhr Wilbert fort:

»Freunde, ich sage euch: Die Kirchenmänner, sie halten zusammen, um uns zu verraten. Er hat unseren Bruder Rignaldo verraten, und so verrät er uns jetzt alle, um im Kloster zu schweigen. Aber Schweigen hilft uns nicht. Nein, wir können das Joch nicht mehr ertragen: Die Juden, die unter dem Schutze Konrads stehen, betrügen uns um unser weniges Geld, das er uns noch gelassen hat. Aber wir sind nicht so sehr am Ende, daß wir es nicht verstünden, uns zu wehren. Wenn wir schon untergehen sollten, dann aufrecht und kämpfend. Aber wer spricht vom Untergang? Nein, wir werden uns wehren, und wir werden siegen. Brüder, ihr habt alle gehört, wie der Erzbischof von unbekannten Raufbolden angegriffen wurde, als er letzte Nacht auf einem seiner berüchtigten Gelage unsere Bierpfennige verpraßte und durch Unkeuschheit unser Seelenheil gefährdete. Ein solcher feiger Anschlag gehört sich nicht für ehrbare Bürger. Darum hat Gott ihm auch keinen Erfolg beschieden. Doch wer von uns hätte nicht gehofft, daß er erfolgreich hätte sein mögen?«

Enttäuscht mußte ich feststellen, daß ich, an dem gewünschten Ort angelangt, den langsamen Gisbert nicht entdecken konnte.

Als die Menge sich nicht anschickte, auf Wilberts Frage zu antworten, wiederholte er sie und versuchte, seine Stimme kraftvoller zu erheben: »Gibt es einen unter uns, der nicht für den Erfolg des Anschlages gebetet hätte?«

Mir aber war, als lasteten böse Blicke auf mir. Verstohlen schaute ich mich um und sah erneut die Gestalt, die ich für den langsamen Gisbert hielt. Als die Gestalt bemerkte, daß ich sie gesehen hatte und einige Schritte auf sie zumachte, verschwand sie wieder im Gedränge.

Nun erbarmten sich einige Leute zu rufen: »Tod dem Tyrannen!« Und: »Nieder mit dem Münzfälscher!«

Solchermaßen ermutigt, setzte Wilbert nach: »Wer will es denjenigen, die verwirrten Geistes sind, verübeln, wenn sie sich zusammenrotten und mit unwürdigen Mitteln versuchen, den Tyrannen zu richten?«

Wieder konnte ich die Gestalt, die dem langsamen Gisbert ähnelte, erspähen, und wieder wich sie zurück, als ich versuchte, mich ihr zu nähern.

Die Menge war nun bereit, schon lauter zu antworten: »Niemand! Niemand!«

Wilbert fragte weiter: »Wer kann denn noch Richter sein, wenn der höchste Richter der Stadt kein Recht mehr kennt?«

Diese Frage begeisterte die Menge, und sie brüllte: »Niemand! Niemand!«

»Statt Gerechtigkeit gilt der Sternen Stand! Also reine Willkür!« rief Wilbert aufgebracht.

Die Menge antwortete: »Willkür! Willkür!«

Beschwichtigend hob Wilbert die Hände und erklärte: »Wir, meine lieben Brüder, wir Bürger von Köln sind zusammen und gemeinsam die Richter der Stadt. Wir richten über dich, Konrad. Und unser Urteil lautet: Unterwerfung oder Tod!«

Die Menge stimmte ein: »Unterwerfung oder Tod!«

Zum Abschluß rief Wilbert noch: »Gib uns unsere ehrliche Stadt wieder, Erzpfaffe, und wir werden dir gehorchen bis in alle Ewigkeit. Aber wenn du fortfährst, wie du begonnen hast, o Konrad, werden wir dich verfolgen bis an dein seliges Ende!«

Weil sich die Menge nun auflöste, glaubte ich schon, daß ich nicht mehr herausfinden würde, ob die Gestalt, die ich gesehen hatte, der langsame Gisbert war, als ich unversehens mit jemandem zusammenstieß – dem Gesuchten.

»Gisbert?« fragte ich. »Warum verbergt Ihr Euer Antlitz? Was ist geschehen, daß Ihr nicht mehr im Hause unserer Herrin dient?«

Der langsame Gisbert wandte sich ab und wollte gehen, ohne mir zu antworten.

»Gisbert!« rief ich hinter ihm her. Er war doch derjenige, von dem ich meinte, Antworten auf meine Fragen erhalten zu können. Er durfte mir nicht entwischen!

Da kam er zurück und sagte leise: »Bitte, ruft nicht meinen Namen!«

»Warum die Heimlichtuerei?« fragte ich, froh, daß er jetzt bereit zu sein schien, mit mir zu reden.

»Das gemeine Volk hier haßt unseren Ehrwürdigen Vater und Herrn Erzbischof, wie Ihr wohl vernommen haben werdet. Wenn sie erfahren, daß ich hier bin, werden sie mich womöglich erschlagen«, antwortete der langsame Gisbert.

»Mich erschlagen sie doch auch nicht«, entgegnete ich arglos. »Gisbert, ich möchte Euch bitten, mir in einer Angelegenheit zu helfen, die nichts mit dem Gezänke in der Stadt zu tun hat, sondern allein mich betrifft: Wie Ihr vermutlich nicht wißt, hat jemand, kurz nachdem Ihr das Haus unserer Herrin verlassen hattet, versucht, mich zu vergiften, und ich möchte herausfinden, wer es war. Wißt Ihr etwas, das mir Gewißheit verschaffen könnte?«

»Mehr als Euch lieb sein könnte«, antwortete er düster. »Seid Ihr allein, oder ist der schreckliche Araber in der Nähe, diese Ausgeburt eines Teufels?«

Der langsame Gisbert trat ganz dicht an mich heran, und da streckte er seine Hände nach meinem Hals aus und würgte mich mit eisernem Griff. Ich wünschte, daß ich mich nicht allein in dieses Abenteuer gestürzt hätte, sondern El Arabs schützende Hand an meiner Seite wüßte. Kaum gelang es mir, die Worte herauszubringen: »Er ... auf dem Wege ... hier ... treffen.« Ich log und hoffte doch, daß es wahr wäre.

Der langsame Gisbert wandte den Kopf um. Die aufgehetzte Menge hatte sich jetzt zerstreut. Er zögerte einen Augenblick, ließ dann von mir ab und rannte davon. Ich rief nicht hinter ihm her, sondern begab mich in die Casiusgasse, um meine Pflicht zu tun. Mein Hals schmerzte. Bei jedem Schritte, den ich nun tat, sah ich mich vor, um nur ja nicht wieder mit ihm zusammenzutreffen. Ich überlegte, ob ich El Arab davon berichten sollte. Ich wollte nach Hause laufen und mich seinem Schutze anvertrauen. Aber nein, dachte ich stolz, ich habe beschlossen, ihm nicht zu vertrauen, und werde schweigen.

So berichtete ich El Arab, nachdem ich wieder in der Marspforte eingetroffen war, zunächst nur von Wilberts Hetzrede. El Arab war über diese Rede erschrocken, besonders wegen des ungerechten Angriffes gegen die Juden, und wollte rasch zum Rabbi eilen, um sich bei ihm dafür zu entschuldigen, daß er ihm Wilbert als wohlfeilen Bündnispartner anempfohlen hatte.

Der Gedanke, daß El Arab mich schutzlos zurücklassen könnte, machte mir angst, und wie gegen meinen Willen sprudelte es aus mir heraus: »Herr, ich habe auf dem Neumarkt auch den langsamen Gisbert angetroffen! Und ich ... er wollte mich erwürgen! Er griff mir nach dem Halse! Bloß weil er fürchtete, daß Ihr jeden Augenblick eintreffen könntet, wie ich ihm vorgaukelte, ließ er von mir ab ... O Herr, ich sterbe vor Angst! Bitte, könnt Ihr mich beschützen und mir helfen? Könnt Ihr ergründen, warum ich sterben sollte?«

»Ich habe es im Gefühl, daß du das Wissen darum bereits in dir trägst, ohne es zu ahnen«, antwortete El Arab geheimnisvoll. »Bis du bereit bist, dich mir anzuvertrauen, bestimme ich, daß du in meiner Nähe zu bleiben hast.«

Während meine Angst nicht verschwinden wollte, war für ihn somit die Angelegenheit erledigt. Er schickte sich an, mit dem Rabbi zu sprechen, wie er es vorgehabt hatte, aber ohne sein mir soeben gegebenes Versprechen zu vergessen, mich stets zu beschützen; und also begab es sich, daß ich ihn begleiten sollte.

*

»Ihr seht, was uns die Weisheit unserer langen Verfolgung wert ist, Herr Averom«, sagte der Rabbi mit dem Schmunzeln des Überlegenen, nachdem El Arab seine Entschuldigung vorgebracht hatte.

»Es ist Euer unwürdig. Ich bin, wie Ihr noch nicht wißt, ich Euch aber jetzt offenbare, der Fürst eines fernen Reiches, das mir unrechtmäßig entrissen wurde und das ich in der allernächsten Zeit zurückerobern werde. Obwohl ich selbst ein ...«, El Arab zögerte kurz, gab sich dann einen Ruck und fuhr fort, »Christ bin, biete ich allen Religionen eine Heimstatt. Ich würde mich freuen, Euch dereinst in meinem Sultanat begrüßen zu dürfen.«

»Dies ist ein sehr großzügiges Angebot, das wir Euch nie vergessen werden. Doch allein, es ist uns wegen unserer Treue gegen Gott nicht möglich, wie Ihr wohl wissen solltet, Eurem weitherzigen Ansinnen Folge zu leisten. Gleichwohl wünsche ich Euch viel Glück, und vielleicht sehen wir uns, so Gott will, doch wieder.«

»Paßt auf Euch auf, und hütet Euch vor Wilbert und seinen Spießgesellen.« Ich fand, daß El Arab sehr überheblich klang, als er das sagte.

»Wir hüten uns vor jedem.«

So hielt auch ich es. Ich hütete mich sogar vor dem, der mich beschützte oder zumindest versprach, es zu tun. Denn da er mich beschützte, indem er mich nicht aus den Augen ließ, konnte ich nichts weiteres unternehmen, um zu erfahren, warum man mich zweimal hatte des Lebens berauben wollen – jedenfalls nicht, ohne daß es El Arab gemerkt hätte. Gab es einen anderen Weg für mich, um mein Ziel, der Wahrheit habhaft zu werden, zu erreichen?

*

Köln, Mitte März 1252
Die nun folgenden drei Wochen beantworteten meine Frage eindeutig mit »Nein«. Anstatt daß ich ein Mittel fand, um die Glut meiner Angst zu löschen, verbreitete sich Angst wie ein Lauffeuer über die ganze Stadt.

Erzbischof Konrad war natürlich bestrebt gewesen, diejenigen dingfest zu machen, die ihn zusammen mit dem Grafen von Jülich hatten ermorden wollen. Er hatte jedoch nichts ausrichten können, obgleich er eine hohe Belohnung aussetzte. El Arab hatte ebenfalls nicht vermocht, es herauszubekommen, da er, nachdem er den Erzbischof mit dem Schwerte verteidigt hatte, zu dessen Partei gezählt wurde und von allen Verbindungen zur Partei Wilberts abgeschnitten ward.

Die Bürger befanden sich so in Aufruhr, daß Konrad schließlich sogar die Stadt verlassen mußte. Von außen leitete er einen Angriff mit Wurfmaschinen, die brennende Fackeln in die Stadt trugen. Es half nichts, die Bürger der Stadt wehrten sich standhaft. Wir vom Hause der hohen Herrin aber lebten fortan in Schrecken, denn wir wußten nicht, wie lange wir noch von der Wut der kämpfenden Bürger verschont bleiben würden. Und wie lange würde ich von einem erneuten Anschlag verschont bleiben? Die doppelte Angst, unter der ich litt, konnte ich kaum ertragen, zumal ich zur Untätigkeit verdammt und der Obhut eines Mannes anheimgegeben war, von dem ich nicht wußte, ob ich ihm trauen durfte.

*

Köln, 25. März 1252
Der unsicheren Lage in Köln wegen entschloß sich El Arab, seinen Feldzug gegen seine Feinde zu beginnen, ohne im Besitze des ihm ach so heiligen Buches zu sein. Denn immer noch zögerte ich, ihm zu offenbaren, daß das Buch auf mich gekommen war. Weil er die Universität so liebte, begaben sich Magdalena und er ein letztes Mal zu einer öffentlichen Disputation zum Dominikanerkloster, in welchem sich die Universität befand. Man erwartete, ungeachtet des draußen herrschenden Aufruhres, hier den Frieden Gottes zu finden.

Der Magister Bonaventura, den man in Abgrenzung zu dem gleichnamigen großen franziskanischen Gelehrten der Pariser Universität »den Kleinen« nannte, war von den Studenten aufgefordert worden, den Satz des Augustinus »Liebe und tu, was du willst« auszulegen. Es waren viele Zuhörer in dem kahlen Schulraum mit den kargen Stühlen anwesend, bestimmt dreißig an der Zahl; neben den Studenten auch einige, die, wie Magdalena und El Arab, Interesse zeigten für Fragen des Glaubens.

Der Magister – im Gegensatz zu seinem Beinamen eine massige, große Gestalt – gehörte zu denjenigen Franziskanern, denen es weniger um Einfalt, Armut, Naturverbundenheit und Gottesverehrung ging als um die Bewahrung der hergebrachten Theologie gegenüber den philosophischen Bestrebungen der Dominikaner, mit denen die Franziskaner einst gemeinsam ihrer Predigt der evangelischen Armut wegen von der Amtskirche verfolgt worden waren. Nun aber standen sich die einstigen verbündeten Bettelorden als Feinde gegenüber, denn die Dominikaner waren zu den Vorreitern der philosophischen Bewegung geworden.

»Es gibt einige in unserer Mitte«, sagte Magister Bonaventura der Kleine im Laufe seines Vortrages, »die böswillig behaupten, ›Liebe und tu, was du willst‹ enthalte eine Erlaubnis zur Zügellosigkeit fleischlicher Begierden. Wer aber die niedrigen Taten des Fleisches erhöht, indem er sie mit dem hohen Worte der Liebe belegt, der beschmutzt den Geist unseres heiligen Augustinus.«

In diesem Augenblick standen fünf Studenten der ersten Reihe auf, zogen ihre Schwerter und bedrohten den Magister. Er hielt inne und sagte ruhig: »Ich weiche der Gewalt nicht. Meuchelt mich, damit ich gerecht bin vor Gott!«

Die Studenten aber taten nichts dergleichen. Vielmehr stand derjenige auf, der als Bruder Thomas schon Magister Albertus in der Disputation mit Pater Bueno vertreten hatte. Bruder Thomas, der, obgleich nicht älter als Magdalena, bereits die Schönheit des Fleisches eines reifen Mannes wie des Erzbischofes hatte, sprach:

»Verehrungswürdiger Magister. Fern liegt es uns, das Wort mit dem Schwert zu bekämpfen. Wir verleihen nur unserem Recht auf eine scholastische Disputation einigen Nachdruck, da Ihr die Regeln wohl vergessen zu haben scheint. Es geht nicht an, daß Ihr Meinungen zitiert und diese als falsch abtut, bevor Ihr diese Meinung so dargestellt habt, daß deren Urheber mit Euch in der Darstellung übereinstimmt. Dann allerdings habt Ihr das Recht, jene besagte Meinung in aller Schärfe zu kritisieren, die Euch nämlich notwendig scheint, um der Wahrheit zum Siege zu verhelfen.«

»So stimmt Ihr, Bruder Thomas, mir nicht zu, daß diese Liebe, von der der heilige Augustinus spricht, nicht fleischlich gemeint sei?«

Bruder Thomas bedeutete seinen Kommilitonen, ihre Schwerter zu senken und sich wieder zu setzen. Er aber begab sich nach vorne und nahm gegenüber dem Magister Bonaventura Platz.

Nun antwortete er: »Liebe ist in allen Dingen, die eine Leidenschaft haben, im Fleische ebenso wie im Steine, der zu Boden fällt, und natürlich auch in vorzüglichster Weise im Geiste, den eine leidenschaftliche Suche nach Gott erfüllt.«

»So also definiert mir die Liebe, wenn es gefällt.«

»Weil es gefällt und wahr ist, bekenne ich dieses: Lieben besagt, sich ein Gut mit der Kraft des Hungers anzupassen. Niemand, der sich etwas ihm Gemäßes anpaßt, wird dadurch beschädigt. Vielmehr wächst er und wird besser. Wer sich jedoch etwas ihm nicht Gemäßes anpaßt, wird beschädigt und kommt vom Wege ab. Liebe vervollkommnet und verbessert denjenigen, der etwas ihm Gemäßes liebt. Liebe beschädigt und entfremdet den, der etwas ihm nicht Gemäßes liebt. Darum sagt der heilige Augustinus: ›Liebe und tu, was du willst‹, denn das Wollen ist in vorzüglichster Weise das, was einem jeden Wollenden angemessen ist.«

»Darauf nämlich entgegne ich«, sagte Magister Bonaventura: »Die Sünder aber, sie wollen das Böse. Und unzweifelhaft ist die Fleischeslust dasjenige, was als die schlimmste aller Sünden von der Strafe auf uns gekommen ist, die vom gerechten Gott über die ersten Eltern verhängt wurde. Denn im Paradiese hat ja wohl niemand fleischlichen Genüssen gefrönt, wie unzweifelhaft auch Ihr bekennen werdet.«

»Nichts dergleichen, verehrungswürdiger Magister, ist mit der wissenschaftlichen Auffassung zu vereinbaren. Die Sünde der ersten Eltern veränderte nicht die Natur in ihrer Substanz, sondern sie hat sie bloß beiläufig beschädigt. Die Lust, die ein Lebewesen an der Nahrung und an der Tätigkeit der Fortpflanzung verspürt, ist jedoch offensichtlich von Gott in die ursprüngliche Natur gelegt worden, damit jedes Lebewesen sich als Individuum durch Nahrung sowie als Art durch den Geschlechtsakt erhalte. Ohne Lust existiert die Natur nicht. Darum ist die Lust, auch die fleischliche Lust, im Paradiese um so größer gewesen, da sie ja noch nicht beschmutzt war durch die Sünde der Menschen.«

»Ihr werdet verstehen, so hoffe ich«, sagte Magister Bonaventura der Kleine nun ungehalten, »daß ich als Christ aufgefordert bin, diesen Ort, an welchem mit Hilfe von Waffengewalt derartig ketzerische Ansichten wohl ungestraft vorgetragen werden dürfen, verlassen muß, da ich nämlich sehe, daß ich gegen eure verhärteten Gemüter mit meiner schlichten christlichen Wahrheit nichts auszurichten vermag.«

Unter großem Gejohle ließen die Studenten den Magister von dannen ziehen und feierten ihren Bruder Thomas als den siegreichen Geist.

Es ergab sich dann noch die günstige Gelegenheit, daß El Arab mit Bruder Thomas sprach. El Arab fragte ihn verschwörerisch, ob er denn das großartige, aber verbotene Buch des Peter Abaelardus mit dem Gespräche des Philosophen, des Juden und des Christen kenne.

»Mein Herr«, antwortete Bruder Thomas. »Soweit ich weiß, ist dieses Buch nicht verboten, jedoch äußerst selten. Ich selbst habe es nicht gelesen, vermute jedoch, daß sich in der Sammlung von Magister Albertus eine Abschrift desselben befindet. Wenn Ihr demnach wünscht, den Text Euer eigen zu nennen, so braucht Ihr nichts weiter zu tun, als einen Schreiber mit einer Abschrift zu beauftragen.«

*

Die Worte von Bruder Thomas lösten eine Erinnerung in mir aus, die Erinnerung an die Übergabe des infragestehenden Buches. Der Schatten vom langsamen Gisbert, als er sich aus dem Staube machte, nachdem er mich zu seinem Vetter Goswin in dessen Wachstube am Hahnentor geführt hatte ... der Schatten! Er hatte Ohren! Große, abstehende! Der gesuchte Ohren-Schatten also, den mein Bruder gesehen haben mußte! Wenn der Erzbischof, schoß es mir durch den Kopf, sich für seine Entmannung an meinen Brüdern und am Hufschmied rächen wollte, so wird er ja nicht selbst Hand angelegt, sondern sich des Werkzeuges von Schergen bedient haben! Der langsame Gisbert ... und gerade ihm hatte ich Konrads schmutziges Geheimnis anvertraut, das tödliche Geheimnis, wie es mein Bruder Rignaldo genannt hatte ... das schreckliche Geheimnis, das nun also auch mich fast umgebracht hätte! Wie furchtbar, was der Mann, den ich im Herzen begehrte, an Schuld auf sich geladen hatte ... Aber nein. Das konnte die Lösung nicht sein: Wir, El Arab und ich, hatten sie bereits erwogen und für zu leicht befunden, weil sie die Sache mit dem Kopfe vor dem Hause der Herrin nicht erklärte ... Ich fand das Ende des Fadens der Ariadne nicht. Nicht allein. Es blieb mir nichts übrig, als mich wieder in El Arabs starke Hand zu begeben.

»Herr«, sagte ich also, »Ihr braucht keinen Schreiber zu beauftragen. Das wäre eine Verzögerung. Ich habe das Buch im Besitze und möchte es Euch übergeben, damit Ihr mit diesem Unterpfand eine glückliche Hand in Eurem überaus gerechten Kriegszug haben möget.«

»Wie bist du in den Besitz desselben gelangt? Hat es dir Konrad einst gegeben?« Überraschenderweise zeigte El Arab keinerlei Ärger darüber, daß ich es ihm, obgleich ich das Buch der Bücher besaß, vorenthalten hatte.

»O nein, Herr, so lange habe ich das Buch nicht. Es ist erst kürzlich, vor meiner Erkrankung, auf mich gekommen. Ich will Euch alles erzählen, da ich es Euch ohnehin nicht verheimlichen kann: Es war die Nacht, in welcher mir die hohe Herrin freigab und in welcher sie Euch erkannt hat. Der langsame Gisbert übergab mir jenes Geld, das die Häscher des Erzbischofes bei meinem Bruder gefunden hatten. Als großzügige Geste sollte es mir gehören.«

»Das war eine ›großzügige‹ Geste, in der Tat. Aber, wie ich es dem schlauen Fuchs nicht anders zugetraut hätte, nicht auf seine Kosten: Es handelte sich nämlich um das durchaus rechtmäßige Erbe der Nachkommen des Hufschmiedes. Immerhin, es bezeugt, daß Konrad gedenkt, weiterhin für die Mutter seines Sohnes zu sorgen ... so wie er es schon gezeigt hat, indem er seine Konkubine demütigte, nämlich eben diese Mutter in ihren Haushalt aufnehmen zu lassen.«

»Ja, eine großzügige Geste.« Auf diesen Punkt wollte ich nicht so gern eingehen. »Dann führte mich der langsame Gisbert zu diesem Wachmanne, seinem Vetter Goswin, der vor dem Gericht des Erzbischofes einst falsches Zeugnis ablegte. Es stellte sich heraus, daß es der nichtswürdige Teufelsdiener auf mein Gold abgesehen hatte.«

»Hast du dich je gefragt, woher er so schnell wissen konnte, daß du Gold dein eigen nanntest?«

»Nein«, gab ich kleinlaut zu. »Diese Frage ist mir entgangen. Woher konnte er das überhaupt wissen?« Wie hatte ich nur überheblich annehmen können, in meiner unerfahrenen Jugend ein Rätsel allein zu lösen, das selbst El Arab Kopfzerbrechen bereitete! Was für eine Närrin ich gewesen war!

»Der langsame Gisbert muß mit Goswin verschworen sein. Scheint dir das eine logische Schlußfolgerung?« fragte El Arab.

»Durchaus«, stimmte ich zu.

»Gut. Fahre also fort«, forderte El Arab mich auf.

»Goswin sagte mir, daß er Euch beim Hahnentor nächtens gesehen habe nach der Mordtat am Hufschmied – was ja auch mit meiner eigenen Beobachtung zusammenstimmt, daß Ihr das Haus verlassen hattet. Und er bot mir das Buch an, das für Euch bestimmte Buch. Das Buch müsse ein Schatz sein, aber er verstünde nicht, inwiefern es ein Schatz sei.«

»Er wußte nicht, wie er es zu Geld machen konnte, dieser Wahnsinnige«, sagte El Arab voller Verachtung.

»Er forderte für das Buch die Hälfte dessen, was ich besaß.«

»Das war sehr vorsichtig von ihm. Du hast das Buch gleichsam an meiner statt erstanden, aber ebenso angefangen, mir zu mißtrauen. Ist das richtig?«

»Ja, Herr, das muß ich gestehen.« Ich war aufrichtig zerknirscht.

»Es ist weniger dir als Fehler anzurechnen als mir«, beruhigte mich El Arab in väterlicher Art. »Schließlich hast du mir einen Liebesdienst erwiesen, den ich, nachdem du mich für einen Lügner halten mußtest, nicht hätte erwarten dürfen.«

»Mein Herz, Herr, war ach zerrissen zwischen der Treue zu Euch und zu meinem Bruder, der offensichtlich unschuldig war – unschuldig an dem Morde, für den er gerichtet wurde, schuldig aber durchaus, wie ich von Paulina erfahren mußte, an der Ausübung der Talionsrache, auf die gewiß zu Recht auch der Tod steht.« Derart einfach also hatte ich nun das schreckliche Geheimnis nebenbei preisgegeben, das ich mit Argusaugen hütete!

»Ich Esel! Ich Ochse!« rief El Arab. »Das Motiv! Du kanntest die ganze Zeit das Motiv! Den Schlüssel zu allem!«

»Was meint Ihr?« fragte ich begriffsstutzig.

»Das Motiv des Erzbischofes, Rignaldos Tod zu wollen ... Das war es also, was mir Peppino nicht offenbaren wollte, als ich ihn ein wenig nachdrücklich befragt hatte.«

»Ihr habt Peppino etwas angetan?« fragte ich aufgebracht. Denn das hätte ich El Arab nun wirklich niemals verzeihen können, wenn er Peppino gequält hätte, wiewohl er sich gegen mich gewandt hatte.

»Du entsinnst dich der Wunden, die du wohl gewahrt haben mußt, als wir im Bade waren?« fragte El Arab. »Nun also, es gab eine handfeste Disputation mit den Fäusten, und keiner hat obsiegt.«

»Ihr habt ihn aber so erschreckt, daß er die Stadt verlassen hat!« wütete ich weiter.

»Anstatt mir zu zürnen«, besänftigte mich El Arab, »solltest du mir dankbar sein. Denn ihn hätte die Rache Konrads als nächsten und letzten getroffen. So habe ich ihm das Leben gerettet. Wiegt das meine Sünde auf?«

»Ich war unbedacht und voreilig, Herr«, gab ich zu. »Den ersten Schritt, seinen Rachedurst zu laben, machte Konrad, indem er den langsamen Gisbert beauftragte, im günstigen Augenblick, da Streit zwischen Rignaldo und dem Hufschmied herrschte, letzteren zu töten.«

»Der langsame Gisbert«, staunte El Arab. »Du meinst, der langsame Gisbert habe im Auftrag des Erzbischofes den Hufschmied enthauptet?«

»Ich weiß es«, sagte ich fest. »Der Ohren-Schatten hat mich darauf gebracht. Habt Ihr schon einmal auf den Schatten geachtet, den der langsame Gisbert wirft?«

El Arab versuchte, sich zu erinnern. »Ja, sein Schattenwurf stimmt mit der Beobachtung deines Bruders Rignaldo überein, von der du mir berichtet hast. Ein Ohren-Schatten. Ein ziemlich zweifelhafter Beweis übrigens, wie ich dir sagen muß.«

»Fügt ihn zusammen«, forderte ich, plötzlich wieder selbstbewußt, »mit Eurer Aussage, daß Goswin und der langsame Gisbert verschworen sein müssen. Woher sollte Goswin von dem Golde wissen, das ich unverhofft vom Erzbischof erhalten hatte? fragtet Ihr. Und ich frage Euch nun: Wie ist Goswin in den Besitz des Buches gelangt? Schließlich muß jemand, der des Lesens fähig ist, ihm gesagt haben, es handele sich um Euren ›Schatz‹.«

»Wie blind bin ich gewesen!« sagte El Arab. »Erst hätte ich schwören können, daß der Hufschmied von einem Schatzsucher enthauptet worden ist, den ich schon lange an meinen Fersen wähne. Dann, als ich ihn nicht fand, vermeinte ich, Pater Bueno kämpfe solcherart gegen ein Buch, das ihm ein Dorn im Auge sein muß.«

»Es bleibt eine entscheidende Frage offen, Herr«, sagte ich. »Ich verstehe nicht, was der Erzbischof mit der Posse bezweckt haben kann, den abgeschlagenen Kopf des Hufschmiedes mit dem sattsam bekannten Pergament vor dem Hause seiner Konkubine aufstellen zu lassen.«

»Überlasse die Klärung dieser Frage getrost mir, meine tapfere Tochter«, entgegnete El Arab. »Man muß nur den langsamen Gisbert befragen ... aber meine Neugier beginnt, mich zu übermannen, und ich bin ihrer nicht Herr, wie ich es sein sollte.« El Arab versuchte nun nicht mehr, seine vorgetäuschte vornehme Zurückhaltung obwalten zu lassen. »Bitte, führe mich dorthin, wo du das Buch aufbewahrst, auf daß ich es mit meinen Händen ergreifen kann. Ich werde es immer als deinen Besitz achten, wenn du es mir überläßt, um mich den rechten Weg finden zu lassen.«

Also führte ich ihn zu der Linde vor dem Butzenhofe in der Quintinusweingart hin, wo ich das Buch in Leinen eingeschlagen hinterlegt und Gottes Wachsamkeit überantwortet hatte.

Nachdem El Arab es aufgeschlagen hatte, konnten wir lange nicht zurückgehen, denn er vertiefte sich unverzüglich ins Lesen. Ab und zu murmelte er einige Worte, die ich verstand:

»Höre die Kraft dieser Worte, die ich in diesem Buch finde: ›... mit dem natürlichen Sittengesetze zufrieden sein ... Du, Philosoph, bekennst dich zu keinem Gesetze, sondern gibst allein den Vernunftgründen Raum ... Dir ist bezüglich des Gesetzes nichts entgegenzuhalten ... Ihr – der Philosoph, der Jude und der Christ – habt eine Einigung von gleich zu gleich beschlossen ... Der Wissenschaft der Moral fügen Juden und Christen Vorschriften hinzu, die uns Philosophen insgesamt überflüssig erscheinen ...‹« El Arab schaute mich mit verklärten Augen an. »Es ist ein Buch von solcher Kraft, von solch unbändiger Gewalt, wie es die Welt noch nicht gesehen. Das ist die Waffe, mit der wir die Heuchler, Narren und Dummköpfe, die in der Kirche und im Lande die Macht haben, bekämpfen und besiegen werden für alle Ewigkeit zum Ruhme Gottes, dem höchsten Wesen, das Avicenna bekannte.«

El Arab fand sich nun endlich bereit, den Heimweg anzutreten. Er klappte das Buch zu, preßte es ganz eng an seinen Körper und ging leicht vorgebeugt, als müsse er seinen Schatz vor dem Ungemache aller Welt beschützen.

Durch den Anblick angeregt, fragte ich: »Herr, Ihr habt den Erzbischof vor dem feigen Anschlag gerettet, obgleich Ihr im Wettstreit um die Gunst ein und derselben Frau steht, bei Fragen des Glaubens uneins seid und betreffs der gerechten Ordnung der menschlichen Gemeinschaft in Feindschaft liegt. Warum habt Ihr das getan, anstatt ihn verderben zu lassen?«

»Das ist nicht die Art, in der ich meine Feinde loswerden möchte. Gleichviel, Konrad ist es nicht würdig, mein Feind zu sein – die Gunst seiner Frau gehört mir und mir allein, philosophisch ist er ein Nichts, und als Fürst ist er erledigt. Wenn er sterben soll, dann in einem Kampf, der ihm die Gelegenheit gibt, seine Ehre wiederherzustellen.«

»Hättet Ihr ihn auch gerettet, wenn Ihr gewußt hättet, daß er den Mord am Hufschmied veranlaßt hat?« fragte ich neugierig.

»Wissen wir das schon sicher?« fragte El Arab. »Es gibt ein Motiv, aber es paßt nicht zu allem, was wir wissen. Ohne das Zeugnis vom langsamen Gisbert kommen wir nicht weiter.«

»Danke, daß Ihr Konrad gerettet habt, Herr.«

»Du liebst ihn, unvernünftiges kleines Mädchen. Das habe ich mir doch gleich gedacht, schon als du ihn noch ›Unwürden‹ nanntest. Doch seine Heloise willst du nicht werden?«

»Nein, ich bin nicht Heloise, werde es nicht sein und will es auch nicht sein. Konrad ist schließlich auch kein Abaelardus, wie Ihr sicherlich bestätigen könnt, wenn Ihr ihn theologisch unwissend nennt. Und einer der Menschen, die er aus Rache für seine Verschneidung töten ließ, ist nicht mein verhaßter Onkel, sondern mein geliebter Bruder gewesen.«

»Du wirst also mit uns kommen, wenn die Zeit dafür reif ist?«

»Ja, Herr, ich gehöre meiner hohen Herrin und auch Euch ganz und gar. Und die Freude an meiner Heimat ist mir vergällt. So wünschte ich, ich könnte ihr entfliehen.«

»Gleichviel, du solltest dich verheiraten. Dazu hast du unseren Segen und unseren ausdrücklichen Befehl.«

»Warum sollte ich das, was mir einmal zur Schande meines Lebens gereichte, fortsetzen oder auch nur fortsetzen wollen?«

»Es ist besser für dich, glaube es mir.«

»Wenn der Herr dies will, wird er mir ein Zeichen senden, so wie er mir bezeugt hat, daß ich Euch vertrauen kann.«

»Belassen wir es vorläufig dabei.«

Nachdem er mich meinen Gedanken überlassen hatte, dachte ich darüber nach, daß ich El Arab freigiebig den Schlüssel zur Lösung des Falles geliefert hatte, nämlich das gräßliche Geheimnis des Erzbischofes, während er mir das Schloß, in das der Schlüssel paßte, vorenthalten hat, obgleich ich sicher war, daß er es besaß. Denn war es nicht naheliegend, daß El Arab wußte, was es mit dem Pergament am abgetrennten Haupte des Hufschmiedes auf sich hatte? Ich glaubte dem Zeugnis des Wächters Goswin, daß El Arab sich am Hahnentor eingefunden hatte. Warum hatte er das Buch, das doch sein größter Schatz werden sollte, nicht ausgelöst? Hatte ich die Rettung von Rignaldo, ohne es zu wollen, vereitelt, weil ich nicht sofort über die Talion mit El Arab gesprochen hatte? Und dann, nach Rignaldos trauriger Hinrichtung, hatte ich mich auch noch dem falschen Menschen anvertraut und damit mich selbst in Gefahr gebracht. Konnte mich El Arab wirklich beschützen? Und wollte er das?

Ich fragte mich auch nach dem Grunde des langsamen Gisberts, mich töten zu wollen. Wenn es wegen Konrads Geheimnis war, so mußte Konrad dies selbst in Auftrag gegeben haben. Das aber konnte nicht sein … das durfte nicht sein! Aber wenn es so wäre, würde ich meinen Mörder lieben! Auch das konnte und durfte nicht sein. Wenn es denn so wäre, müßte ich jeden Augenblick mit einem weiteren Anschlag auf mein Leben rechnen.

Je länger ich darüber nachdachte, um so tiefer verfing ich mich in dieser Hölle und sehnte mich danach, sie schnell zu verlassen … mit El Arab zu verlassen. Lieber Gott, betete ich, bitte trage Sorge dafür, daß El Arab schnell seinen Feldzug gewinnt und dann uns, meinen Sohn, Magdalena und mich, in sein Sultanat holen läßt.

*

Köln, 26. März 1252

Weil er die Kölner Bürger nicht mit Waffengewalt unterwerfen konnte, blieb es Konrad bloß übrig, sich tatsächlich an den verehrungswürdigen Magister Albertus eines Schiedsspruches wegen zu wenden. Dies war seine letzte Rettung. Glücklicherweise waren auch die Bürger bereit zum Frieden, und so ruhten die Waffen, damit Konrad in die Stadt zurückkehren konnte, um die Verhandlungen mit Albertus aufzunehmen.

Der Magister wollte zunächst mit den beiden Parteien getrennt sprechen. Ob er mit dem Erzbischof als erstes sprach oder zuvor schon mit dem Gildemeister Kontakt aufgenommen hatte, war uns nicht bekannt. Jedenfalls verlangte der Magister, daß bei der Unterredung neben Konrad auch Magdalena und El Arab zugegen sein sollten.

So fanden sich der Magister ebenso wie Magdalena und El Arab zur festgesetzten Stunde im Sitz des Erzbischofes ein, der bewacht wurde, wie es Köln noch nicht gesehen hatte.

»Ehrwürdigster Vater und Herr Erzbischof«, begann der Magister, der so mager war, daß man ihn fast für einen solchen Feigling wie den König halten mochte, wenn man ihn und seinen löwengleichen Geist nicht kannte, »seid versichert, daß wir als Mönch und Priester Euer Amt würdigen und heiligen und Euch den größten Gehorsam schulden. Als Bürger von Köln jedoch haben wir die Ehre, eine Aufgabe übertragen bekommen zu haben, die dem Frieden dient, den alle erstreben. Darum müssen wir Euch bitten, uns für diese Unterredung ebenso wie für alles, was im Zusammenhang mit dieser überaus wichtigen Mission steht, von den Pflichten zu entbinden, die uns hindern, offen zu sprechen. Dafür geben wir Euch unser Wort, daß wir Euch die Treue halten und nichts bewirken werden, was Euch als Oberhaupt der Kirche schaden könnte, während wir frei sein müssen, die Ordnung Eurer weltlichen Angelegenheiten einer kritischen Würdigung unterziehen zu dürfen.«

»Hochwürdiger Magister«, sagte Konrad mit ein wenig belegter Stimme. »Ich bitte Euch inständig, waltet Eures geschätzten Amtes und fühlt Euch frei, alles das zu tun, was notwendig ist, um Gefahr und Schaden von der Stadt abzuwenden, ohne Rücksicht auf mich, wohl aber mit Rücksicht auf den Willen Gottes.«

»Seid versichert, daß wir diese Rücksicht stets werden walten lassen und ebenso auch die Rücksicht auf Euch, die Ihr nicht fordert, aber die wir Euch meinen zu schulden.«

»Schreiten wir nun fort«, sagte Konrad, der es ja gewohnt war, zu lenken und zu regieren, so daß er auch in dieser Lage, gleichsam aufgrund seiner zweiten Natur, es wohl nicht zulassen konnte, den Magister nach seiner eigenen Art vorgehen zu lassen.

»Wie Ihr wünscht«, sagte Magister Albertus. »Wir haben neben Euch auch die edle Frau Magdalena und unseren hochwohlgeborenen arabischen Gast Averom zu dieser Unterredung geladen.«

Albertus verbeugte sich nun vor Magdalena: »Edle Frau, von Euch haben wir Dinge gehört, die uns mit tiefer Ehrfurcht erfüllen.«

»Wir danken Euch, Magister Albertus, für Eure freundlichen und hochgeschätzten Worte«, erwiderte Magdalena sehr förmlich.

Dann verbeugte sich der Magister vor El Arab: »Herr Averom, wir bewundern Eure Gelehrtheit und verneigen uns vor der arabischen Wissenschaft, die sich ebenso auf die Medizin wie auf die Wissenschaft der Natur wie auch auf die Theologie bezieht.«

»Die Bewunderung muß Euch gelten, verehrter Magister«, gab El Arab zurück. »Ich hörte unlängst Disputationen Eures Schülers, Bruder Thomas, die mich tief beeindruckt haben und die ich Eurer übergroßen Erziehungsanstrengung meine zuschreiben zu können.«

»Bruder Thomas«, brummte Albertus. »Na ja, der Hitzkopf, manchmal schießt er über das Ziel hinaus. Aber ich sehe eine große Zukunft für ihn in der Wissenschaft.«

»Laßt uns nur keine Zeit verlieren«, drängte der Erzbischof, nun weniger als Autorität denn als der, der eine Lösung für sein bedrohliches Problem sucht.

»Es muß Euch, Konrad, klar sein, daß Ihr den Frieden werdet bezahlen müssen, ebenso wie die Gegenseite ihren Tribut zu entrichten haben wird. Das ist es, was Ihr nach unserer überaus bescheidenen Meinung bekommen solltet: Diejenigen, die Euch nach dem Leben getrachtet haben, müssen benannt werden und für immer die Stadt verlassen. Wenn sie je die Stadt wieder betreten sollten, sollen sie des Todes sein.«

»Glaubt Ihr, es seien Wilberts Leute gewesen?«

»Wir werden Euch nicht bekennen, was wir nur glauben. Es ist eine Bedingung des Friedens, und sie muß erfüllt werden. Streitet nicht mit uns um diese Bedingung, denn sie ist die einzige, die zu Euren Gunsten ausfällt.«

»Dann nennt mir die anderen Bedingungen.«

Albertus räusperte sich: »Edle Frau Magdalena, wir raten Euch um Konrads willen, daß Ihr das Domizil, das er für Euch unterhält, verlaßt. Es wäre auch Eurem Rufe angemessen, wenn Ihr selbst die Leitung der ›weißen Frauen‹ übernehmen und in jenes überaus ehrwürdige und gut beleumundete Haus zöget.«

Magdalena fiel vor Albertus auf die Knie und sagte: »Ehrwürdiger Vater, wenn Ihr uns dies nicht nur als berechnender Vermittler, sondern auch als Seelsorger ratet, so werden wir Euch mit dem geschuldeten Gehorsam belohnen.«

»Verehrungswürdige, in Christo hochgeliebte Schwester, meine Tochter«, sagte Albertus, »wir haben wohl von deinem Wirken vernommen, das viele für ein Zeichen von Heiligkeit halten. Wenn du uns in diesem Punkte folgst, wie du sagst, weil wir es dir als deine untertänigsten Diener in Christo raten, so werden auch wir ab sofort zu jenen gehören.«

Albertus stützte ihren Arm, um ihr aufzuhelfen und zum Zeichen, daß dies die Versöhnung sei. Er machte eine kleine Pause, um dann fortzufahren, indem er sich an El Arab wandte: »Herr Averom, als Wissenschaftler wünschten wir, daß Ihr nicht nur in Köln verweilen, sondern auch an unserer Universität unterrichten könntet. Als Bürger jedoch müssen wir gestehen, daß wir glauben, es gäbe keinen Frieden, wenn Ihr die Stadt nicht verließet.«

»Der Tag ist bereits festgelegt«, sagte El Arab steif.

»Gut«, sagte Albertus knapp. »Und nun zu Euch, hochwürdiger Erzbischof und Fürst von Köln. Wenn Ihr, was wir von Euch erwarten, Euer christliches Amt höher schätzt als Euer weltliches, so werdet Ihr Eure geistliche Autorität nur bewahren können, indem Ihr die Bürger nicht mehr Kraft Eures Schwertes zwingt, untergewichtige Münzen aus Eurer Prägung anzunehmen.«

»Magister«, entgegnete Konrad, »Ihr habt sehr offen drei Forderungen gestellt, die Ihr Vorbedingungen einer Einigung mit den Bürgern nennt. Von diesen Vorbedingungen haben sich zwei von selbst erfüllt, was ein großes Glück für uns alle ist. Ich frage Euch aber:

Wenn wir nun alle Vorbedingungen erfüllt haben, ist dann nicht alles erfüllt, was die Gegenseite verlangt? Worüber müßte dann noch eine Einigung erzielt werden?«

»Gott hat Euch, Konrad, zuallererst ein kirchliches Amt übertragen, und darum wollen wir es Euch nachsehen, daß Ihr, was das weltliche Amt betrifft, nicht so weitsichtig seid, wie Ihr es in den christlichen Dingen wohl sein könntet. Wenn Ihr die Vorbedingungen erfüllt und auch die Gegenseite dies tut, indem sie den Verantwortlichen für den feigen Anschlag auf Euer geschätztes Leben ausliefert, so müßt ihr zusammenkommen, um die Angelegenheiten der Stadt klar zu regeln: Die Aufgaben, die Euch als Fürst von den Bürgern übertragen werden, müssen die Bürger alimentieren – in ehrlicher Münze und ohne Betrug. Aber die Aufgaben, die die Bürger für sich behalten und unter sich regeln, werdet Ihr nicht antasten, und dafür benötigt Ihr auch kein Geld der Bürger.«

»So sei es«, sagte Konrad. »Gott helfe unserer Stadt und gebe mir die Bescheidenheit, der untertänigste Diener der Stadt und nicht ihr erhabener Fürst sein zu wollen.«

Magister Albertus verabschiedete sich, sichtlich hochbefriedigt von dem Erfolg seiner Vermittlungstätigkeit. Er versicherte dem Erzbischof seine Hochachtung und seinen Gehorsam und sagte voraus, daß auch die Bürger von Köln ihm wieder den Gehorsam zollen würden, den er verdiene, wenn er sein Amt im Einklang mit den Wünschen der Bürger führen würde.

Als er nun den Raum verlassen hatte, wandte sich der Erzbischof an El Arab: »Herr Averom, wir fühlen uns nicht wohl dabei, so tief in Eurer Schuld zu stehen, was unser Leben betrifft. Denn wenn wir es genau bedenken, so wart ja wohl Ihr der Schuldige, der unser Leben zu allerförderst in Unordnung gebracht hat, noch bevor Ihr es wagtet, unsere Stadt zu betreten.«

»Darum stehe ich, wie ich sehr wohl nicht vergessen kann, in Eurer und Eurer Königs Schuld, nicht Ihr in der meinigen. Dennoch möchte ich Euch um etwas bitten, womit Eure Schuld bei mir, wenn sie denn bestünde, abgegolten wäre: Bitte liefert mir den Diener Magdalenas aus, den man den langsamen Gisbert nennt. Er hat sich in Eure Obhut begeben, und Ihr ließet Magdalena wissen, er befinde sich nunmehr in Eurem Dienste.«

»Er ist unser Diener, und wir vermögen es, über ihn zu verfügen. Warum begehrt Ihr, daß wir ihn Euch ausliefern?«

»Er hat versucht, die unschuldige Magd von Magdalena, die Ihr wohl kennt, erst zu vergiften und dann zu erwürgen.«

Da packte Konrad der Zorn, und er rief: »Dazu hatte er wahrlich keinen Befehl von uns! Und wir können uns nicht denken, daß er sich eines derartigen Ungehorsams schuldig gemacht haben sollte!«

»Und doch: Ich lade Euch ein, von dem giftigen Pulver zu kosten, das nur er ihr ins Essen gemischt haben kann, als sie mit harmlosem Fieber daniederlag und er vorgab, sich um sie zu kümmern. Als sie ihn später auf dem Neumarkt, während er meinte, dort unerkannt für Euch spähen zu können, entdeckte, hat er sie angegriffen und versucht, sie zu erwürgen, obwohl sie nicht drohte, ihn zu verraten.«

»So vertrauen wir Eurem Zeugnis. Daß es ein Verbrechen ist, uns den Gehorsam zu verweigern und eine Magd der Edelfrau Magdalena vergiften oder erwürgen zu wollen, steht außer Frage.« Ich spürte, daß Konrad von dem Treuebruch seines Dieners betroffen war. Schwer atmend fügte er allerdings hinzu. »Da der Besagte uns jedoch außerordentliche Dienste erwiesen hat, so liefern wir ihn Euch nur aus, wenn Ihr versprecht, sein Leben zu schonen, was immer Ihr sonst auch an Strafen für ihn vorgesehen habt.«

»Ich trachte ihm nicht nach dem Leben. Er soll nach meinem Willen einen niederen Platz in meinem Heer der Befreiung einnehmen, an welchem er seine überaus verdammenswerte Schuld viel tausendfach wird zurückzahlen können.«

»Dies hört sich für unsere Ohren gerecht genug an. Darum sei er Euer bis an das Ende seiner Tage. Diesen Befehl werden wir sofort geben.«

*

Daß El Arab mich auf diese Weise von meinem Peiniger, der mir jeden Tag zu einer Hölle aus Angst hatte werden lassen, befreite, erfüllte mich mit Dankbarkeit und schenkte mir innere Ruhe. Als ich nun über den langsamen Gisbert nachdachte, fielen mir allmählich Zwischenfälle ein, die mich zu wenig mißtrauisch gemacht hatten: seine behenden Bewegungen, wenn er sich unbeobachtet fühlte, so als ob er seine geistige und körperliche Langsamkeit nur spiele, um sich damit unauffällig zu machen. Seine übergroße Hilfsbereitschaft mir gegenüber. Die Tatsache, daß er mir nicht nur den Brief und das Geld des Erzbischofes überbracht, sondern mich auch zu seinem Vetter geführt hatte, der mir El Arabs »Schatz« verkaufte. Seine unerlaubte Abwesenheit in der Nacht, da El Arab Magdalena erkannte.

Nun aber türmten sich neue Ungereimtheiten vor mir auf. Entlastet von der Angst konnte ich besser darüber grübeln. Der langsame Gisbert war wohl, nachdem sein Anschlag auf mich vereitelt worden war, geflohen. Das war verständlich, mußte er doch befürchten, daß El Arab ihn entlarven und bestrafen würde. Aber er war zum Erzbischof geflohen und hatte dort Aufnahme gefunden. Dann hatte Konrad seine Empörung über die mörderischen Absichten des langsamen Gisberts also nur vorgespielt, diese vielmehr gebilligt, denn sonst hätte er ihm ja gewiß keinen Unterschlupf gewährt und sogar durch die Nachricht an Magdalena, daß er ihn brauche, vor jedem Verdacht bewahrt. In diesem Falle allerdings wäre nicht einzusehen, warum Konrad den langsamen Gisbert so bereitwillig an genau diesen El Arab auslieferte, als dieser es forderte. Der langsame Gisbert konnte aber auch keinen anderen Grund haben, mich töten zu wollen, als das Geheimnis des Erzbischofes zu hüten. Jedenfalls wußte ich keinen anderen Grund.

Eine zusätzliche Schwierigkeit kam mir wieder in den Sinn: Warum hatte Goswin das Buch, den »Schatz« des El Arab, mir angedient? War Konrad der eigentliche Drahtzieher des Verkaufes von des Hufschmiedes Buch, auf daß er sich die Hälfte dessen, was er mir zu überlassen vorgab, selbst anzueignen gedachte, ohne Aufsehen zu erregen? Aber hat das ein Erzbischof nötig? Oder hatten der langsame Gisbert und sein Vetter Goswin auf eigene Faust gehandelt? Dann wäre doch El Arab naheliegenderweise derjenige gewesen, dem man das Buch hätte verkaufen können, weil er, anders als ich, seines Wertes gewiß war.

Fragen über Fragen. Allesamt ungelöst. Durch mein Mißtrauen El Arab gegenüber hatte ich wertvolle Zeit verschwendet. Nun stand seine Abreise bevor, und seine Rückkehr war, wenn ich es mir recht überlegte, durchaus ungewiß. Konnte es mir gelingen, das Rätsel noch vorher zu lösen? Denn es schien mir unmöglich, es ohne seine Hilfe entwirren zu wollen. Mich beschlich wieder das Gefühl, daß er mir irgend etwas verschwieg.

Das dritte Wunder, das Heer der Befreiung und Magdalenas Ergreifung

»Bei den Philosophen findet man die wahre Frömmigkeit nicht, weil sie glauben, man müsse das glückselige Leben nicht erbitten, sondern selbst schaffen.«
Augustinus

Köln, Ende März 1252

Die nächsten Tage waren davon erfüllt, daß Magdalena unter großer Anteilnahme der Bevölkerung zu den Magdaleninnen, die jetzt auch die »weißen Frauen« genannt wurden, in deren von ihr selbst gestiftetes Haus zwischen der Schwalben- und Armengasse zog. Als einzige ihrer Dienerschaft folgte ich ihr, wohl da sie in mir weniger die Dienerin sah als vielmehr die Schwester oder Tochter. Weil nun sie selbst Dienerin geworden war, konnte sie schlecht Dienerinnen haben. Vom Umgang mit Konrad, Vater meines Sohnes, unglücklicherweise Erzbischof von Köln, war ich nun gänzlich abgeschnitten. Um so mehr verzehrte sich mein törichtes Herz nach ihm, und fast begann ich, ihn mehr zu verehren, als er es wohl verdient hatte.

Für El Arab wurde ein Gästezimmer bereitgestellt, in welchem er bleiben konnte, solange er noch in Köln verweilen wollte. Er war dort sehr zufrieden. Zwar liebte er den Prunk, war jedoch durchaus gewohnt, in der noch einfacheren Weise des Wanderers zu leben.

Dem Herrn aber gefiel es, uns den Frieden vorerst noch zu verweigern. Denn eine dreckige Horde von El Arabs Feinden, allesamt vermummt, umstellte das Haus und drohte, alle zu töten, die sich in ihm befänden, wenn sich nicht El Arab in ihre Hände begäbe. El Arab verhielt sich, ohne zu zögern, derart ritterlich, wohl weniger um der vielen als um der einen willen, die er liebte.

Zu seinem Glück nicht weniger als zu Magdalenas töteten sie El Arab nicht sofort, sondern beabsichtigten, ihn in Fesseln zu schlagen und mitzunehmen, wohin immer sie ihn verschleppen wollten. Bevor sie sich nun auf den Weg machten, trat Magdalena vor die Tür und befahl den vermummten Angreifern mit lauter Stimme, in ihrem bösen Tun einzuhalten. Sie aber lachten, und einer der teuflischen Spießgesellen, der ihr am nächsten stand, fuchtelte mit seinem Schwert herum.

Da sagte Magdalena: »Erhebe nur das Schwert gegen mich, damit du deine Tapferkeit beweist, indem du eine Frau tötest.«

Diese Worte ließen den widerlichen Sohn einer Eselin zögern. Magdalena griff nun nach seiner beschmutzten Hand und entwand ihm, ohne daß er sich wehrte, das Schwert. Sie richtete es dann überraschend gegen sich selbst und stieß es in ihren Leib.

Doch anstatt daß sie nun durchbohrt zu Boden sank, verschwand das Schwert auf wundersame Weise. Während die Angreifer darob unschlüssig wurden, wandte Magdalena die Hände nach oben und rief: »Gütiger Gott, willst du, daß meine Liebe auf diese schändliche Weise verdirbt?«

Als Antwort aber fuhr ein gewaltiger Blitz vom Himmel, der einen der hinterhältigen Angreifer niederstreckte. Ohne Vermummung erkannte man in ihm Arnold, einen Wächter Konrads, der auch schon vor dem Gericht falsches Zeugnis wider meinen Bruder abgelegt hatte. Welch abscheulicher Verräter, dachte ich, der offensichtlich um Geldes willen die Befehle des Erzbischofes mißachtet, den teuren Gast vor seinen Feinden zu beschützen, diese vielmehr zu ihm führt! Da es wohl er war, von dem die übrigen ihre Befehle erhielten, wurden sie um so unschlüssiger.

»Laßt ihn frei«, befahl Magdalena. »Dann werdet auch ihr frei sein.«

Sie aber fielen vor ihr auf die Knie und flehten die Heilige um Verzeihung an. El Arab war jetzt frei, und wie um das Versprechen seiner Liebsten zu erfüllen, bot er ihnen an, in sein Heer der Befreiung einzutreten.

*

Dieses neuerliche Wunder vermehrte die Ehrfurcht der Bürger in einem solchen Ausmaße, daß auch Gildemeister Wilbert meinte, Magdalena seine Aufwartung machen zu müssen.

»Eure Heiligkeit«, sprach er sie an, nachdem er von ihr eine Frühaudienz erhalten hatte. Für ihre heiligen Audienzen, die inzwischen häufig nachgefragt wurden, hatte Magdalena einen kargen Raum im weißen Hause herrichten lassen, der nichts enthielt als zwei harte Stühle und ein schlichtes Kreuz des Herrn an der Wand.

»Die Bürger der Stadt sind zutiefst ergriffen von Eurer Kraft und Eurer hohen Frömmigkeit, der die gerechte Gnade Gottes zuteil wird. Und da Ihr nun den Schritt vollzogen habt, Euch von dem unwürdigen Tyrannen zu befreien, so ist es uns ein Herzensanliegen zu erfahren, in welcher Weise Ihr die Befreiung aller Bürger unterstützen wollt.« Dergestalt erfuhren wir, daß Wilbert trotz der Friedenspflicht während der laufenden Schlichtung weiter Händel mit dem Erzbischof suchte.

»Wenn wir sagen«, antwortete Magdalena, »der Wolf ›raube‹ die Gans, gestehen wir ihm dann nicht die vernünftige Seele zu, die Schuld auf sich zu laden imstande wäre? Wenn wir das tun, müßten wir aber nicht auch sein Eigentum respektieren, sein Jagdrevier? Mißhelligkeiten entstehen, wenn das ungeachtet bleibt, was vor Gott gerechtfertigt ist. Gott aber sagt uns, was rechtmäßig ist, durch das Licht, das unsere Vernunft ist.«

»Eure Rede«, bemerkte Wilbert verwirrt mit seiner unangenehm kreischigen Stimme, »ist sicherlich sehr heilig, aber auch wenig verständlich. Was die Bürger zu wissen begehren, ist, auf welcher Seite Ihr steht!«

»Fest stehe ich an der Seite von Christus und seiner seligen Mutter, der seligsten unter allen Müttern und Frauen. Für nichts anderes ist Platz an einer meiner Seiten, denn ich habe nur diese eine Seite.«

»Es gibt kein Zurück, kein Zögern und kein Wenn und Aber. Steht doch geschrieben: ›Deine Rede sei Ja, Ja und Nein, Nein, alles andere ist von Übel.‹ Darum werdet Ihr nicht umhin können, Euch eindeutig zu äußern.« Es schien jetzt so, als ließe sich Wilbert von seiner eigenen Rede immer mehr in Begeisterung steigern. »Seid Ihr für den Tyrannen oder gegen ihn? Werdet Ihr auf der Seite der Bürger stehen oder auf der Seite des Unrechts? Denn die Zeit der Entscheidung ist reif. Es gibt kein Zurück, sondern nur ein Vorwärts, ein Vorwärts zum Siege für die Sache der Bürger von Köln.«

Magdalena ließ sich nicht beeindrucken. »Ihr meint nicht, daß zum Beispiel der Bürgerin Paulina ihre augenblicklichen Zahnschmerzen viel mehr Kummer bereiten als die Frage nach dem schnöden Mammon?«

»Für die Zahnschmerzen ist Gott allein zuständig. Für den Mammon, wie Ihr es beliebt zu nennen, ist der Tyrann verantwortlich.«

Wilberts Stimme war nun sehr fordernd. Offensichtlich fühlte er sich, als spräche er zu einer Menge.

»Darum betet Paulina auch zu ihrem Herrn, sie von den Zahnschmerzen zu befreien, und ist nicht bei Euch, um den Tyrannen zu bekämpfen, wie Ihr Konrad, das rechtmäßige Oberhaupt von uns Christen, zu nennen beliebt.« Magdalena blieb ungerührt. Mich verwunderte ihre Treue zu Konrad, die sie dergestalt ausdrückte. Ich begann zu fürchten, daß sie gar nicht mehr ernsthaft vorhatte, mit El Arab zu ziehen.

»Seine Rechtmäßigkeit als geistliches Oberhaupt stellt kein Bürger in Frage, wohl aber seine Taten als Fürst von Köln, die ihn zum Tyrannen werden lassen, einem abergläubischen zudem – das ist, wie Ihr mir zugeben müßt, eines christlichen Oberhauptes unwürdig«, ereiferte sich Wilbert. »Aber nicht wir sind verantwortlich für diese Unwürdigkeit, sondern er.«

»Gott hat mir die Kraft gegeben zu heilen. Gott hat mir die Kraft gegeben, demütig vor ihm zu sein. Gott hat mir die Kraft gegeben, für meine weißen Frauen zu sorgen. Gott hat mich nicht beauftragt, einen Tyrannen zu stürzen.« Magdalena war nicht zu bewegen.

»Nun nehmt diesen ehrenvollen Auftrag, so bitte ich Euch, von den Bürgern der Stadt Köln an«, beharrte Wilbert immer noch.

»Ich stehe ganz im Dienste unseres Herrn Jesus Christus. Von jemand anderem Aufträge anzunehmen, wäre ein Ungehorsam, dessen ich mich nicht schuldig machen möchte«, schloß Magdalena.

Jäh wandte Wilbert sich zum Gehen. Es fiel kein weiteres Wort mehr zwischen ihnen.

»Damit«, sagte El Arab besorgt, aber wohl auch verletzt wegen ihres offenkundigen Eintretens für Konrad, »hast du dir einen mächtigen Feind geschaffen.«

»Nein, mein Liebster, ich habe nicht mir einen Feind geschaffen, sondern es hat sich uns ein Feind des Herrn offenbart.«

*

Dann aber wurde Magdalena zu einer frommen Frau gerufen, die unter Qualen ein Kind zur Welt bringen sollte. Es war Maria, die Tochter von Ingotrude, des reichen Tuchmachers Gregor Witwe, die ihre

Tochter hatte enterben wollen, weil sie ihrem Mann treu blieb. Als Magdalena bei Maria angekommen war, war das Kind jedoch schon tot. Die Mutter und alle Verwandten klagten laut, nicht nur über den Tod selbst, sondern auch über das harte Schicksal des ungetauften Kindes, für das es keine Rettung gäbe.

»Euer Kind, Maria, liebste Schwester, ist unschuldig«, sagte Magdalena sehr sanft zu der klagenden Mutter.

»Gott hat ihm das Leben genommen für eine Schuld, die wir nicht verstehen. Mein armes Kind! O Gott, warum hast du ihm das angetan? Warum? Warum?« jammerte Maria.

»Gott will nicht, Maria, daß wir sterben«, fuhr Magdalena standhaft fort. »Sonst hätte er nicht seinen Sohn geopfert, um uns den neuen Bund anzubieten, der allen Menschen das ewige Leben verspricht.«

»Mein totes Kind konnte in den Bund nicht einstimmen, denn es starb vor der Taufe und nimmt also die erste Sünde mit ins Grab. Es wird die Strafe büßen müssen, die ihm gebührt. Oh, wie grausam! Wie grausam ist doch sein Schicksal! Gott, warum hast du mir das angetan? Warum? Warum nur?«

»Euer Kind, Maria, hat keine Sünde begangen, also wird Gott, der gerecht ist, es nicht bestrafen. Es ist unschuldig und unschuldig gestorben. So steht geschrieben: ›Werdet wie die Kinder, und ihr werdet ins Himmelreich aufgenommen.‹ Hätte der Herr uns dies gesagt, wenn er vorhätte, unschuldige Kinder dem Teufel zu überlassen? Nein, er hat dies gesagt, damit wir uns an der Unschuld der Kinder ein Vorbild nehmen, auf daß wir würdig werden, in sein Reich zu gelangen.«

»Oh, welches Unglück! Warum mußte mein Kind sterben? Warum nur? Warum?«

»Gott will nicht, daß wir sterben«, wiederholte Magdalena. »Dies ist die Sünde der ersten Eltern, die wir büßen: nämlich daß eine beschädigte Natur auf uns gekommen ist, die zur Hinfälligkeit neigt. Und also hat Euer Kind die Buße schon getan, denn keine andere Buße kommt ihm zu, und es kann unmittelbar in den Himmel zum Vater aufsteigen.«

Jetzt erst schien Magdalena zu der klagenden Frau durchgedrungen zu sein. Diese richtete sich von ihrem verwaisten Wochenbett auf und griff nach Magdalenas Hand.

»Seid Ihr sicher? Sollte es sein, daß es meinem toten Kinde gut ergeht? Ihr seid eine Heilige. Ihr müßt dies besser wissen als alle anderen. Ist es so, daß es ihm gut gehen wird?«

»Ja, so wahr wie die Tatsache, daß Gott im Himmel unser gütiger Vater ist, so wahr ist, daß er unschuldige Kinder nicht verderben kann.«

»Ist es möglich, daß Ihr es, obgleich ich untröstlich bin, daß mein Kind gestorben ist, bevor ich es kennenlernen konnte, vermögt, mich dennoch zu trösten?«

»Nicht ich tröste Euch, Maria, gute Frau, sondern das Vertrauen auf die Güte und Barmherzigkeit des einen Gottes, der für uns sorgt, ob wir wachen oder schlafen.«

»Ich bitte Euch, heilige Magdalena, daß Ihr mein Kind segnet, denn ich bin sicher, daß ich keinen Priester finden werde, der dies übernähme.«

Unverzüglich kam Magdalena der Bitte der unglücklichen Mutter nach und stellte sich vor den toten Leib des Kindes, das nach Gottes unerforschlichem Ratschlusse nie hatte leben sollen. Dann sprach sie diese Worte:

»Im Namen des Vaters, des Sohnes und des heiligen Geistes«, betete Magdalena. »In dir, namenloses und ungetauftes Kind, das du gestorben bist, bevor du zu leben begonnen hast, ist die Kraft all derer, die unschuldig und ungehört sterben. Es ist die Kraft, die Gott verleiht, nicht um den Tod zu vermeiden, sondern um ihn zu überwinden. Es ist die Kraft des neuen Bundes, der uns das Vertrauen gibt, daß wir leben werden, nachdem wir gestorben sind. Der uns das Vertrauen gibt, daß wir nur eine zeitliche Strafe für unsere Sünden büßen müssen, aber in Ewigkeit gerettet sind durch den Tod des Herrn selbst, der auferstanden ist.

Herr, wir bitten dich: Nimm dieses unschuldige Kind, das für unsere Sünden gestorben ist, in deine Hände und entlohne ihm, daß es, ohne selbst Schuld auf sich genommen zu haben, büßen mußte.

Herr, wir bitten dich: Nimm dich unserer Seelen an, denn wir sind hilflos in diesem Jammertale und erwarten das Glück durch deine Gnade.

Herr, wir bitten dich: Laß uns standhaft sein im Glauben an dich und im Gehorsam dir gegenüber, auch wenn andere meinen, uns in deinem Namen fälschlich beschuldigen zu können. Wenn sie uns verfolgen, laß uns standhaft sein.

Herr, wir bitten dich: Sei uns ein guter Hirte, ob wir Sünder sind oder nicht.«

Die Verwandten der Mutter hatten sich nun auch beruhigt, aber nicht alle waren mit dem einverstanden, was sie gesehen und gehört hatten. Der eine oder andere murrte, daß das, was Magdalena gesagt und getan hatte, gotteslästerlich sei. Darunter befand sich auch die Mutter von Maria, die böse Ingotrude. Ebenso Ursula, des Fleischhauers Gemahlin, die, ohne daß ich den Grund wußte, seit der Begegnung in der Krohn-Apotheke zu Magdalenas Feinden zählte.

El Arab jedoch beglückwünschte Magdalena später überschwenglich, weil das, was sie getan habe, ebenso mutig wie gottesfürchtig gewesen sei.

Sie aber antwortete: »Weißt du noch, daß du mich auf dieses Thema gebracht hast? Du warst es, der durch meinen Mund gesprochen und der armen Frau Trost gespendet hat. Ich aber werde nun die Feindschaft erfahren, die du hinnehmen mußtest. Aber das bin ich meinem Gott schuldig.«

*

Außerhalb von Köln, Anfang April 1252

Am folgenden Tage, mit dem der April begann, zeigte El Arab Magdalena sein Heer der Befreiung. Es sollte ein langer und beschwerlicher Ritt werden (währenddessen Paulina meinen geliebten Sohn hütete), bis wir an die Lager gelangten. Da ich die Stadtgrenzen von Köln noch nie überschritten hatte, fand ich mich, sobald wir jenseits der Stadtmauer gelangt waren, nicht zurecht. El Arab dahingegen blühte auf. Wir waren nur zu dritt, und immer wieder erkundete El Arab den Weg, der vor uns lag, und prüfte den Weg, der hinter uns lag.

Der beständige Frühjahrsregen hatte alle Wege morastig gemacht, und die Pferde kamen nur mühsam voran. Hinter den weiten Feldern schloß sich ein düsterer Wald an, in welchem ich mich sehr fremd fühlte. Mir war, als wäre ich in ein dunkles Loch geraten. Nichts um mich herum konnte ich erkennen. Es roch auf fremde Art modrig, nicht so, wie ich es kannte. Es war still und nicht laut. Aber die Stille war nicht perfekt, sondern wurde durch ungewohnte Geräusche unterbrochen. Ich zuckte zusammen. Mein Gesäß schmerzte vom langen Reiten. Mir war elend.

»Dies ist die Natur, wie Gott sie geschaffen hat«, sagte Magdalena zu mir.

Ich antwortete nicht, sondern zuckte erneut zusammen.

»Du brauchst keine Angst zu haben, vor überhaupt nichts. Es ist Gottes Natur.« Magdalena schien sich nicht mehr zu beunruhigen.

Es schüttelte mich.

»In der Stadt lauern Gefahren, weil der Mensch dem Menschen gefährlich ist. Hier herrscht Gottes Frieden, genieße ihn.« Magdalena ließ sich nicht beeindrucken.

El Arab war vorgeritten, um den Weg zu erkunden, und kehrte nun zurück. »Ja«, sagte er. »Gottes herrliche Natur. Wie ich die Stadt hasse und die Natur liebe. Aber ich verstehe, daß man die Natur lieben lernen muß.«

»Ihr machtet nicht den Eindruck«, entgegnete ich zitternd, »daß Ihr die Stadt haßt. Die Annehmlichkeiten der Stadt liebt Ihr, und Ihr benehmt Euch, wie es sich für einen Ehrenmann geziemt.«

»Ich kann Christ werden, und doch bleibe ich Moslem«, antwortete El Arab. »Ich lebe in der Stadt wie ein Fisch im gemächlichen Wasser, und doch liebe ich das Wasser des wilden Baches mehr.«

»Die Bücher«, erwiderte ich, während ich die Zähne aufeinanderbiß, damit sie nicht zu sehr klapperten. »Was Euch hier fehlt, sind die Bücher.«

»Ja«, gab El Arab frohgelaunt zurück. »Darum hat Gott es zugelassen, daß die Menschen die Städte bauen.«

Später, als es wirklich dunkel zu werden drohte, ließen wir uns zur Nacht nieder. El Arab hatte eine Lichtung nahe einem See ausgesucht und ein kleines Feuer entfacht. Er verließ uns wiederum kurz und kam mit einem Hasen zurück, den er erlegt hatte. Er verstand es, ihn am Feuer zuzubereiten. Wir tranken vom Wasser des Sees, und ich fühlte mich schon viel heimischer. Ich sah El Arab an, während er im Feuerschein genüßlich an einer gerösteten Hasenkeule nagte. Sultan? Edelmann? Gelehrter? Alles andere, aber nicht dies konnte man in ihm sehen.

Dann erzählte er uns, wie es dazu gekommen war, daß er sein Heer der Befreiung in der Nähe von Köln im Machtbereich des Erzbischofes hatte sammeln können.

»Meine Getreuen, die mir geblieben waren, darunter mein bester Freund, Ibrahim mit Namen, der Sohn des Hassan, dessen Frau aus der Familie meines Vaters stammt, und ich waren, wie gesagt, auf der Flucht, gejagt von unseren Feinden, den dreckigen Feinden des herrlichen Sonnenreiches, und auf der Suche nach einem Ort, wo wir unsere Freunde sammeln konnten, um zum Gegenschlag gegen die Hunde ausholen zu können.

Wir kamen auf diese Weise immer weiter nach Norden ab in das heilige römische Reich deutscher Nation. Es gab dort einen Grafen, den buckligen Grafen Wilhelm von Dampierre, der seinen Bauern das letzte abpreßte und über den wir hörten, daß er fromme Menschen als Ketzer verfolgte und tötete, mit einem Wort: ein Widerling, der den Tod verdiente und der obendrein uns ans Leder wollte. Uns aber gelang es, diesen schmutzigen Stellvertreter des Satans in unsere Gewalt zu bringen.

Zu unserem Glück, das der Allmächtige uns dieses Mal hold sein ließ, war es der nämliche Graf von Dampierre, der dem von den Erzbischöfen auserwählten Usurpator das Leben schwer machte. Und da dieser Pfaffenkönig, wie ihr wißt, kein Kriegsmann ist, Dampierre der Bucklige dagegen ein bekannter Haudegen der rüpelhaftesten Art, kam er ihm nicht auf anständige Weise bei.

Wir schlossen also diesen Pakt mit dem König: Wir würden ihm den buckligen Grafen zuführen wie ein Jagdwild, wenn er uns dafür eine Lagerstätte für unser Heer der Befreiung bereitstellen würde. Da der Erzbischof von Köln dem König sehr zu Dank verpflichtet ist, zwang dieser jenen, uns den begehrten Ort und die notwendigen Schutzgarantien zur Verfügung zu geben.

So also geschah es, wie ihr wißt, daß der Pfaffenkönig, ein bekannter Feigling, seinen ärgsten Feind, den Grafen Wilhelm von Dampierre, den Buckligen, einen bekannten Raufbold, zu besiegen vermochte.«

Nun sollte sich also erweisen, daß der langsame Gisbert, als er uns dasselbe berichtete, zu unser aller Entsetzen recht gesprochen hatte. Ich dachte daran, wie er die Grausamkeit El Arabs und des Pfaffenkönigs beschrieben hatte. Das, was ich schon lange befürchtete, hatte sich nun bewahrheitet! Hätte ich nicht erschaudern sollen? Wäre es nicht angemessen gewesen, El Arab dieser Schandtat wegen ebenso zu hassen wie zu fürchten? Oder hatte er ein Recht, so zu handeln, weil er selbst ein Verfolgter war? Ich spürte eine neue Kraft in mir aufsteigen, die nämlich, El Arab entgegenzutreten.

»War es dann nicht sehr gefährlich«, fragte ich also herausfordernd, »daß Ihr Euch öffentlich so gegen den Erzbischof gestellt habt?«

»Ja. Ich spiele gern ein wenig mit dem Feuer. Doch war Konrad klar, daß ich über ein Wissen verfügte, das, wäre es von mir im Lande verkündet worden, seinen geliebten Pfaffenkönig in eine mißliche Lage gebracht hätte. Das wollte er freilich nicht. Und sehe ich so aus, als ob ich meine Ideale für ein bißchen Sicherheit aufgebe?« fragte El Arab selbstgefällig. »Im übrigen habe ich ihm das Leben gerettet, als es darauf ankam. Das allein zählt.«

»Und daß Ihr Graf Wilhelm den Buckligen, der beim Volke, trotz der von Euch aufgezählten und zweifelsohne bösen Taten, sehr beliebt war, dem König zum Morde hergerichtet habt, obwohl Ihr die Macht des Königs über die Fürsten ablehnt, ist nicht gegen Eure Ideale?« Ich war äußerst aufsässig, doch ich mußte nun einmal wissen, wie dieser Widerspruch zu lösen sei.

»Ha«, machte El Arab. »Ha, du bist klug und bewandert in der Logik, die du von mir erlernt hast. Ja, das habe ich für mein Heer der Befreiung und mein Sonnenreich getan. Es ist eine Sünde. Eine Sünde, die ich nicht vermeiden konnte. Ich mache mir keine Vorwürfe daraus, und du solltest es auch nicht tun.« El Arab wußte auf alles eine Antwort.

Noch aber gab ich mich nicht zufrieden. »Die Dominikaner, die Ihr so verehrt«, sagte ich frech, »beteiligen sich allzumal an den Ketzergerichten, an der Inquisition gegen Menschen, die den Glauben anders auslegen als sie.«

»Herrgottsakrament«, fluchte El Arab und verdeckte seine Augen. »Ja, du magst wohl recht haben. Auch sie verraten die Ideale des Denkens. Dafür wird Gott sie, so hoffe ich, tüchtig bestrafen. Doch immerhin versuchen sie, anders als die verfluchten Franziskaner, zu denken, während sie töten und anderes Unrecht tun. Das gereicht ihnen zur Ehre.«

Auf einmal erkannte ich, daß ich falsche Erwartungen an die Menschen gestellt hatte, die ich liebte. Sie sollten ohne Fehl und Tadel sein. In Wirklichkeit jedoch waren wir alle nur arme Sünder: mein Bruder, Konrad, El Arab, ich selbst und sogar Magdalena, die eine Heilige war, niemand konnte leben, ohne dabei Sünden zu begehen. Ich mußte die Menschen lieben nicht nur trotz, sondern vielmehr auch gerade wegen ihrer Sünden – das war die frohe Botschaft unseres Herrn. Pater Bueno hatte dies erfahren müssen, wie er in seiner Predigt bekannte, in der er sein Schweigen gelobte. So war auch mir diese Lehre in Demut erteilt worden. Meine Glieder entspannten sich, und mein Geist umfing in Liebe die ganze Welt, während der Herr mir den wärmenden Frieden ins Herz legte.

In der Nacht wurde es trotz des Frühjahrs noch kalt, und wir rückten sehr dicht zusammen, so wie ich es von meinem Elternhaus gewohnt war.

Am Morgen erwachte ich mit einem starken Verlangen. Ich bemerkte, daß mich El Arabs Männlichkeit berührte. Ich wußte durch den engen Kontakt zu meinen Brüdern wohl, daß das männliche Glied im Schlaf wachsen kann, wenn es durch entsprechende Träume dazu angeregt wird. Magdalena war zum See gegangen, wusch sich und betete. Vorsichtig drehte ich mich um, erhob meinen rechten Schenkel, ergriff El Arabs Pfeil und führte ihn in meine Öffnung ein, auf daß er mich pfeffern möge, wie ich es vom Erzbischof her kannte. Dies konnte nicht geschehen, ohne daß El Arab erwachte. Er legte seine Hände auf mein Gesäß und zog mich kräftig an sich heran. Da er erkannte, daß ich nicht Magdalena war, gab er keinen Laut von sich, auch nicht, als er sich ergoß und ich die wohlige Wärme in mir aufsteigen fühlte. Danach stand er auf, ging zum See, wusch sich und betete.

Innerlich betete auch ich, aber mein Gebet war von Verzweiflung gezeichnet, denn ich wünschte mir so sehr, es wäre Konrad gewesen, der mir beigewohnt hätte.

»Guter Herr«, betete ich, »rechne es mir, der Elendsten der Elenden, der Unglücklichsten aller Unglücklichen, nicht zu sehr als Sünde an, daß ich meinem geliebten Konrad untreu geworden bin, der von meinem Bruder in guter Absicht, aber mit böser Folge seiner Manneskraft beraubt worden ist.« Obgleich El Arab sicherlich besser ausgestattet war, als Konrad es je gewesen ist, mußte ich doch zugeben, daß ich meine Seele dem Teufel verkauft hätte, wenn ich hätte im Bette mit Konrad vereinigt sein dürfen.

Magdalena aber sagte später zu El Arab: »Ich möchte nicht, mein Geliebter, daß du meine Magd zu dir nimmst, wo du doch noch gar nicht weißt, ob ich unfruchtbar bin oder nicht.« Wie hatte sie das bemerken können?

El Arab sagte nichts. Dann setzten wir schweigend unseren Ritt fort.

Als El Arab wieder einmal vorauseilte, um den Weg zu erkunden, sagte ich zu Magdalena: »Hohe Herrin, verzeiht ihm, denn es ist allein meine Schuld gewesen.«

Magdalena schaute mich traurig an. »Es ist mein Schicksal, die Männer mit dir teilen zu müssen.« Nach einer Weile setzte sie hinzu: »Es ist in seiner Religion kein Treuebruch, die Magd des Hauses zu sich zu nehmen, wie du aus dem alten Testament weißt. Darum ist ihm kein Vorwurf zu machen. Auch dir möchte ich keinen Vorwurf machen, denn ich wünsche mir, daß ich dich auch dann noch zur Freundin habe, wenn mich alle irdischen Männer dereinst verlassen haben werden.«

»Das dürft Ihr nicht denken, hohe Herrin!« rief ich verzweifelt.

Magdalena war nicht zu erreichen. »Das denke ich. Das weiß ich. Das will ich«, sagte sie kurz, lachte mich dann an und strich mir zärtlich über das Haar. Immer, wenn sie das tat, kehrte Ruhe in mein Herz ein und ich vergaß alle meine Seelenpein.

*

Der Ort, zu welchem uns El Arab alsbald führte, war wüst und schlammig. Die Menschen hier aber waren merkwürdig von freudiger Erregung erfaßt. Ich hörte viele fremde Sprachen und sah viele fremde Kleider, die alle vom Schlamm beschmutzt waren, zum großen Teil zerrissen oder notdürftig geflickt. Grobe und feine, einfältige und kluge, helle und dunkle, große und kleine Gesichter sah ich.

Uns kam ein arabisch aussehender Mann entgegen, der sich, als er ihn erkannte, unverzüglich vor El Arab in den Schlamm warf und sagte:

»Sultan Ibn Rossah, Sonne meines Glücks, Stellvertreter des Propheten auf Erden, rechtmäßiger Herrscher über mich und meinesgleichen, geliebter Führer unseres Heeres, Retter aus aller Not, ich bitte Euch, nehmt die Ehrerbietung an, die ich Euch entgegenbringe, von mir, der nicht wert ist, Euren Füßen als Grund zu dienen. Willkommen bei denen, die Euch die ewige Treue geschworen haben und für Euch in den Tod ziehen werden.«

El Arab stieg vom Pferde und half dem kaum jüngeren, aber sehr viel kräftigeren Manne mit den vorstehenden Hasenzähnen, aus dem Schlamme aufzustehen.

»Ibrahim, mein Freund, mein Helfer, der Treueste aller meiner Treuen, die Hoffnung meiner Mission, ich bitte dich: Erniedrige dich nicht in dieser Weise vor mir, der ich nur ausführe, was Allah von uns erwartet. Ich danke dir für deinen herzlichen Empfang, und ich befehle dir, dich als mein Freund zu gebärden und nicht als mein Diener.«

Ibrahim lachte El Arab ohne jeden Arg an: »Herr, wir alle können es kaum erwarten, in den Krieg zu ziehen, um das zu gewinnen, was uns Heimat werden soll.«

»Der Tag wird kommen, Ibrahim, mein Freund, der Tag wird kommen. Heute ist die Stunde, da ich dir die Edelfrau Magdalena vorstelle, bei den Christen eine Heilige, bei uns die Königin an meiner Seite. Sowie ihre Magd, nein, vielmehr ihre Tochter, meine Dienerin, nein, vielmehr meine Beraterin.«

»Schalom«, sagte Ibrahim sehr freundlich zu uns und lachte wieder aus vollem Hals. »Christen sind wir, Juden und Moslems. Aber vor allem sind wir Kämpfer. Kämpfer für unseren Sultan, für unsere Heimat, für das Buch, das uns leitet in das Land des ewigen Glücks.«

Jetzt bemerkte ich, daß er eine Kette mit Holzperlen um den Hals trug, woran ein Zeichen hing, ebenfalls aus Holz: der Davidstern der Juden als Grund, darauf das Kreuz der Christen und als oberstes der Halbmond des Propheten. Er holte eine weitere solche Kette aus seinem umgehängten Tuche und streifte sie El Arab, der seinen Kopf neigte, über. Ebenfalls gab er uns derartige Ketten, damit wir sie uns umlegten. Später sah ich, daß alle im Lager, ausgenommen die Gefangenen, solcherart Ketten umhatten.

El Arab fühlte sich hier offensichtlich sehr wohl. Er hatte alle seine Steifheit und Förmlichkeit abgelegt, die wir an ihm kannten.

»Ibrahim, ich möchte, daß sich die Leute versammeln.«

Ibrahim lachte wieder und verschwand.

Wir gingen nun neben unseren Pferden in das Lager. Im Zentrum des Lagers befand sich eine Art Versammlungsplatz. El Arab geleitete uns in dessen Mitte, während seine Leute zusammenströmten. Ibrahim stieß wieder zu uns und stellte sich zur Linken von El Arab auf, während Magdalena sich auf seiner rechten Seite befand. Ich dagegen nahm, wie es mir gebührte, hinter ihr Aufstellung.

»Der Tag wird kommen«, rief El Arab mit kräftiger Stimme in die Runde.

»Der Tag wird kommen, erhabener Sultan«, erschallte die Antwort.

»Der Tag wird kommen, wo wir unsere Heimstatt finden werden.«

»Der Tag wird kommen, erhabener Sultan.«

»Der Tag wird kommen, wo unsere Not ein Ende hat für alle Zeit.«

»Der Tag wird kommen, erhabener Sultan.«

»Der Tag wird kommen, wo niemand mehr für den Dienst an seinem Gott wird leiden müssen.«

»Der Tag wird kommen, erhabener Sultan.«

El Arab machte eine Pause.

Die Männer des Heeres – ich zählte kaum fünfzig, also ganz und gar nicht so viele, wie ich mir unter einem Heer vorstellte – schauten ihn erwartungsvoll an, bis er endlich fortfuhr: »Der Tag ist gekommen, wo ich euch voller Stolz eure Königin Magdalena vorstelle.« Wie um ihn zu bestätigen, stieg ein wunderschöner großer Regenbogen über den Wipfeln auf.

»Der Tag ist gekommen, erhabener Sultan.« Dann stampften und grölten die Leute und schlugen ihre Schwerter aneinander, daß wir für lange Zeit nichts verstehen und nichts sprechen konnten.

»Der Tag ist gekommen«, brüllte El Arab in den ohrenbetäubenden, nicht enden wollenden Lärm, »wo ich euch voller Stolz das Buch präsentiere, das ich gesucht habe, das aber auf uns gekommen ist durch diese tapfere Magd.« El Arab zog das Buch hervor und hielt es hoch. Der Lärm ebbte auf wundersame Weise ab. »Der Tag ist gekommen, wo dieses Buch mich ablösen kann, um die Führung unseres Heeres zu übernehmen.«

»Der Tag ist gekommen, erhabener Sultan.«

Nun erhob sich der Lärm erneut, und zwar derart, als müsse er den voraufgegangenen an Stärke übertönen. El Arab wartete, bis sein Heer der Befreiung sich beruhigt hatte.

»Der Tag ist gekommen, wo wir, wie wir es verabredet und eingeübt haben, aus diesem Buch lernen werden, damit jeder weiß, wofür er kämpfen und vielleicht sterben wird.«

»Der Tag ist gekommen, erhabener Sultan.«

Ich erwartete das Aufbrausen des Lärmes, aber es blieb still, und so wandte ich mich an Ibrahim und flüsterte ihm eine Frage zu: »Wißt Ihr, was in dem Buch steht?«

Ibrahim lachte. Dann deutete er mit dem Finger auf seinen Kopf und sagte: »Ja, es steht geschrieben, daß wir alles, was wir brauchen, da oben schon drinnen haben.«

Es wurde eine Schatulle in die Mitte gebracht, die mit Gold verziert und über und über mit wertvollen Steinen besetzt war. Sie funkelte und glitzerte in der Mittagssonne. Der Sultan legte das Buch in die Schatulle. Es schien ein Ritual zu sein, das schon lange ausgeführt wurde, allerdings ohne das Buch. Ehrfürchtig wurde die Schatulle entgegengenommen und weggebracht. Die Versammlung löste sich auf.

Alsdann führte mich El Arab dorthin, wo der langsame Gisbert in Ketten gelegt war.

»Nun werden wir die Wahrheit erfahren«, sagte er zu mir. Dann wandte er sich an den langsamen Gisbert, der ausdruckslos vor sich hin stierte: »Dein Leben gegen die Wahrheit.«

»Mein Leben ist keinen Deut mehr wert«, antwortete der langsame Gisbert tonlos.

El Arab ergriff ihn mit harter Hand. Der langsame Gisbert wand sich in Schmerzen.

»So schlecht«, sagte El Arab, »daß man dem Schmerze nicht zu entkommen sucht, kann es einer Seele in einem Körper gar nicht gehen, solange der Körper noch einen Funken Leben in sich birgt.«

»Gisbert«, fragte ich, »warum bloß hattet Ihr meinen Tod gewollt?«

»Ihr wußtet etwas, was Ihr nicht wissen solltet«, antwortete er matt. »Ich dachte, ich tue dem Erzpfaffen einen Gefallen. Statt dessen werde ich ausgeliefert und bestraft. Der Teufel weiß, warum. Pah! Das nennt sich fürstliche Dankbarkeit!«

»Du hattest dir das falsche Opfer ausgesucht«, sagte El Arab belustigt. »Dieses Mädchen, das du vergiften und erwürgen wolltest, ist, wie du nicht wissen kannst, ein weiteres nettes Geheimnis des Erzbischofes: Sie ist die Mutter seines Sohnes, der nach allem, was wir wissen, auch sein einziger bleiben wird. Verstehst du? Für sie würde er alles tun, du Narr!«

»Ihr seid ein Narr!« rief der langsame Gisbert. »Ihr habt ihm das Leben gerettet, während er Euch ausplündern wollte.«

»Sagt, daß das nicht wahr ist!« schnaubte El Arab. »Ich stand unter dem Schutz des Königs –«

»Den er im Herzen verachtet«, triumphierte der langsame Gisbert. »Um seine bekannten Geldnöte zu lindern, ließ er mich den Kopf des enthaupteten Hufschmiedes vor dem Hause seiner Konkubine aufstellen, zusammen mit dem Pergament, das die erpresserischen Worte enthielt. Am Hahnentor sollte die Übergabe stattfinden: Gold gegen das, was Ihr Euren ›Schatz‹ nennt. Denn dem Vernehmen nach erhieltet Ihr eine unermeßliche Menge an Gold und Silber vom Pfaffenkönig als Lohn für die ›Übergabe‹ des Grafen von Dampierre.«

Ich wandte mich verwundert an El Arab: »Warum habt Ihr ihm nicht gegeben, was er wollte, da es sich doch um Euren Schatz handelte, für den Ihr alles geben würdet?«

»Er hatte das geforderte Gold nicht. So sagte er jedenfalls«, erklärte der langsame Gisbert.

»Ich habe nicht vermutet, daß der Erzbischof hinter der Sache steckt«, gab El Arab zu. »Die Tarnung von Goswin war gut genug. So dachte ich zunächst, es sei ein Räuber, mit dem ich, wenn ich seiner denn habhaft geworden wäre, schon fertig werden würde. Dann verdächtigte ich, verblendet durch meinen Haß auf die Franziskaner, Pater Bueno und die Seinen.«

»Und schließlich hat Goswin das Buch, den Schatz, mir verkauft für eine Summe, die doch sicherlich nicht annähernd so groß gewesen sein kann, wie das, was Konrad vorschwebte«, sagte ich zum langsamen Gisbert.

»Das hat Vetter Goswin nicht im Auftrag des Erzbischofes getan. Dieser glaubte dem Araber sowieso nicht, daß er nicht auch über einen Schatz aus Gold und Silber verfüge, und er plante darob, auf andere Weise sich in Besitz desselben zu bringen: Der Araber sollte von einer Meute, die Wachmann Arnold unterstellt war, entführt werden ...«

»Nein«, stöhnte El Arab erneut, »gestehe, daß das nicht wahr ist! Und das, nachdem ich ihm das Leben gerettet hatte!«

»Ja«, nun war es am langsamen Gisbert, belustigt zu sein, »das ist, wie gesagt, die Dankbarkeit und Treue eines Erzpfaffen.«

Zornrot brach El Arab das Verhör ab und begab sich mit Ibrahim und Magdalena zu einem Zelt. Einige weitere Männer folgten uns. Das Zelt bot leidlich Platz und diente offensichtlich als Quartier des Befehlshabers. Es hatte wohl schon bessere Zeiten gesehen, nun war es aber schlammig wie alles andere hier, dreckig und zerfleddert. Auch schien es Landsknechten als Unterkunft zu dienen, was ich aus den Strohlagern und dem stechenden Gestank schloß, der den allgemeinen Modergeruch noch übertraf.

El Arab zeichnete vor seinen obersten Leuten seinen Plan, wie das Heer der Befreiung nun vorgehen sollte. Man hatte ausgekundschaftet, in welchen Städten und Dörfern auf der Strecke nach Marokko Ketzer oder Juden verfolgt, Bauern ausgeplündert, Frauen gegen ihren Willen verheiratet, untergewichtige Münzen von den Fürsten in Umlauf gebracht, Unschuldige verurteilt wurden oder sonstiges Unrecht geschah: Alle Menschen, die unter solcherart Unrecht zu leiden hatten, wollte man auf dem Wege gewinnen, mitzuziehen. Auf diese Weise würde, einem Kreuzzug gleich, ein riesiges Heer entstehen, das die Heimstatt des Friedens von den Feinden befreien würde.

Am Abend wurde Magdalena zu Ehren ein großes Mahl gegeben, das nicht so glänzend war wie die Gelage des Erzbischofes, aber dafür voller menschlicher Wärme und Lebenslust. Die Nacht verbrachten wir in einem Zelt, das besser erhalten war als alle anderen und nach meinem Eindruck die ganze Zeit über nicht benutzt, sondern allein für El Arab bereitgehalten worden war.

Nachdem El Arab das Blut der hohen Herrin durch liebreizende Worte und Zärtlichkeiten in Wallung gebracht hatte, flehte sie ihn um ein Gespräch von der anderen Seite an (wovon er ja auf dem Feste zu seiner Vorstellung gesprochen hatte). Er legte sie also auf ihren Bauch. Dann hielt er mit seinen Händen sanft ihre Hinterbacken auseinander. Das erinnerte mich daran, wie er die weißen Blätter des Buches von Abaelardus aufgeschlagen hatte. Ihr Hinterteil sah aus wie beseeltes Elfenbein, und er betrachtete es mit Vergnügen.

Dann erkannte er sie auf diese Weise, die ich nicht nur als unkeusch, sondern auch als widernatürlich empfand, vor allem, da mir schien, daß sie der Lust des Mannes keinen Abbruch tat, aber der Frau die dafür geschuldete Freude nicht bereiten konnte. El Arab als Arzt sollte es aber wohl geläufig sein, daß der Mann, der der Frau, die er erkennt, der Freude Gewinn verweigert, sie der »suffocatio matricis« oder schlimmeren Leiden ausliefert.

Ich dagegen überlegte, bevor ich ermattet auf dem harten und kalten Boden einschlief, warum der langsame Gisbert so bereitwillig von den Taten und Plänen Konrads berichtet hatte. Aber natürlich, er fühlte sich ihm nicht mehr verpflichtet, nachdem er von ihm seinem Feinde ausgeliefert worden war. Konnte man davon ausgehen, daß er die Wahrheit sagte? Ich würde ihm nicht glauben, wenn nicht das, was er gesagt hatte, sich zu einem Sinn fügen würde, der unabweisbar auf die Wahrheit hindeutete.

*

Es war Ibrahim, der meine hohe Herrin und mich am anderen Tag zurück nach Köln begleitete. Ibrahim war ein fröhlicher, aber nicht sehr gesprächiger Weggefährte. Ich fragte ihn gelegentlich nach dem Lande des Sultans.

»Wird sich zeigen, bei welchem gottverdammten Ort wir auskommen«, antwortete Ibrahim.

»Aber der Sultan, wie Ihr ihn nennt, ist doch aus seinem Lande, das ihm rechtmäßig gehört, vertrieben worden, wie er sagte. Das Land wollt Ihr, wenn ich das recht verstanden habe, von den bösen Feinden befreien«, wandte ich verwirrt ein.

»Beim Leibhaftigen, überall ist sein Land und nirgends«, gab Ibrahim zurück.

»Ich will nicht verstehen, was Ihr meint!«

»Schon als wir fast noch stinkende Kinder waren, haben wir geträumt von unserem Lande«, begann Ibrahim jetzt doch, etwas ausführlicher zu erzählen. »Der Herr, den wir Sultan nennen ob seiner alles überstrahlenden Kraft, war ein junger Arzt, als er mich Elenden fand, mich, der ich ein hilfloser, kranker Waisenjunge aus jüdischem Hause war. Er nahm mich auf, da er selbst auch schon bei Geburt und nicht wie ein Moslem erst im zwölften Lebensjahr beschnitten worden war.«

»Der Sultan ist Jude? Uns hat er sich zunächst als Christ vorgestellt, bis klar wurde, daß er Moslem ist. Er bezeichnete dann den Islam als seines Vaters Bekenntnis.« Wußte ich es doch, daß man El Arab nichts glauben durfte!

»Als Jude geboren wurde der Sultan im gottverdammten Fes, das im verfluchten Marokko liegt, wo auch die Sonne des großen Moses Maimonides einst geschienen hat. Der Sultan wurde von einem nichtswürdigen Schüler dieses Maimonides unterwiesen und entschied sich dann als Vierzehnjähriger, zum Islam überzutreten, denn als Jude ist man überall nur ein elender Verfolgter. Als er mich fand, gab er mir den arabischen Namen Ibrahim und wurde mir zum zweiten Vater, da ich kaum sechs Jahre zählte. Er aber verdiente sein Geld mit der hochherrlichen Tätigkeit des Arztes und studierte, wenn er Zeit dazu fand.«

»Und Ihr, Ibrahim, habt Ihr mit ihm studiert?« wunderte ich mich, weil ich mich an die Antwort erinnerte, die er auf die Frage nach dem Inhalt des Buches von Abaelardus gegeben hatte. Nein, Ibrahim war mir nicht unsympathisch, aber seine Art zu sprechen ließ ihn als Tagedieb erscheinen.

»Nein, ich übte mich in der Kunst des Krieges«, lachte Ibrahim. »Das vermaledeite Denken ist nichts für mich einfältigen Menschen. Und einer von uns mußte ja, verflucht noch mal, im Kampf den Mann stehen.«

»Wir haben selbst gesehen«, empörte ich mich gegen die Unterstellung, El Arab sei ein Weichling, »wie tapfer der Sultan kämpft.«

»Ja, ja.« Ibrahim lachte wieder. »Die harte Schule des jammernswerten Lebens hat ihn schließlich gelehrt, daß man kämpfen muß in diesem unseligen Dasein.«

»Ist der Sultan wirklich zum Christentum übergetreten?« Ich setzte das Gespräch fort, obwohl ich mir nicht sicher war, ob ich die Antworten, die ich bekam, ernst nehmen oder glauben konnte. Ibrahim, das stand für mich fest, redete, was ihm gerade in den Sinn kam.

»Es gibt Zeiten, da werden wir auch verfolgt, wenn wir uns nicht zu unserer elenden Religion bekennen. Und als dies uns widerfuhr, zogen wir ins verwünschte Spanien und wurden dort gottverfluchte Christen. Aber sein reines Herz hängt am Propheten, während ich nie aufgehört habe, Jude zu sein. Wir träumten also von einem hochherrlichen Königreich, in welchem jeder fromme Mensch, gleich welchen Bekenntnisses, zu seinem Gott beten kann, ohne dafür gestraft zu werden.«

»Und wo wolltet ihr es finden, dieses Land?«

»Überall und nirgends«, antwortete Ibrahim und lachte. »Wir träumten einen gottverdammten Traum. Dabei trafen wir auch andere Elende, die heimatlos in ihrer verfluchten Heimat waren und bereit, mit uns zu träumen. So kam der Sultan auf die hochherrliche Idee, dem Traume ein wenig höllische Wirklichkeit verleihen zu wollen. Und dies ist das tapfere, sonnengleiche Heer der Befreiung, das Ihr wohl gesehen habt.«

»Ihr sagtet, der Sultan sei im Herzen Moslem, aber das Buch, das er so verehrt und Ihr mit ihm, ist ein christliches.« Hinter seiner lästerlichen Sprache schien Ibrahim nicht nur ein großes Herz, sondern, allem Anschein zum Trotze, doch auch einiges an vernünftiger Überlegung zu verbergen.

»Ja, verflucht, Herz und Verstand«, lachte Ibrahim nur, wie um meine aufkeimende Hochachtung für ihn Lügen zu strafen.

Ich gab noch nicht auf. »Wißt Ihr, warum der Sultan zum Islam übergetreten ist? Wäre es nur, um der Gewalt zu entkommen, warum hat dann dieses Bekenntnis sein Herz erobert?«

»Er sah, verflucht, daß Allah, der Allbarmherzige, sehr betrübt darüber ist, was seine verhurten Jünger auf dieser lausigen Erde in seinem gottverdammten Namen tun.«

»Der Sultan«, wechselte ich das Thema, nicht um abzulenken, sondern weil mir so viele Fragen durch den Kopf gingen, »hat von den Ismailias, den Jüngern der Vernunft, gesprochen, zu denen sein Vater angeblich gehört hat, die von den Lehren eines großen mongolischen Weisen namens Buddha geprägt seien.«

»Soweit ich weiß«, antwortete Ibrahim nun erstaunlich ernst, »sind diese Ismailias vor Hunderten von Jahren, zur Zeit des hochherrlichen Ibn Sina, besiegt worden, und der Einfluß der Mongolen ist völlig aus Arabien verbannt worden.«

»Ihr seid viel herumgekommen«, sagte ich beharrlich. »Ist das Königreich Granada so großartig, wie man erzählt? So, wie Eure Heimstatt werden soll?«

»Pah.« Ibrahim spuckte aus. »Ein Dreckloch. Nichts weiter. Kein Wort mehr darüber.«

Er schien von schlechten Erinnerungen überwältigt zu werden, und wortlos ritten wir weiter.

»Herz und Verstand«, wandte ich mich schließlich an Magdalena. »Würdet Ihr es, hohe Herrin, auch so sehen, daß das Herz für den Islam und die Vernunft für das Christentum spricht?«

»Mein Herz«, antwortete sie und brachte ihr Pferd nahe neben meines, »gehört Jesus allein. Dieses Geheimnis des Glaubens: Gott ist Mensch geworden, sündiges Fleisch, das leidet, und ist für uns gestorben, für unsere Sünden, damit wir leben – dieses heilige Geheimnis, das das Herz wärmt, wenn es auch am wundesten und kältesten ist, finde ich in keinem anderen Bekenntnisse als dem unsrigen. Der Verstand kann sich da nur wundern und demütig folgen.«

»Das hast du schön gesagt«, zitierte ich El Arab. Die hohe Herrin schaute mich an und strich mir über mein Haar. Die Natur schreckte mich nicht mehr so stark wie auf dem Hinweg. Langsam begann ich, sie zu lieben. In der Nacht achtete die hohe Herrin darauf, daß Ibrahim ein wenig abseits schlief, und am Morgen setzten wir unseren Ritt fort.

*

Etwa um die Vesper waren wir zurück und befanden uns vor den Stadttoren von Köln, wo sich Ibrahim von uns verabschiedete. Denn es war ja ausgemacht, daß der Sultan Magdalena erst holen werde, wenn er seinen Kriegszug siegreich beendet habe.

In der Stadt angekommen, erfuhren wir aber, daß Wilbert mit Unterstützung des kleinen Bonaventura den Kopf von Magdalena fordere.

»Er sagt«, schluchzte Paulina, als sie uns an der Pforte des weißen Hauses in Empfang nahm, »daß Ihr eine Ketzerin seid. Weil Ihr bestreitet, daß die Kirche notwendig sei, um die Gnade zu erlangen. Denn Ihr habt ja die unglückliche Maria getröstet, deren Kind vor der

Taufe starb. Sie sagen, Ihr würdet die Kirche angreifen, um Euch selbst auf den Thron des Herrn zu setzen. Man beschimpft Euch, daß Ihr mit Eurem Tun die Macht des Erzbischofes der Kontrolle der Kirche und der Bürger entziehen wolltet, um ihn selbst zum Gott auszurufen. Sie sagen, außerhalb der Kirche gäbe es keine Gnade, und wer etwas anderes behaupte, müsse ein Ketzer sein. Ein ungetauftes Kind sei nichts als Kot und korruptes Fleisch, und nichts sei ihm aus Gerechtigkeit geschuldet. Wer etwas anderes behaupte, greife die Gerechtigkeit Gottes selbst an. Außerdem sagen sie, die heiligen Wunder und Visionen von Euch seien in Wahrheit Teufelswerk. Ihr habet zuerst Konrad und dann Pater Bueno verhext und in Eure Gewalt gebracht. Es wird auch erzählt, Ihr hättet sogar versucht, den Gildemeister selbst zu verhexen, aber das sei Euch natürlich nicht gelungen. Man erzählt sich, er habe das Kreuzzeichen gemacht, und Ihr wäret daraufhin zurückgewichen. Das erzählt man sich, und wir sind machtlos.«

Paulina hielt inne und schaute Magdalena erwartungsvoll an. Magdalena aber erstarrte, schien unverletzlich zu sein und sagte nichts.

Paulina fuhr fort: »Was sollen wir nun tun, damit sie ablassen von Euch? Wie können wir ihnen bezeugen, daß Ihr eine gute Christin seid, barmherzig in Eurem Tun, demütig in Eurer Seele, bereit, Euch von Gott unterwerfen zu lassen, mildtätig den Kranken, Waisen und Verfolgten gegenüber, reuig vor Gott, von Gott wegen Eurer Vorzüge mit der Heilkraft und der Sehkraft ausgestattet? Sie wollen es nicht mehr glauben, die Bürger von Köln. Sie sagen, unkeusch sei Euer Leben mit Konrad gewesen, aber man hätte Nachsicht mit Euch gezeigt, weil es das Recht des Fürsten der Stadt sei, eine Konkubine zu haben, wenn auch nicht das Recht des hohen kirchlichen Amtes, vielmehr seine Schande. Weiter aber sagt man, was unkeusch war mit Konrad, sei im höchsten Maße verabscheuungswürdig, was den Araber betrifft, der den Unfrieden in unsere Stadt gebracht habe. Der Rabbi selbst hat gegen Euch ausgesagt vor Konrad und den Araber als moslemischen Lügner bezeichnet, dessen Sinnen und Trachten darauf gerichtet war, der Stadt zu schaden, um sie seinen Glaubensbrüdern zum Fraße vorzuwerfen –«

»Der Rabbi? Das hat er gesagt? Wahrlich, bezeugt, daß dies eine Lüge ist!« unterbrach Magdalena, nun doch betroffen.

»Es wird gesagt – gesagt von Leuten, denen zu mißtrauen ich keinen Grund habe. Die ganze Stadt hat sich erhoben gegen Euch!« rief Paulina.

»Und ihr, was sagt ihr? Was sagst du, Paulina? Was du, Angela? Was sagt Maria? Was Martin? Und du, Teresa, was sagst du?« fragte Magdalena.

»Wir haben Euch die Treue geschworen und werden sie halten bis an unser Ende«, antworteten wir. Wir alle, eine nach der anderen.

Paulina aber fuhr fort: »Doch wir haben Angst. Angst um Euch und Angst um uns. Man sagt auch, Rignaldo habe wohl recht gehabt, Euch anzuklagen, des Hufschmiedes Tod verursacht zu haben. Und da Ihr geschwiegen hättet, als Konrad Rignaldo richten ließ, um Euch zu schützen, wäret Ihr auch an seinem Tode schuldig. Man behauptet sogar, daß dies von Konrad selbst gesagt worden sei. Wir sind Eure hilflosen Kinder und wünschen, daß Ihr zu uns sprecht, um uns Mut zu machen und zu retten vor dem Strafgerichte, das da über uns hereinzubrechen droht.«

»Ich werde alles ertragen, meine allerliebsten Schwestern«, erwiderte Magdalena ruhig. »Ich werde alles auf mich nehmen, hochgeschätzte Schwestern. Gott hat mir die Kraft gegeben, die Ungerechtigkeit der Menschen zu ertragen. Ihr werdet nicht leiden müssen um meinetwillen. Wenn ich nur weiß, daß ihr zu mir steht in Treue, dann werde ich das Unheil abwenden von euch und es auf mich ziehen, da Gott will, daß ich es ertrage um der Liebe zu meinem Bräutigam willen, der kämpft, wie ich kämpfe um das Himmelreich. Ich aber möchte, daß ihr das von mir wißt.«

Magdalena fand das, was ihre Schwestern ihr berichtet hatten, im großen ganzen bestätigt. Den Rabbi bemühte sie sich in den folgenden Tagen aufzusuchen, doch er gewährte ihr keine Audienz. Obgleich er wohl nicht, wie behauptet worden war, vor dem Erzbischof gegen Magdalena ausgesagt hatte, wollte er offensichtlich nicht in Verbindung mit ihr gebracht werden, bis klar war, zu welcher Seite sich die Waagschale im schändlichen Streit unter den Christen neigen würde.

Da ich mich mehr als ihre Schwester und als Beraterin ihres Bräutigams fühlte, wie er es vor dem Heer der Befreiung bezeugt hatte, getraute ich mich, mich an Magdalena zu wenden, und sagte:

»Hohe Herrin, bitte verzeiht, wenn ich mich erdreiste, Euch anzusprechen und einen Rat zu geben. Ich tue das, weil ich um Euch besorgt bin und gleichsam stellvertretend für Euren hochgeschätzten Bräutigam: Bitte flieht mit mir und Euren Getreuen zu ihm. Er wird uns Schutz bieten mit seinem glorreichen und mächtigen Heer.«

»Nein«, antwortete sie fest. »Inzwischen habe ich bedacht, daß die Liebe ihre Kräfte, wie die Gräfin Marie de Champagne sagte, nicht in der Ehe entfalten kann. War Herr Averom in Köln mein Geliebter, dem ich alles freiwillig gab und bei dem ich unter keinem Zwange stand, so wäre ich, würde ich ihn begleiten, wenn ich es jetzt recht sehe, seine Königin, wie er gesagt hat. Würde es nicht seinem Ansehen schaden, wenn er der eigenen Ehegattin den Minnedienst erweisen müßte, als wäre sie seine Geliebte? Mein Platz ist, wie ich nunmehr weiß, hier, und wenn der Preis dafür ist, daß ich sterben muß, dann werde ich ihn mit Freude entrichten. Sollte dieser Fall eintreten, möchte ich, daß du meine Stelle als das Oberhaupt der weißen Frauen übernimmst, bis er kommt, und mich dann bei ihm, soweit du möchtest und soweit er möchte, vertrittst.«

Ich warf mich vor meine Herrin und schluchzte laut: »Bitte, laßt mich nicht allein mit einer Aufgabe, für die mich Gott nicht bestimmt hat. Bleibt am Leben und genießt das Glück, das Euch beschieden ist!«

»Das Glück, das mir beschieden zu sein scheint, besteht darin, standhaft zu bleiben. Schon bald wird der Prozeß gegen mich eröffnet werden, und dieses Mal ist es ein Prozeß, den die Ketzer gegen Gott selbst führen.«

*

Köln, Anfang April 1252

Magister Albertus hatte die Einigung zwischen den Bürgern und dem Erzbischof glücklich herbeigeführt. Als Mitverschwörer des feigen Anschlags auf das Leben des Erzbischofes wurde ein gewisser Georg Tauber, Kaufmann, verbannt, der aus der Familie stammte, die schon vor vielen Jahrzehnten einen Aufstand gegen den damaligen Erzbischof geführt hatte. Es verstummten aber auch nicht die Gerüchte, daß Wilbert selbst die Rotte angeführt habe, wohl weniger, um ihm zu schaden, als vielmehr, um seinen Mut herauszustellen (denn er galt nicht nur unter seinen Feinden als Feigling). Der Erzbischof seinerseits verzichtete darauf, die Bürger zu zwingen, seine Münzen zu akzeptieren, denen es an Gewicht mangelte.

Dennoch sollten wir noch keinen Frieden bekommen hier in Köln, denn am sechsten Tag im April wurde Magdalena verhaftet. Ich durfte zusammen mit meinem Sohne Magdalena in ihr Verließ begleiten, in welchem es ihr jedoch an nichts mangeln sollte.

Am Tag nach ihrer Ergreifung begab sich Konrad zu Magdalena ins Gefängnis. Er kam allein und trug ein Büßergewand. Trauer stand ihm im Gesicht. Es war das erste Mal seit Alberts Schlichtung und Magdalenas Umzug ins weiße Haus, daß ich ihn wiedersah. Obwohl ich ihn nicht nur wegen meiner Schande, sondern auch wegen des von ihm veranlaßten hinterhältigen Angriffs auf El Arab und wegen der ungerechten Ergreifung meiner hohen Herrin hätte abgrundtief hassen müssen (der Tod meines Bruders Rignaldo war ja leider nicht so ungerecht, wie es zunächst schien und wie ich es mir gewünscht hätte), freute sich mein törichtes Herz seiner Gegenwart.

»Es wäre«, sagte der Erzbischof zu Magdalena, »so einfach für dich, meine Teure, den Satz zu sagen: ›Ich widerrufe.‹ Sofort würde die Anklage in sich zusammenfallen, ich könnte dich freilassen, und du könntest fliehen, wohin dein Herz dich geleitet. Du würdest dazu meinen Segen haben, und mein Gewissen wäre erleichtert.«

Magdalena aber antwortete: »Konrad, ich bin nicht auf der Welt, um dein Gewissen zu erleichtern. Nach allem, was wir voneinander wissen, muß dir meine Antwort klar sein, die auch die deine ist in deinem christlichen Herzen: Leicht ist es, den Satz zu sagen, den ich nicht einmal im Konjunktiv wiederholen möchte – leicht für jemanden, der sich zu verstellen vermag und dem nichts heilig ist. Für mich, teuerster Konrad, ist mein Glaube wichtiger als mein Leben. Im Tode werde ich leben wie mein Herr, Jesus Christus.«

»Amen. Ich achte deine Entscheidung, und doch wünschte ich, ich könnte dich umstimmen«, sagte Konrad mit Tränen in den Augen.

»Wenn ich mich umstimmen ließe, könntest weder du mich fürderhin achten, noch könnte mich jemand anderes achten.«

»Magdalena«, sagte der Büßer sichtlich bewegt und besorgt, »du bist zu hart zu dir. Wir Menschen sind schwach und sollen nach dem Willen des Schöpfers schwach sein. Mehr würde ich deinen Mut achten, die Schwachheit des Fleisches zu bezeugen als die Härte der Heiligkeit, die mir übermenschlich zu sein scheint.«

»Zu der Schwäche, in der ich mein ganzes Leben geführt habe, brauchte ich, treuer Freund, keinen Mut.« Um kein Jota bewegte sich Magdalena von der Stelle. »In dieser Stunde jedoch brauche ich Mut. Ich bitte dich, mir im Prozeß zu helfen, den Mut zu bewahren: Ich bitte dich als mein Richter, nein als mein Freund, als mein Freund, nein als mein Seelsorger.«

»Der Vater sei mit dir, Magdalena, meine Geliebte, gehe in Frieden ein ins Paradies, wo wir uns dereinst wiedersehen werden in Ewigkeit.« Konrad faßte sich und wandte sich zum Gehen.

Mir wollte es nicht einleuchten, daß derjenige, der Anklage gegen Magdalena erhob, zugleich versuchte, sie zu retten. Da ich mich im Umgang mit El Arab schließlich daran gewöhnt hatte, das Wort an einen hohen Herrn zu richten, wagte ich, Konrad zu diesem Paradox zu befragen.

Dergestalt erfuhr ich also, daß es neben dem Schied, den Magister Albertus gesprochen hatte, noch eine Nebenabsprache zwischen dem Erzbischof und Wilbert gab, von dem der große, durch und durch ehrenhafte Magister nichts wußte. Dies hatte demnach der niederträchtige Gildemeister zur weiteren Bedingung für den Friedensschluß gemacht, um seine Schuld bei seinen scheinheiligen franziskanischen Verbündeten abzutragen: daß der Erzbischof die heilige Magdalena in Haft nehmen und fälschlicherweise der Ketzerei anklagen möge. Wenn aber Magdalena öffentlich widerriefe, so hätte der Erzbischof sein Wort den Franziskanern gegenüber gehalten und dennoch eine Handhabe, ihre Freilassung anzuordnen. Konrad offenbarte mir dies wohl, damit ich versuchen sollte, Magdalena doch noch umzustimmen.

*

So sehr ich auch trachtete, Magdalena zu bewegen, daß sie dem Erzbischof entgegenkomme, damit sie es ihm ermögliche, sie freizulassen, was er, wie ich sicher war, im Herzen wollte, sie ließ sich nicht darauf ein, sondern erklärte mir: »Was ist das flüchtige Glück dieser Erde gegen die Begegnung mit dem Allerherrlichsten? Soll ich mich erniedrigen vor Gott, nur um noch bei dem abergläubischen Konrad bleiben zu können? Oder darauf zu warten, daß ein Araber heimkehrt von einem Kriegszug, auf dem er doch jede Frau wird haben können, nach der er sich sehnt? Wenn er denn siegen sollte! Und wie könnte er siegen? Wenn er denn zurückkehren sollte! Und warum sollte er denn zurückkehren? Treu ist mir, ach, nur der himmlische Bräutigam, dem auch ich treu bin.«

»Und ich?« flehte ich. »Könntet Ihr es nicht um meinetwillen tun, um bei mir zu bleiben, die ich Eure Freundin sein sollte, wie Ihr gesagt habt, in alle Ewigkeit?«

Doch es war mir so wenig wie Konrad möglich, Magdalena zu erweichen.

»Meine geliebte Tochter«, sagte sie. »Du bist und bleibst meine Freundin in alle Ewigkeit, so wie ich es dir gesagt habe. Halte mich in deinem und unser aller Mitbürger guten Andenken, und du wirst mich bei dir haben für immer. Aber ich bitte dich, wie es Averom auch schon vor mir getan hat: Verheirate dich mit einem guten Manne und führe ein schönes, geruhsames Leben.«

Nein, mit ihrem Tode wollte ich mich nicht abfinden. (So wie ich mich vergeblich gegen den Tod meines erstgeborenen Bruders Rignaldo gestemmt hatte.) Da man mich nicht als Gefangene behandelte, konnte ich mich in der Stadt frei bewegen. So verließ ich Magdalena und ging in das weiße Haus, um ohne ihr Wissen und gegen ihren ausdrücklichen Befehl einen Boten auszusenden, der El Arab benachrichtigen sollte. Ich wählte Martin, den Sohn Paulinas, aus, der mir über alle Maßen vertrauenswürdig zu sein schien und dessen Kräfte sich nach Magdalenas Heilung in erstaunlichster Weise entwickelt hatten.

*

Um nichts unversucht zu lassen, was Magdalena hätte retten können, beschloß ich am darauffolgenden Tage, Pater Bueno im Minoritenkloster aufzusuchen, weil ich hoffte, daß er keinen Anteil habe an der Verschwörung seiner franziskanischen Brüder gegen Magdalena. Er war bekehrt! Er hatte sich zu ihr bekannt! Es konnte nicht sein, daß er jetzt ihren Tod wollte.

Als ich an das Tor klopfte und um Einlaß bat, war ich sehr verlegen, weil mir jener Bruder Hilger öffnete, den ich vom Badehause her kannte. Bruder Hilger trat unschlüssig von einem Bein auf das andere, und auch ich blieb sprachlos. Schließlich sagte er: »Was ist Euer Begehr?«

»Bruder«, sagte ich, »dringend muß ich mit Pater Bueno in einer wichtigen Angelegenheit sprechen!«

»Bruder Bueno«, antwortete Hilger, »hat, wie Ihr wohl wissen solltet, ein Gelübde abgelegt, das besagt, er werde nicht reden, es sei denn, Gott befehle es ihm. Also werde ich seine Ruhe nicht durch den Wunsch einer Sterblichen stören lassen.«

»Gelübde«, sagte ich und schaute ihn fest an. »Gelübde. Menschen, die ein Gelübde ablegen, sind nicht sehr verläßlich, geschätzter Bruder, was meint Ihr?«

»Ihr habt ein Recht darauf, mich zu verspotten«, sagte Hilger niedergeschlagen. »Ich bin es nicht wert. Das aber ist die eine Sache. Bruder Bueno ist ein Heiliger, nicht mit so schwachem Fleische ausgestattet wie ich.«

»Ihr mißversteht mich«, entgegnete ich und rückte ein wenig näher an ihn heran. »Ich verhöhne Euch nicht. Es ist menschlich, seiner Natur zu folgen, und ein jeder von uns hat seine Natur von Gott.«

»Die Natur von Bruder Bueno ist es, standhaft zu sein. Selbst wenn ich Euch vorließe, würdet Ihr nicht das erreichen, was immer Ihr auch begehrt.«

»Vielleicht könntet Ihr mir erlauben, daß ich mich selbst davon überzeuge?«

»Nein, das kann ich nicht erlauben.«

»Habt Ihr vergessen, daß wir ausgemacht haben, als wir uns einst im Badehause wie Adam und Eva gegenüberstanden, die Lektion in der Sache der Liebe fortzusetzen?«

»Ich schäme mich. Aber jetzt stehen wir uns als Mönch und als Magd gegenüber. Es gibt keine Brücke.«

»Ich sollte nun beleidigt sein«, sagte ich, »aber sich zu necken, ist Teil der Minne. Und so macht Ihr mir Glauben, daß Ihr Euch wohl erinnert, mir versprochen zu haben, meinem Körper, der inzwischen nicht weniger süß ist, einen Platz neben dem Herrn in Eurem Herzen zu gewähren.«

»Ihr bietet mir an, fortzufahren, wo wir vor allzu langer Zeit aufgehört haben?« fragte Hilger.

»Ja, das tue ich. Ich diene Euch alles an, was meine Natur hergibt.«

»Dies ist eine arge Versuchung«, sagte Hilger. Aber er machte einen Schritt zurück. Ich sah seine Augen feucht werden. »Wenn Ihr dazu bereit seid, so bitte ich um Entschuldigung, daß ich so hart zu Euch war. Es muß wichtig sein. Ich werde Euch, obgleich es Euch, wie ich denke, nichts nützen wird, zu Bruder Bueno führen. Wenn ich dafür einen Dienst von Euch verlangen würde, würde ich meines Lebens nicht mehr froh.«

So gelangte ich schließlich in Pater Buenos karge Zelle, die außer ihm selbst nichts als ein Lager aus Stroh und das Kreuz des Herren barg.

»Hochwürdiger Pater Bueno«, begann ich und sank vor ihm nieder. »Ich beuge mich vor Euch wie Ihr dereinst vor meiner hohen Herrin, als Ihr sie um ihre gütige Hilfe anflehtet.«

Pater Bueno war, wie gesagt, hochbetagt. Er konnte kaum noch gehen, und als ich vor ihn getreten war, blieb sein Antlitz völlig bewegungslos. Die Erinnerung an den Vorfall jedoch brachte Leben in ihn. Er hielt sich weiter an sein Gelübde und machte nur ein Zeichen, daß er verstanden habe.

»Ihr wißt, daß Magdalena unter Anklage steht?«

Er verneinte, indem er mit der Hand abwehrte. Seine halb erblindeten Augen weiteten sich. Ich erhob mich.

»Sie wird der Ketzerei angeklagt. Es ist ein verschwörerischer Pakt zwischen Gildemeister Wilbert und dem kleinen Bonaventura von der Universität. Die Anklage ist fadenscheinig genug. Es wird Euch nicht gefallen, was Magdalena getan hat, jedoch hoffe ich, daß Ihr es, wie ich und alle wahren Christen, nicht für ein todeswürdiges Vergehen haltet: Um die Mutter eines Kindes zu trösten, das vor der Taufe gestorben ist, hat Magdalena jener Maria gesagt, es würde dennoch ins Paradies eingehen, weil es unschuldig sei. Ich weiß, daß dies falsch ist, da wir als Sünder geboren werden und nur durch die Gnade Gottes von der Sünde loskommen, die die Kirche spendet.«

Die blassen Augen des alten Mannes füllten sich mit Tränen. Er begann zu zittern und fahrige Bewegungen mit den Händen zu machen. Seine Lippen bewegten sich, jedoch kam kein Laut über sie.

»Dies nun ist die Anklage: Magdalena verneine die Heilsnotwendigkeit der Kirche. Indem sie der Mutter Maria den Trost gespendet habe, habe sich Magdalena an die Stelle des Herrn selbst gesetzt, der allein die Gnade vergeben könne. Konrad hat ihr nahegelegt zu widerrufen, damit sie freikomme. Er will ihren Tod nicht. Er muß sie jedoch anklagen, um seine Verpflichtung Wilbert gegenüber einzuhalten. Wenn sie nun widerrufen würde, hätte er seine Verpflichtung eingehalten, könnte sie jedoch nach dem Rechte der Kirche nicht verurteilen. Eine saubere Lösung, die der Sache des Allgemeinwohles diente. Allein, Magdalena hat sich störrisch gezeigt und die lästerliche Verschwörung abgelehnt.«

Pater Bueno schüttelte traurig zustimmend den Kopf. Besser als alle anderen verstand er Magdalena.

»Nun stehe ich vor Euch, weil Ihr der einzige seid, der noch helfen kann. Ihr habt gesagt, daß Ihr schweigen wolltet, bis der Herr Eure Zunge lösen würde. Ich bitte Euch: Fragt den Herrn, ob er Eure Zunge dafür löst, daß Ihr aussagt für Magdalena, um Eure Schuld bei ihr abzutragen. Ich bitte Euch, meine aufrichtige Verzweiflung zu sehen!«

»Ja«, sagte der Greis in diesem Augenblick erstaunlich fest. »Ja, das werde ich tun. Sie ist eine Ketzerin, aber den Tod hat sie nicht verdient. Schande über meine Brüder, die ihren Tod fordern in einem schändlichen Ränkespiel, anstatt daß sie, wie es ihnen gebührt, unserem Herrn, dem Schöpfer, dienen.«

*

Pater Bueno bemühte sich drei volle Tage lang, vor dem Richter auszusagen, wurde jedoch nicht vorgelassen. Schließlich zwang der greise Pater den Erzbischof, ihn anzuhören, indem er ihn bat, ihm die Beichte abzunehmen. Dies durfte der Seelsorger dem Sünder nicht verweigern.

Der Greis ließ es sich nun nicht nehmen, nach der Beichte unmittelbar selbst Magdalena die Ehre zu erweisen. Er kam gestützt von einem jungen Novizen. Hatte der Pater etwas bei Konrad erreicht? Es mußte einen Grund geben, warum Bruder Bueno sich herbemüht hatte. In mir keimte Hoffnung auf. Er also sprach:

»Meine Tochter, ich habe mein Schweigen gebrochen, um bei unserem obersten Seelsorger meine Sünden zu beichten.«

»Ehrwürdiger Vater«, entgegnete Magdalena, »da habt Ihr, wenn Ihr erlaubt, daß ich das so sage, eine schlechte Wahl getroffen.«

»Gestattet mir, meine Tochter, daß ich Euch widerspreche. Es gab Sünden zu beichten, die Gott mir nur durch den Mund eben dieses Erzbischofes vergeben konnte.«

»Ihr seid hier«, fragte Magdalena ungeduldig, »weil Ihr mir davon Kunde bringen wollt? So sprecht denn.«

»Ich habe die Sünde bekannt, schuldig an Eurem Verderben zu sein, weil ich einst ungerecht gegen Eure Heiligkeit gepredigt habe.« Pater Bueno machte eine Pause. Dann fuhr er fort: »Gott hat mir diese Sünde durch den Mund des Erzbischofes verziehen.«

Pater Bueno atmete schwer und machte eine weitere Pause, bevor er seinen Bericht fortsetzte: »Ich habe als weitere Sünde bekannt, daß ich Groll hege gegen meinen Erzbischof, demgegenüber ich zu Treue und Liebe verpflichtet bin – Groll, weil er Eure Heiligkeit ungerecht anklagt.« Erneut machte Pater Bueno eine Pause, bevor er fortfuhr: »Gott hat mir auch diese Sünde durch den Mund des Erzbischofes nachgelassen.«

Ich hielt es nicht mehr aus und platzte in das Gespräch: »Ehrwürdiger Vater, was habt Ihr erreicht?«

»Vergebung meiner Sünden, meine Tochter«, antwortete er schlicht.

»Dafür laßt uns den Herrn preisen«, sagte Magdalena und begann zu beten. Ich aber begann zu weinen, weil ich nun wußte, daß Pater Bueno den Erzbischof nicht hatte umstimmen können.

»Ich brauche Euren Rat als mein Seelsorger, Ehrwürdiger Vater«, wandte sich Magdalena dann an Pater Bueno, kniete vor ihm hin und küßte den Saum seiner Kutte. »Der Erzbischof drängt mich ebenso wie meine lieben Schwestern, die weißen Frauen, daß ich widerrufe, damit ich freigesprochen werde. Was ratet Ihr mir? Wenn Ihr es mir auch ratet, so verspreche ich bei der heiligen Jungfrau, daß ich Eurem Rate folgen werde.«

Ich hielt den Atem an und versuchte, Pater Bueno mit Blicken zu zeigen, daß er Magdalena empfehlen möge, die Worte zu sprechen, die dazu führen würden, daß sie am Leben bliebe: »Ich widerrufe.«

»Vor unserem Gotte«, antwortete Pater Bueno bedächtig und bedeutete ihr, sich zu erheben, »dürfen wir immer aufrecht stehen. Er verlangt nicht, daß wir widerrufen, was wir bekennen. Ihn zu verleugnen, ist die größte Sünde, selbst wenn wir in dem, was wir bekennen, irren sollten. Wer sollte das besser wissen als ich?«

»Ehrwürdiger Vater«, sagte Magdalena gerührt, »Ihr seid ein wahrer Freund und bestärkt mich in meiner Tapferkeit, nicht abzulassen von meiner Treue gegen Gott.«

Dergestalt war auch dieser Versuch von mir, Magdalena zu retten, gescheitert.

Das vierte Wunder und die Aufklärung einer bösen Täuschung

»Es gibt eine Freude, die den Gottlosen nicht zuteil wird:
Diese Freude bist du, o Gott, selbst.«
Augustinus

Köln, 10. April 1252
Sodann erging das Urteil, das der Erzbischof einzig sprechen konnte. Danach wurde Magdalena der weltlichen Macht übergeben, die dem Brauche entsprechend das Urteil zu vollstrecken hatte, und es ward nun beschlossen, daß Magdalena am folgenden Tag verbrannt werden sollte. So wandte ich mich noch einmal an Konrad.

»Ehrwürdiger Vater und Herr Erzbischof, ich flehe Euch an, rettet Magdalena, die, wie Ihr wohl besser wißt als ich, eine Heilige ist.« Ich machte zuerst eine Verbeugung, doch dann, überwältigt von der Angst um die hohe Herrin, warf ich mich ihm zu Füßen.

»Ihr gebricht es an Demut, um wirklich heilig zu sein. Nichts kann ich für sie tun, um sie zu retten«, antwortete er und hob mich auf. Er faßte mich am Arme und ließ nicht von mir ab. »Für unseren Sohn und für dich ist gesorgt? Ich möchte, daß es euch an nichts fehlt.«

»Das einzige, was uns fehlen wird, wird die hohe Herrin sein!«

»Das Leben ist kurz. Wir sollten unser Herz nicht an Menschen hängen, denn sie vergehen. Nur in Gott finden wir die ewige Stütze.«

»Ihr redet dummes, gottloses Zeug!« rief ich und riß mich von ihm los. »Sie stirbt nicht an einer Krankheit, die Gott zugelassen hat, sondern an der Tat eines Menschen. Und dieser Mensch seid Ihr!«

»Gleichwohl ist es Gottes Wille, denn er steuert auch unsere Werke.«

»Es ist eine Prüfung Gottes. Ihr versagt, wenn Ihr Euch feige zeigt und sie dem Verderben ausliefert«, begehrte ich auf.

»Ja, ich bin feige. Ich bin ein Mensch. Ich bin kein Heiliger. Habe ich mich zu meinem Sohne bekannt? Nein. Habe ich dich vor der Schande bewahrt? Nein. Aber dafür bin ich gestraft worden schon auf Erden. Gott will nicht, daß ich als Held sterbe.«

Ich spürte seine Verzweiflung über sich selbst. Dies machte es meinem überaus törichten Herzen unmöglich, ihn zu verurteilen, obgleich ich ihn, wäre ich ein Mannsbild gewesen, getötet haben müßte, wenn dies Magdalena hätte retten können.

»Herr Konrad«, sagte ich, und nun war ich es, die ihn beim Arme nahm, »Ihr wißt, daß ich Euch liebe. Ich habe es ertragen, daß Ihr Magdalena mir vorgezogen habt. Ich habe alles für sie ertragen. Ich würde für sie sterben. Allein, man will mein Opfer nicht. Was kann ich tun, um sie zu retten?«

»Sie kann sich nur selbst retten, wie ich gesagt habe. Sie hat sich selbst gerichtet, ein Mensch wäre dazu nicht imstande gewesen. Wenn sie sich retten will, kann sie gerettet werden.«

»Was meint Ihr damit?«

»Sie muß zwei Worte sprechen, die ihr verhärtetes Herz ihr zu sprechen verbietet: ›Ich widerrufe.‹ Wenn es dir gelingt, sie zu überreden, diese Worte zu sprechen, dann werde ich sie retten können. Und ich werde es tun, selbst wenn es mich den Kopf kosten sollte.«

Weil es das gleiche unwürdige Angebot war, das er ihr auch schon selbst unterbreitet hatte und das bereits von ihr zurückgewiesen worden war, verließ ich ihn ergrimmt und enttäuscht, nicht ohne ihm das Wort aus dem Matthäus-Evangelium an den Kopf zu schleudern wie einen Stein gegen seine Brust: »Die Huren werden eher ins Reich Gottes eingehen als Ihr.«

Während ich mich auf dem Rückweg zu Magdalena befand, flaute meine Zorneswallung wider Konrad ab. Ich überlegte, daß es schließlich ein wohlfeiles Angebot des Erzbischofes sei, sie gegen zwei unschuldige Worte freizulassen. Warum eigentlich sollte sie diese Worte nicht sprechen? Was wir unter Zwang aussagen, so meinte ich, wäre uns doch am Tage des großen Weltgerichtes nicht als Schuld anzurechnen. Denn Schuld können wir nur auf uns laden, indem wir etwas aus freiem Willen tun. Sollte sie doch Gott leugnen, sofern es ihrer Rettung diente!

Also richtete ich meine Rede an Magdalena, um sie in Konrads Namen in Versuchung zu führen, auf daß sie sich retten möge. Denn in der Tat wandte sich mein törichtes Herz nun wider sie, da sie unbeeindruckbar ihre Befreiung verweigerte, der einzige Weg, um in mir eine Versöhnung herbeizuführen zwischen der unbotmäßigen Liebe zu Konrad und der reinen Liebe zur hohen Herrin, die von ihm verbrannt zu werden drohte.

»Hohe Herrin«, begann ich.

Sie aber unterbrach mich: »Wir sind jetzt Schwestern, nenne mich bei meinem Namen.«

»Magdalena«, setzte ich erneut an. »Der Ehrwürdige Vater und Herr Erzbischof ist bereit, das Urteil aufzuheben, wenn du widerrufst.«

»Das ist mir bekannt. Ich habe bereits verkündet, daß ich mich darauf nicht einlassen werde. Du weißt das.«

»Es ehrt dich, daß du deine Angst vor dem Tode überwunden hast, der nach unserem christlichen Glauben kein Übel ist, sondern die Erlösung –«

»Ich darf dich korrigieren: Der Tod ist ein Übel, die Straffolge der Sünde der ersten Eltern. Jesus hat den Tod, das Übel bezwungen. Ein Übel bleibt es, und am Kreuze hat er, der Mensch geworden war, den Vater, unseren Gott, gebeten, diesen Kelch an ihm vorübergehen zu lassen. Aber was er erlitten hat und ertragen konnte, das kann auch ich erleiden und ertragen. Denn ich habe die Hoffnung.«

»Du bist sehr gefaßt und sprichst artig im Angesicht des Todes. Was meinst du, würde Herr Averom sagen? Würde er es nicht lächerlich finden, den Tod in Kauf zu nehmen, nur weil ein paar aufgeblasene Halunken meinen, verlangen zu können, Gott zu leugnen? Hat er nicht eingestimmt, jeden Tag Gott zu leugnen, um zu überleben?«

»Versuche mich bitte nicht, auf daß ich einen Menschen über den Herrn stelle. Die Richtschnur meines Handelns sei der Herr, nicht ein anderer Mensch, selbst wenn ich ihn dereinst liebte.«

»Den du dereinst liebtest? Währet die Liebe nicht ewiglich?« fragte ich erstaunt.

»Das sollte sie, aber die Menschen sind der Liebe nicht würdig.«

»Du stellst dich über die Menschen? Du verweigerst denen, die dich lieben, deine Liebe? Du zahlst deine Schuld, in die du durch ihre Liebe gerätst, nicht zurück? Der Herr liebt die Menschen, er findet nicht, daß sie seiner Liebe nicht würdig sind!«

»Die Liebe des Herrn ist stärker als die Liebe der Menschen, als meine Liebe sein kann.«

»Aber seine Liebe wirkt durch die Liebe der Menschen. Es lieben dich die weißen Frauen. Es liebt dich Herr Averom. Auch Erzbischof Konrad liebt dich auf seine Weise. Und am meisten liebe ich dich. Wirst du unsere Liebe verraten, nur um deine Heiligkeit beweisen zu wollen?«

»Dies ist die härteste Prüfung von allen, daß du mich in Versuchung führst, von meinem schweren Wege abzurücken. Gott gibt mir die Möglichkeit, meine Sünden zu sühnen. Und wäre es nicht gotteslästerlich, diese Möglichkeit ungenutzt verstreichen zu lassen?«

Dergestalt also widerstand Magdalena der letzten Versuchung. So hatte sich der schlaue Versucher verrechnet, als er meinte, Magdalena, wie er es schon an vielen anderen erprobt hatte, durch eine Frau zu Fall bringen zu können.

Als einzige Hoffnung blieb mir nun, daß Martin El Arab würde aufspüren und noch rechtzeitig nach Köln führen können. Ich aber wollte nicht, daß ich, wenn sie denn doch stürbe, einen Zweifel wider sie im Herzen zurückbehalten würde, und also befragte ich sie, da sie ja nun meine Schwester war, wie sie gesagt hatte.

»Was hat dich veranlaßt, für Averom das Buch beim Hufschmied holen zu wollen?« stellte ich meine erste, noch unverfängliche Frage.

»Wir hatten einiges getrunken, wie du wohl weißt. Er versprach mir den ›Kanon‹ des Avicenna, für mich fast so ein Schatz wie das Buch, das Averom so verehrt.«

»Aber weshalb ist er nicht selbst gegangen?«

»Er vermutete den Hinterhalt eines Feindes«, antwortete Magdalena.

»Und hast du nicht gefürchtet, anstatt seiner in den Hinterhalt zu geraten?« verwunderte ich mich, wie El Arab derart unritterlich handeln konnte.

»Wir sind nicht davon ausgegangen, daß er mich, eine Frau, meucheln würde. Aber, wie gesagt, wir waren nicht ganz Herr unserer Sinne.«

Nun kam ich zu dem Punkt, der mir in der Seele brannte: »Du wußtest, daß mein Bruder nicht der Mörder des Hufschmiedes war. Hast du meinen Bruder feige verderben lassen, weil du, wenn du dich gegen Konrad gestellt hättest, in Ungnade gefallen wärst und das süße Leben an seiner Seite hättest aufgeben müssen?«

»Dein Bruder wußte, für welche Sünde er sterben würde«, entgegnete Magdalena. »Doch glaube mir, ich hatte lange keine Kenntnis davon, was wirklich geschehen war, da ich den Mörder so wenig gesehen hatte wie dein Bruder, und da Konrad mich nicht in seine Pläne eingeweiht hatte. Averom meinte ja zunächst, der Hufschmied sei von einem Räuber enthauptet worden, der hinter seinem Schatz herjagte, ein Umstand, den sich Konrad zunutze gemacht hatte, um Rignaldo anzuklagen. Jetzt sind wir klüger.«

»Du wolltest seinen Tod!« sagte ich erregt. »Das hat Konrad gemeint, als er zu dir sagte: ›Um deinetwillen lasse ich einen Unschuldigen hinrichten.‹«

»Ja, mehr als alles auf der Welt wollte ich den Tod dessen, der Konrad entmannt hatte, meine Tochter, Gott verzeihe mir diese Sünde«, bestätigte Magdalena ohne Umschweife. »Ich verstehe dich, daß du seinen Tod verhindern wolltest. Aber da er mein Leben zerstört hat, fand ich mich nicht bereit, das seine zu retten.«

Ich sagte nichts, während sich meine Augen mit Tränen füllten.

»Mein Kind«, fuhr Magdalena fort. »Wenn der Erzbischof dir nach dem Leben getrachtet hätte, hätte ich ihn eigenhändig zur Rechenschaft gezogen.«

»Das tröstet mich nicht«, weinte ich.

»Ich verstehe dich«, wiederholte Magdalena und strich mir sanft über das Haar, wie ich es so sehr liebte. »Ich verstehe dich nur zu gut. Du liebst Rignaldo. Aber die Schuld, die die Liebe verhindert, wird erst im Tode getilgt. Die Schuld sei ihm nun also vergeben.«

»Und ich vergebe dir deine Schuld am Tode von Rignaldo«, sagte ich nun dankbar und beschloß, wenn ich El Arab je wiedersehen würde, auch ihm unmißverständlich die Frage zu stellen, warum er Rignaldo nicht hatte retten wollen. Dann sagte ich ganz leise:

»Magdalena, bitte vergib auch mir meine Schuld gegen dich.«

»Ich weiß von keiner Schuld mir gegenüber«, sagte Magdalena.

»Herr Averom meinte«, erklärte ich, »es sei eine Demütigung für dich gewesen, daß Konrad dich veranlaßt hat, mich zusammen mit seinem Kinde in deinen Haushalt aufzunehmen.«

»Es hätte demütigend sein können«, bestätigte Magdalena leichthin. »Vielleicht war es auch so gemeint, da Konrad wohl wußte, wie ich verhinderte, die Frucht seiner Liebe zu empfangen – einer Liebe, die er mir nie hätte vollständig geben können. Du aber bist, wie ich gesagt habe, zu meiner innigsten Freundin geworden, und das wiegt alles andere auf.«

»Das Wissen um Konrads Verschneidung hat Herr Averom den Schlüssel zur Lösung des Rätsels genannt, den ich ihm aus falschem Mißtrauen heraus vorenthalten habe. Auch du besaßest den Schlüssel, ohne ihn ihm zu übergeben. Du hegtest kein Mißtrauen wider ihn. Warum hast du ihm das schlimme Geheimnis nicht offenbart?«

»Wir haben darüber nicht gesprochen«, antwortete Magdalena melancholisch. »Meine Bindung an Konrad war nie Gegenstand unserer Gespräche. Nie. Auch das ist dir bekannt.«

Es war nun alles gesagt, und unsere Herzen waren rein.

*

Köln, 11. April 1252

Die Meinung der Bürger von Köln war nicht einhellig, als an dem Tage, dem elften des Aprils, an dem Magdalena verbrannt werden sollte, auf dem Heumarkt der Scheiterhaufen aufgeschichtet wurde. Obwohl die Mehrheit sich gegen sie gewandt hatte, gab es doch auch viele, die ihr die Treue hielten zusammen mit uns weißen Frauen.

Alle außer Konrad selbst waren zugegen, als der kleine Bonaventura die Verdammung von Magdalena als Ketzerin mit lauter Stimme wiederholte, doch die Reinheit, Überzeugungskraft und Stimmgewalt von Pater Bueno erreichte er mit seiner hohen Spatzenstimme nicht.

»Du, Magdalena«, sagte er, »bist verstockt in deinen Sünden, für die es darum keine Gnade geben darf vor dem gerechten Gott, dessen Willen wir getreulich erfüllen.

Verstockt bist du in deiner falschen Zauberei, die darin besteht, Menschen die Gesundheit zu versprechen, ohne die wissenschaftlich erwiesenen Mittel der Teufelsaustreibung zu verabreichen.

Verstockt bist du in deinem unzüchtigen Tun als Pfäffin gewesen, und verstockt bist du in deiner Unzucht mit dem unkeuschen Fremden aus dem Morgenlande.

Verstockt bist du, und dies gereicht dir zu deiner größten Sünde, die dich des Todes sein läßt: Verstockt bist du vor allem darin, daß du leugnest, nur die Gnade, die die Kirche vermittelt, könnte die erste Sünde tilgen, die uns alle zeichnet, so wie wir geboren sind.«

Dann wandte er sich an den Henker, von dessen ungerechter Hand auch schon mein geliebter Bruder hatte sterben müssen: »Entzünde das Feuer des Bösen, damit wir rein sein werden von der Sünderin unter uns und Gott uns vergibt und nicht mit Recht bestraft.«

Magdalena war ganz ruhig. Sie hatte sich ohne Gegenwehr und ohne ein Wort zu sprechen auf dem Scheiterhaufen festbinden lassen. Man gewährte ihr die Gnade, ihre Arme ungebunden zu lassen, damit sie beten könne.

Der Himmel war blau und wolkenlos. Die Sonne erstrahlte an diesem hellen Frühlingstage. Das Feuer züngelte, und als es bald ihr weißes Büßergewand aus Leinen erreicht haben wollte, erhob sie die Hände und den Blick zum Himmel, sagte aber weiter nichts, schrie auch nicht oder gab sonst einen Laut von sich. Die derbe Menge dagegen begann zu grölen, während wir Magdaleninnen und alle, die zu ihr hielten, uns ins stumme Gebet ergaben.

»Brenne, Ketzerin, brenne!« riefen manche.

Andere riefen: »Bestell dem Teufel einen Gruß von mir, ich komme bald nach.«

Ich schlug meine Augen nieder und bat Gott, den Menschen diese schwere Sünde zu verzeihen – und besonders dem einen, den mein törichtes Herz liebte. Dann bemerkte ich, daß sich dicht neben mich ein alter Mann gedrängt hatte. Ich schaute auf und gewahrte Pater Bueno, wiederum geleitet von seinem Novizen. Pater Buenos Augen waren tränenblind, und er murmelte:

»Guter Vater, wenn ich durch mein früheres Reden einen Anteil an diesem abstoßenden Schauspiele habe, bitte ich dich, mich zu strafen anstatt derer, die ich verführt habe. Ich glaube nach wie vor, guter

Vater, daß das, was Magdalena getan und gesagt hat, gegen deinen Willen verstößt, aber ich weiß sicher, daß das, was die Menschen jetzt über sie sagen und was sie ihr jetzt antun, nicht deinem Willen entspricht. Denn das, was sie getan, hat sie stets aus Barmherzigkeit getan. Und was immer aus Barmherzigkeit getan ist, ist ein Licht deiner Liebe. So stirbt sie jetzt ihrer Barmherzigkeit wegen, und das ist offensichtlich gegen deinen Willen. Ich habe dich gebeten, guter Vater, mir die Zunge wieder zu lösen, aber ich sehe, daß die Menschen nicht hören wollen und nicht hören werden. Verschließe meinen Mund also für immer, so daß ich keinen Schaden mehr anrichten kann und nur noch mit dir rede.«

»Gesegnet seid Ihr, Pater Bueno«, sagte ich.

»Danke, hochgeschätzte Tochter«, gab er zurück und verstummte.

Während ich auf Pater Bueno geachtet hatte, hatte sich eine dunkle Wolke drohend vor die Sonne geschoben. Dann aber geschah ein Wunder, mit dem der Herr Magdalena erhöhte und alle Anschuldigungen gegen sie zur Blasphemie werden ließ: Magdalena erhob sich federleicht und entschwand, bevor ihre Haut versengt worden war. Ein Blitz zuckte aus der Wolke, und wir vernahmen eine donnernde Stimme: »Warum verfolgt ihr mich?«

Dann war Ruhe. Die Wolke verzog sich, und verschreckt schwieg die Menge. Selbst der kleine Bonaventura sagte nichts.

Schweigend löste sich die Ansammlung auf, und jeder ging seiner Wege, als ich wildes Hufschlagen vernahm. Ich wandte mich um und gewahrte durch meine tränennassen Augen verschwommen in einer Staubwolke drei rasend schnell herankommende Gestalten.

Zu spät! dachte ich verzweifelt, als ich erkannte, daß es El Arab, Ibrahim und Martin waren. El Arab näherte sich dem noch schwelenden Scheiterhaufen und sprang im vollen Galopp vom Pferd. Er griff in die Asche und hob Magdalenas leblosen Körper hoch. Alle konnten nun bezeugen, daß ihr Körper ebensowenig wie ihr Gewand, bis auf den angesengten Saum, vom Feuer berührt worden war. Die Bürger, die den Markt noch nicht verlassen hatten und dies sahen, trugen die Kunde diese Wunders in die Stadt.

El Arab weinte stumm, und schon verzehrten glühende Holzscheite seinen Mantel. Energisch hielt Ibrahim ihn zurück, damit er nicht Schaden nähme. Wie angewurzelt stand ich, wo ich gestanden hatte, und beobachtete El Arabs zusammengesunkene Gestalt. Wäre er nur ein wenig früher angekommen, hätte er um ihr Leben kämpfen können! So ungerecht war das Schicksal. Martin kam auf mich zu, nahm mich am Arme und führte mich zu El Arab.

El Arab erhob sich mühsam.

»Wir müssen zurück«, sagte er zu Ibrahim. »Hier gibt es nichts mehr zu tun für uns.«

»O doch«, wandte ich weinend ein. »Magdalena hat mir vor ihrem Tode aufgetragen, an ihre Stelle zu treten, sowohl was die Leitung des weißen Hauses betrifft als auch ihre Stellung als Königin. Dieses Versprechen habe ich nicht vergessen, wie auch alles andere nicht, das sie mir aufgetragen hat, so daß ich mich demütig Euch als Eure Magd anbiete.«

»Sie meinte nicht mich, meine Tochter«, sagte El Arab knapp und stieg aufs Pferd, »sondern den Erzbischof.«

»Aber der ist kein Mann mehr«, entgegnete ich verständnislos, denn ich erinnerte mich noch genau an Magdalenas Worte. Es verhielt sich wohl eher so, daß El Arab mich nicht mit sich ziehen lassen wollte. Sein Gesicht war aschfahl geworden, und mir schien es, als drängte es ihn, diesen Ort so schnell wie möglich zu verlassen.

»Da irrst du dich«, antwortete El Arab dennoch. »Du erinnerst dich an die üble Sache mit den schwarzen Messen, die deine Brüder und der Hufschmied zelebriert haben sollen?«

»Ja, Herr«, antwortete ich, »immer wenn ich an meinen Bruder denke und bete, frage ich mich, was es damit auf sich gehabt haben könnte.«

»Sie haben sich nicht getraut, dem abergläubischen Narren Konrad die Baidh zu zerquetschen.« El Arabs unangemessen derbe Ausdrucksweise zeigte mir, daß er sich im Geiste schon weit weg bei seinem Heer wähnte. »Statt dessen haben sie Hexersabbat gefeiert. Aber der törichte Gaul war so abergläubisch, daß er, nachdem ihm die Hexerei hintertragen worden war, seinen Gänzlöffel nicht mehr erhärten konnte!«

»Und wie ist Euch das offenbar geworden, Herr?« Da ich mit meiner Trauer nicht allein sein wollte, hoffte ich, El Arab durch meine Fragen zum Verweilen bewegen zu können.

»Den Beweis, daß die Hexerei, die der Hufschmied mit Rignaldo und Peppino veranstaltet hat, nicht einer Verschneidung gleichkam, erhielt ich erst jüngst vom langsamen Gisbert«, berichtete El Arab. »Ich habe ihm dafür übrigens die Freiheit geschenkt. Und dies ist, was er mir kundtat: Er wachte einst, nach seiner Flucht aus dem Hause Magdalenas, am Bett von Konrad und beobachtete, wie dessen Werkzeug sich im Schlaf erhob.« Jetzt nahm El Arab kurz die Maske des Forschers, die ich kannte, und erklärte mir: »Das nämlich solltest du wissen: Wenn sich das Werkzeug des Mannes in der Nacht erheben kann, während das Denken ruht und nur die Säfte des Körpers obwalten, so daß das Denken ihnen nicht in die Quere kommt, dann ist die Impotenz dem Denken geschuldet und nicht dem Unvermögen des Körpers.«

»Mein Bruder ist gestorben wegen einer Dummheit!« hauchte ich, kaum meiner Stimme mächtig. War es nicht genug, daß ich heute Magdalena verloren hatte? Sollte nun auch noch die Trauer um meinen Bruder Rignaldo erneuert werden? Der Herr meinte es nicht gut mit mir an jenem Tage.

»Wegen eines Aberglaubens, und Aberglauben ist immerhin eine Gotteslästerung.«

»Sollen wir Konrad von seinen Qualen erlösen und es ihm sagen?« fragte ich.

»Nein«, sagte El Arab und stieg wieder vom Pferd. Würde er also bleiben und mir beistehen? »Er ist deiner Liebe so wenig würdig wie der Manneskraft.«

»Er sei meiner Liebe nicht würdig, und doch ratet Ihr mir, mich mit ihm zu verbinden? Herr, wollt Ihr Euch über mich lustig machen, während es doch angemessen wäre zu trauern?« wies ich El Arab zurecht.

»Magdalena hat viel erduldet«, sagte er, scheinbar ohne Zusammenhang, und legte mir die Hand auf die Schulter. »Viel erdulden müssen an seiner Seite. Es hat nicht anders kommen können, als daß sie stirbt, weil sie heilig sein wollte und sich ihre Sünden nicht verzeihen konnte, ebenso wie dein Bruder.«

»Herr«, antwortete ich ernst. »Eure Rede ist dunkel. Was wollt Ihr mir sagen?«

El Arab antwortete nicht. Also versuchte ich mit einer anderen Frage, seinen Wegritt hinauszuzögern. »Der langsame Gisbert hat versucht, mich zu vergiften, weil er dachte, er handele im Sinne des Erzbischofes. Dem war aber nicht so, wie wir gehört haben. Aber warum hat Konrad ihm nach dem Mordanschlag zunächst Unterschlupf gewährt, um ihn dann Euch auszuliefern?«

»Der langsame Gisbert hat dem Erzbischof nicht berichtet, daß er dich hatte vergiften wollen, als er sich in seine Obhut begab, sondern nur gesagt, ich würde ihm nach dem Leben trachten. Was übrigens nicht stimmte, denn ich war arglos und verdächtigte ihn nicht. Die Bedrohung, in der sich der langsame Gisbert wähnte, war bloße Einbildung – Ausfluß eines schlechten Gewissens.«

Nun war es an der Zeit, El Arab wie Magdalena zur Rede zu stellen, weil er das Verderben meines Bruders Rignaldo tatenlos hingenommen hatte. Ihm hatte Rignaldo schließlich nichts dergleichen angetan, was Magdalena ins Feld führen konnte.

»Herr«, sagte ich, »Magdalena hat mir vor ihrem Tode gestanden, sie habe meines Bruders Rignaldo ungerechte Hinrichtung zugelassen, da er schuld an ihrem Unglück gewesen sei, dergestalt, daß er ihrem Geliebten – scheinbar, wie wir jetzt wissen – die Manneskraft geraubt hatte. Diese Entschuldigung könnt Ihr nicht vorbringen.«

El Arab richtete sich kerzengerade auf. »Nein«, sagte er, »mir ging es um etwas Höheres. Ich durfte die Mission nicht gefährden.«

»Die Mission«, echote Ibrahim.

»Der Kämpfer der Gerechtigkeit ist einsam«, setzte El Arab hinzu.

»So einsam, daß Ihr hintanstellen mußtet, die Ungerechtigkeit wider meinen Bruder zu bekämpfen?« fragte ich.

»So einsam«, bekräftigte El Arab.

»So einsam, daß Ihr Euch nicht einmal Eurer Geliebten gegenüber ganz öffnen konntet?« fragte ich weiter.

»So einsam«, wiederholte El Arab.

»Versteht Ihr demnach, daß sie eifersüchtig war auf Eure Mission?«

»Ja«, antwortete El Arab melancholisch. »Aber, so sagt es die Liebesregel der Marie de Champagne, wer die Eifersucht nicht spürt, der liebet nicht.«

Die Gräfin de Champagne? Ich erinnerte mich daran, daß auch Magdalena sie zitiert hatte. »Wißt Ihr, Herr, daß sie, als ich sie aufforderte, den Schergen zu entfliehen, indem wir uns Euch anschlössen, ebendiese Liebesregel erwähnte, den Teil nämlich, daß Liebe und Ehe sich widersprächen. Sie hatte nicht vor, Eure Königin zu werden, weil sie es vorzog, Eure Geliebte zu sein.«

»Es ist besser so, wie es auch gekommen ist. Die Vergangenheit ist in Rauch aufgegangen, und die Zukunft liegt im Nebel verhüllt. Den Lebenden bleibt nur die gegenwärtige Stunde.«

»Warum verschmäht Ihr meinen Dienst?« fragte ich heiser.

»Es wird ein schmutziger Krieg werden. Aber ich werde mich dereinst für deine Treue erkenntlich zeigen.«

Sprach's, saß auf, verschwand mit Ibrahim und ließ mich in meiner Trauer, Wut und Verzweiflung allein.

*

Erst am nächsten Tag fand der kleine Bonaventura zu seiner Stimme zurück und behauptete frech, das offensichtliche Wunder, das bei Magdalenas Hinrichtung stattgefunden hatte und dessen Zeuge er geworden war, sei nichts als Teufelswerk gewesen, um die Menschen zu täuschen. Magister Albertus jedoch widersprach ihm heftig, indem er darauf hinwies, daß an Zauberei zu glauben die Allmacht des Vaters beschränke, also eine offensichtliche Ketzerei zu begehen hieße.

Viele jedoch, die ebenfalls Zeugen des Wunders gewesen waren, waren überzeugt, daß Gott ihnen damit ihre Sünden hatte vor Augen führen wollen. Die Stimmung war jedenfalls so, daß wir weißen Frauen unsere Arbeit unbehelligt fortsetzen konnten. Nach dem Willen Magdalenas übernahm ich die Leitung des Hauses.

Ich aber begab mich zum Grabe meines Bruders und gedachte seiner.

»Du dummer Bursche«, dachte ich, »bist für nichts als einen Bubenstreich gestorben. Nachdem der Erzbischof Schande über mich und meine Familie gebracht hatte, wolltest du, ohne mich zu fragen, ob mir das recht sei, Rache nehmen, unterstützt von unserem Bruder Peppino und eurem vormaligen Freunde, dem Hufschmied. Mit einem Zauber wolltet ihr dem Erzbischof das Werkzeug verdorren lassen, das Ursache der Schande war. Aber ihr verstandet euch nicht aufs Hexerhandwerk, und der Zauber ging fehl. Nur der abergläubische Erzbischof, dem der Zauber hintertragen wurde, glaubte so heftig an die Wirkung desselben, daß er die Manneskraft verlorengab und seine Konkubine nicht mehr erkennen konnte. Um nun für meinen, also auch seinen Sohn zu sorgen, ohne öffentlichen Verdacht zu erregen, veranlaßte er Magdalena, mich in ihren von ihm unterhaltenen Haushalt aufzunehmen. Anstatt daß dadurch Zwietracht entstand, gefiel ich der hohen Herrin, und wir verbanden uns.

Konrad nun suchte nach einem Wege, sich an dir, Peppino und dem Hufschmied zu rächen. Als du mit dem Hufschmied der Rückzahlung einer alten Schuld wegen in Streit gerietest, war dies der ersehnte Augenblick für Konrad, seinen Späher zum Mord auszusenden. Du bist in eine Falle geraten, mein unglücklicher Bruder, die dir jemand gestellt hat, der dir überlegen war. Als die Falle zuschnappte, waren auch noch Pater Bueno und Magdalena am Ort des Geschehens, was es erheblich schwerer machte, die Sache zu durchschauen.

Was mag Magdalena gedacht haben, als sie im Hause des Hufschmiedes diesen enthauptet vorfand, während sie El Arab nur den kleinen Gefallen hatte tun wollen, dort ein Buch abzuholen? Was hat sie nach ihrer Rückkehr El Arab berichtet? Welche Sorgen er sich gemacht haben wird! Am Morgen, als der Kopf des Hufschmiedes vor dem Hause von Magdalena aufgespießt gefunden wurde, wußte sie sogleich, um wen es sich handelte, obwohl sie den Hufschmied nicht gekannt hatte.

Konrad, der hinterlistige, ergriff zudem die günstige Gelegenheit, den arabischen Abenteurer, dessen Schutz er im Auftrag des Pfaffenkönigs wohl nur ungern übernommen hatte, um seinen Schatz erleichtern zu wollen. Denn der Erzbischof litt unter arger Geldnot, was ja auch dadurch offenkundig war, daß er untergewichtige Münzen in Umlauf brachte. Doch zu seiner Enttäuschung war der Schatz aus Papier und nicht aus Gold! Also mußte er dem Abenteurer, El Arab nämlich, Angst machen, um ihn zur Herausgabe des Goldes zu zwingen, ohne ihn offenkundig anzugreifen, was den Pfaffenkönig verärgert hätte. Später wollte Konrad El Arab gar von seinen Häschern, getarnt als Räuber, entführen lassen, um des Goldes habhaft zu werden, welches er vom Pfaffenkönig dem Vernehmen nach dafür erhalten hatte, daß er ihm den Grafen von Dampierre zum Meucheln zuführte. Eine brutale Tat freilich, die, wiewohl verständlich, ihn dem Erzbischof durchaus ebenbürtig machte.

In der Nacht eilte El Arab zum Hahnentor, wie es im Brief verlangt worden war, da er den ihm unbekannten Schreiber im Besitze des Buches wußte, das der Schatz war, den er suchte. Warum konnte El Arab, dessen Kampferprobtheit ich selbst mit angesehen habe, das Buch dem Vetter des langsamen Gisberts, Goswin, nicht entreißen? Ich denke, lieber Bruder, daß sich Goswin und der langsame Gisbert gewappnet hatten für dieses Treffen und es keinen Weg für El Arab gab, sich das Buch mit der Gewalt zu verschaffen, die anzuwenden er zweifelsohne bereit gewesen wäre. So mußte er, derweil er entweder nicht über genügend Gold verfügte oder es dem – vermeintlichen – Räuber nicht auszuhändigen gedachte, unverrichteter Dinge wieder gehen. Wußte El Arab bereits, daß der langsame Gisbert den Hufschmied aufgrund des Befehls von Konrad ermordet hatte? Sicherlich nicht, denn dann hätte er ihn nicht im Hause Magdalenas geduldet oder wäre wenigstens wachsamer gewesen. Vielmehr wird es so gewesen sein, daß sich Goswin und der langsame Gisbert im Schutze der Nacht zu verhüllen verstanden. El Arab verdächtigte zunächst einen alten Feind, der hinter seinem Schatz her war, und dann, verführt von seiner unbändigen Abneigung gegen die Franziskaner, Pater Bueno und seine Leute, denen er unterstellte, sie hätten ihn solcherart davor warnen wollen, die Ideen des Abaelardus in Köln zu verbreiten. Darum wohl achtete er nicht auf den naheliegendsten Täter – und weil er trotz allem dem Erzbischof die Habgier und Ehrlosigkeit nicht zutraute, selbst der Schatzsucher zu sein, der hinter seinem Golde her war.

Um herauszufinden, was in der Mordnacht geschah und welche Gründe es gab, dich anzuklagen, befragte El Arab auch unseren Bruder, ein wenig grob vielleicht, aber ohne etwas zu erfahren. Dergestalt rettete er ihm dankenswerterweise das Leben, indem er ihm Angst einflößte, so daß er die Stadt verließ und darum nicht ebenfalls der Rache des Erzbischofes anheim fiel. Ich dagegen hatte mehr Erfolg, das Geheimnis, das ihr drei mit dem Erzbischof, Magdalena, dem langsamen Gisbert und deiner Paulina teiltet, zu ergründen, und beinahe wäre es mir, wie du vorausgesagt hast, zum Verhängnis geworden. Da ich, des Ränkespieles von Goswin und dem langsamen Gisbert wegen, El Arab mißtraute, konnte ich mein Wissen jedoch nicht zu deinem Nutzen verwenden.

In diesem Augenblick war ich so dicht wie nie an der Wahrheit, und dennoch habe ich sie verworfen. Hätte ich, wenn ich nicht mißtrauisch gegen El Arab gewesen wäre, gemeinsam mit ihm es vermocht, dich zu retten? Nein, du selbst, mein Rignaldo, warst von deiner Schuld so überzeugt, daß dich niemand hätte retten können. Es wäre dir nur möglich gewesen, die ungerechte Mordanklage gegen dich abzuwenden, wenn du dich zu jener anderen Tat bekannt hättest, was du aus Rücksicht gegen deine Geschwister, Peppino und mich, aber nicht wagtest. So bist du als unerkannter Held gestorben, und dies nämlich ist besonders verdienstvoll. Ich sollte dir dafür dankbar sein, in Wahrheit aber schelte ich dich als dummen Burschen, denn du hättest wissen sollen, daß nicht der Heldentod das Höchste ist, das jemand für den Nächsten tun kann, sondern die Treue, die sich darin ausdrückt, nicht aus dem Leben zu fliehen.

Nach deiner Hinrichtung versuchte der langsame Gisbert, mich zu vergiften. El Arab konnte mich zwar retten, aber den Urheber des Anschlages nicht entlarven. Dies besorgte der langsame Gisbert glücklicherweise selbst, als er mich ein zweites Mal angriff. Konrad war nicht derart verderbt, daß er meinen Tod wollte, so daß er, als er von dem bösen Ansinnen seines Dieners hörte, diesen El Arab auslieferte. Dergestalt erfuhren wir nicht nur, wie sich das Ganze zugetragen hatte, sondern auch, daß eure ›Verschneidung‹ nichts als ein fauler Zauber gewesen war. Darum, mein lieber Bruder, nenne ich dich einen dummen Burschen.

Ich werde El Arab so wenig wiedersehen wie dich oder die hohe Herrin. Ich hoffe, du verzeihst mir, wenn ich dir sage, daß ich El Arab trotz und vielleicht sogar gerade wegen all seiner Fehler über alle Maßen schätze und sehr traurig bin, ihm nicht folgen zu dürfen. Geirrt hat sich mein Herz aber bezüglich Konrads, der mir dich und auch Magdalena nahm. Sein Rachedurst ist unchristlich. Sein Versuch, den seinem Schutze anempfohlenen Gast auszuplündern, ist überaus verabscheuungswürdig. Allerdings machte er mir das wertvollste Geschenk, obzwar gegen meinen Willen, und das ist mein Sohn, in welchem auch du, lieber Bruder, fortlebst.

Magdalena aber wird in unserem Gedächtnis bewahrt. Sie ist, wie du, gestorben, weil sie nicht wahrhaben wollte, daß wir Menschen schwach und fehlbar sind. Sie hat sich ihre Sünden nicht verziehen, wie Gott es tut, sondern sich mit dem Tode abgefunden, wo es doch leicht gewesen wäre, am Leben zu bleiben. So leben wir, die wir bereit sind, unsere Sünden zu ertragen, während wir unsere Toten bewundern, die freiwillig für ihre Sünden litten. Einander aber sollen wir uns die Sünden vergeben gemäß dem Schriftworte: ›Wer von euch ohne Sünde ist, werfe den ersten Stein.‹ Wen nämlich die göttliche Gerechtigkeit nicht retten kann, den rettet Abaelardus zufolge die Barmherzigkeit Gottes. Denn der Böse handelt nicht kraft eigener Machtvollkommenheit, sondern bloß aus Mangel an Gutem. Lebe wohl, Rignaldo, mein geliebter Bruder.«

*

Beerdigt wurde Magdalena auf dem Klosterfriedhofe der Minoriten. Dies geschah, sehr zur Verwunderung seiner Mitbrüder, auf Wunsch von Pater Bueno. Pater Bueno hielt sein Schweigegelübde strikt ein, jedoch brachte er die Absolution auf Pergament, damit es auf ihrem Grabe angebracht werden konnte: »Ich, Bueno von Palermo, in Demut Diener aller minderen Brüder, spreche Magdalena von Köln, für deren Schmähung mich der Herr dereinst strafe, kraft meines Amtes und der Vollmacht des allmächtigen Gottes und aller Heiligen los von allen ihren Sünden.«

In den nächsten Wochen fand Pater Bueno seine verdiente Ruhe. Seine Brüder gaben ihm das letzte Geleit, ohne ein Wort zu sagen, völlig stumm, so wie er es sich gewünscht hatte.

Da der Tag von Magdalenas Verbrennung ein Mittwoch gewesen war, versammeln wir uns jeden Mittwoch zur Vesper um ihr Grab, nicht um dort für sie zu beten, denn wir sind uns ihrer Heiligkeit gewiß, sondern dafür, daß sie auf uns mit Gnade schauen und uns unsere Schwäche, sie nicht gerettet zu haben, verzeihen möge. Dann sprechen wir am Grabe die heiligen Texte, die von Magdalena auf uns gekommen sind.

Alle kommen ganz in Weiß, außer mir, denn ich trage ein rotes Gewand. Alle tragen eine Fackel, außer mir, denn ich trage das Kreuz. Alle sind stumm, außer mir, denn ich summe den Ton, den Magdalena einst gesummt hatte. Alle stimmen in das Summen ein, erheben die Fackeln und rücken dicht zusammen. Ich aber erhebe das Kreuz.

Bevor wir beginnen, die heiligen Texte zu sprechen, streife ich mir das weiße Gewand über, das Magdalena getragen, als sie verbrannt wurde, und das durch ihr Wunder nur am Saume versengt worden war.

Um das Sprechen der heiligen Texte zu eröffnen, singe ich vor: »Dies geloben wir dir, unserem Gott …«

Alle, außer mir, singen dann: »Dies geloben wir dir, unserem Gott …«

Ich richte meinen Blick auf ihr Grab. Alle senken ihre Fackeln. Ich aber senke das Kreuz und spreche: »Keiner Autorität beugen wir uns, ohne ihre Meinung vorher mit der Vernunft zu überprüfen.«

Ich richte meinen Blick zum Himmel, und alle erheben die Fackeln zum Himmel. Ich aber erhebe das Kreuz zum Himmel. Gemeinsam sprechen wir: »Keiner Autorität beugen wir uns, ohne ihre Meinung vorher mit der Vernunft zu überprüfen.«

Dann bilden alle einen Kreis und schauen sich gegenseitig an. Ich aber stehe im Kreis und schaue Magdalenas Grab an und singe: »Dies aber ist die Lehre von der Heilung, die von dir durch die Gnade des Höchsten auf uns gekommen ist.«

Paulina tritt hervor, hebt die Fackel und spricht die Worte, die Magdalenas Worte waren: »Schwestern und Brüder, nicht ich bin es, die heilt, sondern der Herr durch mich. Bittet nicht mich um Heilung, sondern den Herrn.« Paulina tritt zurück in den Kreis und senkt die Fackel.

Alle sprechen: »Gepriesen sei der Herr und gepriesen seine treue Magd Magdalena, gestorben ihrer Barmherzigkeit wegen.«

Ich singe die Worte, die Magdalenas Worte waren: »So bedenket immerdar, daß bei Gott nicht das Ende das Ziel ist, sondern der Anfang.«

Ich sage: »Laßt uns das Hauptgebet sprechen.«

Wir sprechen gemeinsam: »Für all jenes, was ich unterließ zu denken, gleichwohl ich es hätte denken sollen. Für all jenes, was ich unterließ zu sagen, gleichwohl ich es hätte sagen sollen. Für all jenes, was ich unterließ zu tun, gleichwohl ich es hätte tun sollen. Für all jenes, was ich gedacht habe, gleichwohl ich hätte unterlassen sollen, es zu denken. Für all jenes, was ich gesagt habe, gleichwohl ich hätte unterlassen sollen, es zu sagen. Für all jenes, was ich getan habe, gleichwohl ich hätte unterlassen sollen, es zu tun: Für all jene Gedanken,

Worte und Taten bitten wir durch dich, heilige Magdalena, um Vergebung.«

Ich sage: »Laßt uns die Fürbitte sprechen.«

Wir sprechen gemeinsam: »Herr, wir bitten dich: Nimm dich unserer Seelen an, denn wir sind hilflos in diesem Jammertale und erwarten das Glück durch deine Gnade.

Herr, wir bitten dich: Strafe uns nicht, wenn du uns das Glück zuteil werden läßt, sondern erlöse uns von der Furcht, die wir in uns tragen, weil wir das Elend um uns herum sehen, das du nach deiner Weisheit zuläßt, aber von dem du nicht willst, daß es uns überwältigt.

Herr, wir bitten dich: Laß uns standhaft sein im Glauben an dich und im Gehorsam dir gegenüber, auch wenn andere meinen, uns in deinem Namen fälschlich beschuldigen zu können. Wenn sie uns verfolgen, laß uns standhaft sein.« Nun lassen alle ihre Fackeln verlöschen und senken den Blick zum Boden. Ich dagegen hebe das Kreuz und schaue zum Himmel empor.

Ich singe: »Laßt uns das kommende Königreich anrufen.«

Wir sagen gemeinsam: »Der Tag wird kommen ...«

Ich singe: »... wo wir unsere Heimstatt finden werden.«

Wir sagen gemeinsam: »Der Tag wird kommen ...«

Ich singe: »... wo unsere Not ein Ende hat für alle Zeit.«

Wir sagen gemeinsam: »Der Tag wird kommen ...«

Ich singe: »... wo wir voller Stolz unsere hochwohlgeborene Königin Magdalena wiedersehen, die gestorben ist ihrer Barmherzigkeit wegen.«

Dann schweigen wir, und hernach löst sich unsere Kongregation auf.

*

Köln, 16. Januar 1259

Auf den Tag genau zum siebenten Geburtstag meines geliebten Sohnes kam El Arab, begleitet von dem treuen Ibrahim, zurück in unsere Stadt: jeder auf dem Rücken eines Schimmels reitend. El Arab jedoch war gekleidet eher wie ein Streuner denn wie ein Edelmann oder ein Gelehrter.

»Herr, Ihr seht nicht gerade wie ein König aus«, sagte ich, nachdem wir uns ausgiebig begrüßt und zum Trunke gesetzt hatten. Das Zimmer, in welchem ich Audienz hielt und das ich nicht verändert hatte seit Magdalenas seligen Tagen, war erfüllt von dem Geruch der beiden Gäste: Dieser Geruch setzte sich zusammen aus dem Moder der Abenteurer sowie aus Nelken und Vanille.

»Das Königreich ist verloren«, antwortete El Arab. Dabei aber lachte er, und Ibrahim schlug ihm auf die Schulter, so daß ich nicht wußte, ob es ihm wahrhaft leid tat.

»Herr, was sagt Ihr?« Gleichwohl wollte ich wissen, was nun geschehen war.

»Wir wurden verraten von rasenden Hunden und gerieten in einen teuflischen Hinterhalt«, erzählte El Arab voll Begeisterung und mit Glühen in den Augen. »Ich wollte mich, um mein teures Heer zu retten, in ihre selbstbefleckte Hand geben, aber die Meinen hinderten mich mit Waffengewalt. So gelang es mir, mit den treuesten der Meinen wie dem Ibrahim hier, den Kessel der niederträchtigen Feinde zu durchbrechen, während sich der Rest des Heeres in die Hand eben dieser Feinde ergab und, da ich mich nicht mehr darunter befand, auf wundersame Weise Gnade erfuhr.«

»Das Buch«, wollte ich weiter wissen, »hat es Euch nicht recht geleitet, wie Ihr erwartet habt?«

El Arab spuckte verächtlich aus: »Die Leute sind eingeschlafen, wenn sie es lesen sollten. Lesende Menschen kämpfen nicht, und kämpfende Menschen lesen nicht. Es ist ein Jammer.«

»Ein Jammer«, bestätigte Ibrahim und lachte.

Ich aber war noch nicht zufrieden mit der Erklärung der Niederlage: »Und die Menschen, die verfolgt, geknechtet und gepeinigt werden, sind sie Euch nicht gefolgt? Haben sie sich Eurem Kreuzzug nicht angeschlossen?«

»Sie haben es nicht besser verdient«, sagte El Arab mit Verachtung. »Sie sind wie die Kühe und lassen sich lieber schlachten, als sich zu wehren. Sie sind es nicht wert, für sie zu sterben.«

»Nein, sie sind es nicht wert, für sie zu sterben. Wir leben lieber«, bestätigte Ibrahim und lachte.

»Und Euer Zeichen, den Davidstern mit dem Kreuze und dem Halbmonde, Ihr tragt es nicht!« rief ich, da mich die Gleichgültigkeit der beiden zu überwältigen drohte.

Ibrahim zog ein zerkratztes und verschmutztes Zeichen aus seinem Mantel, die Kette war zerrissen.

El Arab sagte: »Wir tragen es nicht, denn es bringt uns nur, verdammt, Ärger ein, wo wir auch auftauchen. Aber im Herzen tragen wir es.«

Ja, so kannte ich ihn. Jetzt war es der El Arab, dem ich vertraute.

Später offenbarte mir El Arab, daß er gekommen war, um mir anzubieten, meinen Sohn als seinen Schüler mit auf Wanderschaft zu nehmen: Er wollte ihm die Heilkunst und die Theologie beibringen. Schweren Herzens, aber lichten Geistes übergab ich ihm meinen Sohn, da ich wußte, daß er keine bessere Ausbildung genießen könnte, gerade deshalb, weil El Arab nicht ohne Fehl war.

Epilog

Im Jahre der Fleischwerdung des Herrn 1274 sah ich meinen Sohn wieder. Der Sultan hatte 1272 das Zeitliche gesegnet, und Johannes machte sich, nun im Alter von zweiundzwanzig Jahren, auf den Weg, um seine Mutter in Köln zu besuchen, nachdem er zusammen mit seinem hochverehrten Lehrmeister kreuz und quer durch alle Welt gezogen war.

Von seinem verehrten Lehrer zutiefst gebilligt, war Johannes inzwischen Dominikaner geworden, trotz deren fortgesetzter, vernunftwidriger Beteiligung am gottlosen Wüten der unheiligen Inquisition gegen fromme Menschen. Obgleich er seinem Lehrer zuliebe geplant hatte, zum Glauben des Propheten überzutreten, riet ihm jener, daß er, wie er es selbst, Buddha folgend, angeblich gehalten habe, beim Glauben seiner Väter bleiben möge, weil es letztendlich keine rationale Entscheidung für eine der Glaubensrichtungen gäbe. So lebten sie nach eigenem Gutdünken handelnd und nichts anderem als ihrer Vernunft gehorchend.

Auch haben sie den Weg mitverfolgt, den Bruder Thomas eingeschlagen hatte. Mancher Disputation in Paris haben sie beigewohnt, um den rebellischen Magister zu hören, der zwar weniger handgreiflich, dafür aber um so redegewandter geworden war und argwöhnisch von franziskanischen Kirchenkreisen beäugt wurde. Johannes pries mir die von Bruder Thomas 1259 verfaßte »Summa contra gentiles« als das Buch an, das fürwahr das Buch des Abaelardus in der Führung beim Kampf um das ewige Königreich abzulösen in der Lage sei. Der Aquinate, von dem jetzo, kurz nach seinem Tode, noch nicht feststeht, ob seine Lehre als ketzerisch verurteilt werden wird, habe, so Averom, die »törichte Illusion von Avicenna, Abaelardus und Maimonides überwunden, mit der Vernunft die wahre Religion finden zu können«, und sei derart »zurückgekehrt zu der mongolischen Weisheit«.

Averom hat nach seiner militärischen Niederlage im Kampf um sein Königreich das Streben nach Macht vollständig aufgegeben, um sich ganz der Wissenschaft zu widmen. Mit meinem Sohne nahm er (wiederum als Christ getarnt) in Paris an den heftigen Diskussionen um den Aristotelismus teil, verließ die Stadt aber, als die franziskanische Richtung mit Waffengewalt gegen die Aristoteliker vorging, obgleich die Studenten ihr Recht auf scholastische Disputation und ihren Helden, den Magister Thomas, geschickt zu verteidigen verstanden. Averom starb in Sevilla, wo er zum Broterwerb eine ärztliche Schule mit etlichen Schülern eingerichtet hatte, während er Philosophie gemeinsam mit meinem Sohne nur noch zur Kontemplation betrieb.

Mich aber fand mein Sohn verheiratet vor, wie ich es vom Sultan ebenso wie von der heiligen Magdalena aufgetragen bekommen hatte. Mein Bruder Peppino, den ich einst »meinen zärtlichen Bruder« nannte, ist nie je nach Köln zurückgekehrt und hat kein Wort mehr an mich, seine einst ach so geliebte Schwester, gerichtet. Gemeinsam mit meinem treuen Gatten Wolfhart, einem Witwer, dem ich meine Vorgeschichte durchaus nicht verheimlichte, leite ich bis auf den heutigen Tag das »Haus der weißen Frauen«, das meine hohe Herrin, Gott habe sie selig, dereinst gegründet hatte und das bis zu seinem Tode im Jahres des Herrn 1261 unter dem besonderen Schutz von Erzbischof Konrad stand.

Für die Kongregationen der Magdaleninnen haben wir eine kleine Kapelle hinter dem weißen Hause zwischen der Schwalben- und der Armengasse errichtet, wohin auch ihre ebenso wie Konrads Gebeine überführt wurden; und nichts von den heiligen Texten, die sie uns hinterlassen hat, wurde je vergessen und wird je vergessen werden, solange wir leben. Von Zeit zu Zeit gibt uns zu unser aller Freude sogar der altehrwürdige Magister Albertus, der sich seit 1271 nach langem Dienste für Papst Urban wieder in Köln aufhält und hier lehrt, die Ehre seiner Teilnahme. Man erzählt sich übrigens, es sei ihm gelungen, in seiner geheimen Werkstatt eine Puppe, Magdalena sehr ähnlich, zu bauen, die »Alpha« und »Omega« sage, wenn man in die Hände klatsche.

Bevor er dann nach einiger Zeit verstarb, gesellte sich bisweilen auch der weiße Wolf zu uns, den Magdalena vor der Rache der Bauern gerettet hatte. Ich frage mich, ob nicht auch der durch Magdalena geheilte König ihr die Ehre erboten hätte, wäre er beim Erzbischof nicht in Ungnade gefallen, so daß er die Stadt nicht mehr betreten konnte. Herzog Chlodwig und seine Gemahlin Leutsinda jedenfalls tun dies, wann immer sie in der Stadt weilen.

Da aber unser irdisches Leben nicht ewig währen wird, bitten wir den heiligen Vater in Rom, unsere Magdalena von Köln ihrer Wunder und Visionen wegen selig zu sprechen und für den Stand der Heiligkeit vorzusehen. Wenn er Zweifel an der Ehrlichkeit und christlichen Aufrichtigkeit unseres Glaubens haben sollte, laden wir ihn in aller Demut ein, uns zu besuchen und einer unserer Messen beizuwohnen.

»Und bedenket immerdar, daß bei Gott nicht das Ende das Ziel ist, sondern der Anfang.«

Glossar

Abaelardus, Peter (1079–1142), christlicher Philosoph und Theologe; vertrat eine auf reinen Vernunftgründen basierende Religionslehre; bekannt durch die Liebesbeziehung zu seiner Schülerin Heloise, wegen der ihn deren Onkel kastrieren ließ; die »Romeo-und-Julia«-Geschichte des Mittelalters.

Albus, rheinische Silbermünze im Wert von 24 Pfennig.

Alpha, erster Buchstabe im griechischen Alphabet, sinnbildlich für Anfang.

Ambra, süß schmeckende Ausscheidung des Pottwals, wurde in der mittelalterlichen Medizin u.a. dazu benutzt, um bittere Arzneimittel genießbar zu machen.

Ariadnefaden, antiker Mythos, sinnbildlich für »Entkommen aus einem Labyrinth« und »Entwirrung eines Rätsels«.

Armenstraße, heute Komödienstraße.

Aristoteles (384–322 v. Chr.), griechischer Philosoph; vermittelt über arabische Kommentatoren (vor allem Averroes und Avicenna) wurde die systematische Vernunftphilosophie von Aristoteles im Hochmittelalter zur Grundlage der Scholastik.

Augustinus (354–430), nordafrikanischer Kirchenlehrer, der mit seiner leibfeindlichen Auffassung die gesamte abendländische christliche Theologie beeinflußte.

Avicenna (Ibn Sina, 980–1037), arabischer Arzt, Philosoph und Theologe; radikaler Verfechter der Vernunft, kreativer Ausleger der antiken Philosophie des Aristoteles; bis ins sechzehnte Jahrhundert als größter Arzt aller Zeiten im Morgenland und Abendland verehrt.

Baidh, arabischer vulgärer Ausdruck für Hoden (wörtl.: Eier).

Beschnittener, aufgrund der Beschneidung der Vorhaut entstandene, diskriminierende Bezeichnung für Juden und Moslems.

Bischofsstab, ironische Umschreibung für Penis, besonders im Zusammenhang mit Geschlechtsakten des höheren Klerus.

Blutstau, nach Hippokrates durch unregelmäßige Menstruationen verursachtes Frauenleiden.

Begarden, Laienbruderschaft, die sich durch Weben und Betteln ernährte.

Bierpfennig, Steuer auf Bierkonsum.

Bonaventura (1217–1274), bedeutender franziskanischer Theologe der Pariser Universität; mit Thomas von Aquin verteidigte er die Bettelorden gegen die etablierte Kirche, aber wandte sich scharf gegen den Aristotelismus.

Buddha, Averoms Kenntnis der buddhistischen Lehre ist vermittelt über Avicenna: Man geht davon aus, daß Avicennas vollständiger Name soviel wie »Sohn des Buddhalehrers« bedeutet.

Butzenhof, im Quintinusweingart, heute Steinfeldergasse.

Caesarius von Heisterbach (1180–1245), Kölner Predigtschriftsteller und Zisterzienserprior von Heisterbach (Königswinter).

Casiusgasse, heute Olivengasse.

Cicero (106–43 v. Chr.), römischer Staatsmann und Redner, dessen Stil als das klassische Latein gilt.

Dank abstatten, mittelalterliche theologische Formel für ehelichen Geschlechtsverkehr.

Disputation, gelehrtes oder strittiges Gespräch, bei dem es Regel war, die Position des Gegners genau zu verstehen, bevor man eine Entgegnung vorbringen durfte.

Dominikaner, von Dominikus (1170–1221) begründeter Bettelorden, dessen Ziel die Predigt der evangelischen Armut und der Kampf gegen die Ketzer war; in der Folgezeit wurden die Dominikaner zu den Trägern einer auf Aristoteles zurückgreifenden Vernunftorientierung, die dem traditionellen dogmatischen Offenbarungsglauben entgegenstand.

Drachme, auf eine antike Münze zurückgehendes Maß für Silber.

Erkennen, biblische Umschreibung für Geschlechtsverkehr.

Filzgasse, heute Richmodstraße.

Franz von Assisi (1182–1226), Sohn eines reichen Tuchhändlers, der nach seiner Bekehrung zum charismatischen Prediger von Armut und christlicher Einfachheit wurde; eigentlich lehnte er die Institutionalisierung seiner Anhänger ab, willigte unter Druck der etablierten Kirche aber schließlich ein, daß sie sich in der Form eines Ordens organisierten.

Franziskaner, auf Franz von Assisi zurückgehender Bettelorden; die Bezeichnung »Minoriten« oder »mindere Brüder« zielt auf die geforderte Selbsterniedrigung; obgleich Franz von Assisi sehr im Gegensatz zur etablierten Kirche gestanden hatte, wurden die Franziskaner im geistlichen Bereich zu den führenden Vertretern der konservativen, gegen die dominikanische Vernunftorientierung gerichteten Theologie.

Friedrich II. (1194–1250), deutscher Kaiser; mit seinem Tod endete die Stauferzeit und begann das »Interregnum« (1250–1273), eine Zeit ohne Kaiser.

Gänzlöffel, mittelhochdeutsche vulgäre Umschreibung für Penis.

Gansleiden, ungeklärte Speise, vielleicht Gallert.

Gerte, mittelhochdeutsche Umschreibung für Penis.

Gespräch, leibliches, arabische Umschreibung für Geschlechtsverkehr; »Gespräch von der anderen Seite«, Umschreibung für Analverkehr.

Gilde, durch Eid verbundene Bruderschaft (fraternitas) oder Genossenschaft mit eigener Binnengerichtsbarkeit, z.B. Handwerkszunft; der in Köln im dreizehnten Jahrhundert gebräuchliche mittelhochdeutsche Begriff für fraternitas ist nicht überliefert.

Granada, letztes muslimisches Königreich auf europäischem Boden (Andalusien in Spanien), im dreizehnten Jahrhundert lehnsabhängig von Kastilien-Leon; die islamischen Herrscher des frühen Mittelalters übten häufig eine größere Toleranz gegenüber anderen Religionen als die christlichen.

Gravegaze, heute Trankgasse.

Hausarme, Bezeichnung für Bettler, die sich fest bei einem (begüterten) Haus aufhielten, etwa unter Treppenabsätzen.

Helinandus (1160–1229), altfranzösischer und mittellateinischer Dichter und Chronist, später Mönch.

Heloise, siehe Abaelard.

Hexerhandwerk, im Hochmittelalter wurde der Hexereivorwurf vornehmlich gegen Männer, weniger gegen Frauen erhoben (noch der berüchtigte »Hexenhammer« des 15. Jahrhunderts benutzt meist die männliche Form, obwohl sich die Schrift gegen Frauen richtet).

Hildegard von Bingen (1098–1179), Heilige, Visionärin, Theologin, Heilerin, Dichterin und Musikerin.

Hippokrates (460–377 v. Chr.), griechischer Arzt; die im »Hippokratischen Eid« niedergelegten ethischen Prinzipien sind noch heute für Ärzte gültig.

Hospital St. Andreas, Pilger- und Fremdenherberge an der Armenstraße (heute Komödienstraße).

Hübschlerin, mittelhochdeutsche Bezeichnung für Prostituierte.

Ibn Hazm (994–1064), bedeutender spanisch-muslimischer Politiker, Dichter und Jurist.

Ignatios von Antiocheia, Märtyrer, starb ca. 110 n. Chr. unter Kaiser Trajan.

Ismailias, Glaubensrichtung im Islam; Avicenna (dessen Autobiographie Averom zu seiner eigenen stilisiert) gebrauchte die Bezeichnung für den Glauben seines Vaters wohl, um dessen buddhistische Herkunft zu verschleiern.

Jupiter, römischer Göttervater.

Kammer der Venus, mittelhochdeutsche Umschreibung des weiblichen Schambereichs.

Kanon, Titel der Sammlung des ärztlichen Wissens von Avicenna.

Komplet, Zeitangabe nach dem kanonischen Stundengebet, ca. 20.00 Uhr.

Konrad IV. (1228–1254), Sohn Kaiser Friedrichs II., ab 1250 deutscher König, gegen den der »Pfaffenkönig« Wilhelm von Holland opponierte.

Konrad von Würzburg (gest. ca. 1287), bedeutender mittelhochdeutscher städtischer Berufsdichter.

Leman, angelsächsischer Ausdruck für Konkubine.

Lothar II. (gest. 869), fränkischer Kaiser, der seine Regierungszeit hauptsächlich mit dem Versuch zubrachte, sich von seiner kinderlosen Frau Teutberga scheiden zu lassen; Papst Nicolaus (820–867) hat diesen Versuch vereitelt.

Logos, griechisch »Wort«, z.B. im Johannesevangelium: »Im Anfang war das Wort.«

Maimonides, Moses (1138–1204), jüdischer Arzt und Philosoph mit ähnlich abenteuerlicher, von Exil und Verfolgung gekennzeichneter Biographie wie Avicenna; auf Aristoteles und Avicenna sich stützend, bemühte er sich, die jüdische Religion als rationales System darzustellen.

Marc Aurel (121–180), römischer Kaiser und Verfasser von tagebuchartig aufgezeichneten Selbstgesprächen über alle Lebensbereiche.

Marie de Champagne (1145–1198), Gräfin, Gönnerin der höfischen Dichtung; ihr wird ein Traktat über die Unvereinbarkeit von Liebe und Ehe zugeschrieben.

Maximinan (gest. 310), zeitweise Mit-Kaiser des römischen Reiches, zuständig für den Westteil, Christenverfolger.

Mindere Brüder, mittelhochdeutsche Bezeichnung für Minoriten (Franziskaner).

Minne, mittelhochdeutsche Bezeichnung für Liebeswerben.

Mongolisch, wurde mit buddhistisch gleichgesetzt; Mitte des 13. Jahrhunderts berichteten Reisende und Missionare von Begegnungen mit buddhistischen Mönchen in Zentralasien.

Non, Zeitangabe nach dem kanonischen Stundengebet, ca. 15.00 Uhr.

Obolus, auf eine antike Münze zurückgehendes Maß für Gold.

Omega, letzter Buchstabe im griechischen Alphabet, sinnbildlich für Ende.

Päpstliche Partei, auch als Landesfürsten fungierende deutsche Erzbischöfe, die gegen Kaiser Friedrich II. und seinen Sohn, Konrad IV., opponierten und den »Pfaffenkönig« Wilhelm von Holland inthronisierten.

Pfäffin, von dem Franziskanerprediger Berthold von Regensburg (1210–1272) geprägter Ausdruck für die Konkubinen der Kleriker.

Pfeffern, mittelhochdeutsche Umschreibung für Geschlechtsverkehr.

Pfeil, mittelhochdeutsche Umschreibung für Penis.

Prim, Zeitangabe nach dem kanonischen Stundengebet, ca. 6.00 Uhr.

Quintinusweingart, heute Steinfelderstraße.

Rebec, Musikinstrument, Vorläufer der Violine.

Reinigungsfluß, antike medizinische Bezeichnung für Menstruation.

Rosengasse, heute Drususgasse.

Sarazenen, im Mittelalter Sammelausdruck für Araber und Muslime.

Scherbett, arabische Speise: Sorbet.

Sext, Zeitangabe nach dem kanonischen Stundengebet, ca. 12.00 Uhr.

Solanaceen, giftiges Nachtschattengewächs; Symptome der Vergiftung: Magenschmerzen, Erbrechen, Durchfall, Krämpfe, Halluzinationen, Bewußtlosigkeit.

Soranos (Anfang 2. Jh. n. Chr.), griechischer Arzt, bedeutendster Gynäkologe des Altertums, dessen Lehre auch im Mittelalter große Beachtung fand.

Steinweg, heute Hohe Straße.

Storchen, mittelhochdeutsche Umschreibung für Geschlechtsverkehr.

Stumme Sünde, geläufige Umschreibung für Homosexualität.

Suffocatio matricis, wörtlich: »Leiden der Frauen«, gemeint ist: Hysterie.

Talionsrache, Rechtsprinzip nach dem alttestamentarischen »Auge um Auge«; sowohl der Rachegedanke als auch geläufige Gleichsetzungen (z.B. »Schändung« wird mit »Kastration« gesühnt) wurden von der mittelalterlichen Theologie abgelehnt.

Teufel in die Hölle schicken, mittelhochdeutsche Umschreibung für Geschlechtsverkehr.

Therouanne, nordfranzösisch-flandrisches Bistum.

Truchseß, hoher Hofbeamter, der über Küche und Tafel wacht.

Untergewichtige Münzen, entstanden, wenn Fürsten mit Münzrecht neue Münzen schlagen ließen, die ein geringeres Metallgewicht als angegeben enthielten, um dadurch mehr Münzen als vorher herstellen zu können (»Münzverschlechterung«); die Folge war Inflation.

Urban IV. (1200–1264), Papst.

Verhalnüß, mittelhochdeutscher Ausdruck für Enthaltsamkeit; nach Avicenna führt sie zu Krankheiten durch innere Vergiftung.

Verschnittener, mittelhochdeutscher Ausdruck für Kastrat.

Vesper, Zeitangabe nach dem kanonischen Stundengebet, ca. 18.00 Uhr.

Vicus Pauperum, Armenstraße, heute Komödienstraße.

Vrisingasse, heute Friesenstraße.

Werkzeug des Mannes, mittelhochdeutsche Umschreibung für Penis.

Wurst mit Bart, mittelhochdeutsche Umschreibung für Penis.

Zisterzienser, Zisterzienserinnen, auf der benediktinischen Regel basierender Reformorden aus dem 11. Jahrhundert, dessen Mitglieder im Gegensatz zu den Bettelorden Handwerk, Handel und Landwirtschaft betrieben.

Zölibat, seit dem 4. Jahrhundert geforderte, aber erst im 12. Jahrhundert vollständig durchgesetzte Bestimmung, daß katholische Geistliche auf die Ehe verzichten müssen.

Nachwort

»Selbst der Autorität der [christlichen] Philosophen beugen wir uns nicht, ohne ihre Meinung vorher mit der Vernunft zu überprüfen.«
Peter Abaelard

Durch den Blick der erzählenden Hauptfigur (der Magd) wird in einem Ausschnitt auf das Hochmittelalter gezeigt, wie das Projekt der (religiösen) Toleranz gescheitert ist, das der Mohammedaner Ibn Sina (Avicenna), der Christ Peter Abaelard und der Jude Moses Maimonides ins Leben riefen.

Mit der Frage nach der religiösen Toleranz ist die Frage nach sexueller Freiheit eng verbunden. Die mittelalterliche katholische Kirche nahm bekanntermaßen gegenüber unkeuschem Treiben eine relativ nachsichtige Haltung ein. Seit der Reformation hat es sich die Geschichtsschreibung angewöhnt, dies mit kritischem Spott oder mit Ablehnung zu betrachten: Von den Kirchenreformern und Kirchenkritikern werden vor allem die sexuellen Asketen hofiert.

Dagegen ist es kaum glaubwürdig, daß die Fürsten, Geistlichen, Bürger, Bauern, Mönche und Nonnen, die sich dem asketischen Ideal verweigerten, ihr Handeln nicht reflektierten und vor Gott gerechtfertigt sahen. Bischöfe und Könige beispielsweise, die Konkubinen unterhielten, begleitete nicht stets das Gefühl, Unrecht zu tun. Sogar der gestrenge heilige Augustinus schrieb: »Unterdrückt das Dirnenwesen, und die Gewalt der Leidenschaften wird alle Ordnung vernichten.« Sexuelle »Sünden«, so befand Thomas von Aquin, seien allesamt von untergeordneter Bedeutung, wenn und solange sie »niemandem Schaden zufügen« – gegen Gott richteten sie sich allemal nicht.

Es ist falsch anzunehmen, daß die Idee der politischen Freiheit mit der Forderung nach sexueller Askese verbunden wurde, nur weil in der frühen Neuzeit der Puritanismus diese Verbindung hergestellt hat: Der Puritanismus ist nur eine Möglichkeit unter vielen, für politische Freiheit einzutreten. Durch seine Unterdrückung der Sexualität trägt er jedoch die totalitäre Konsequenz bereits in sich. Dies gilt für die mittelalterliche Aufklärungsphilosophie nicht. Sie war konsequent an der Vernunft orientiert. Mit Vernunft aber ließ sich keine Forderung nach Askese, sondern nur diejenige nach aristotelischer Maßhaltung begründen.

Pater Bueno, im vorliegenden Buch der franziskanische Kritiker des Erzbischofs, gehört zu denjenigen, die von den späteren Historikern in der Regel bevorzugt werden: Er erinnert die Kirche an ihre asketischen Versprechen. Aus der Perspektive von Konrad, Magdalena und Averom ist er aber ein Störenfried, dessen Predigten für die von ihnen gewählte Lebensform bedrohlich werden konnte. Es ist sicherlich viel Heiligkeit vonnöten, wenn Magdalena über diese Bedrohung hinweg anerkennt, daß Pater Bueno auf seine Art doch der Weisung Gottes folgt. Dies wäre eine Form der Heiligkeit, die die Welt vor dem Haß der gegenseitigen Verfolgung und Vernichtung bewahren könnte.

Der Versuch, diese Form von heiliger Toleranz ins Politische zu übersetzen, wie es Sultan Averom anstrebt, scheitert: Wer die Instrumente der Herrschaft benutzt, erliegt deren inneren Logik. Auf der Ebene des Handelns kennt Averom diese »Mikrophysik der Macht« ganz genau: Er veranlaßt die Tötung des Grafen Wilhelm von Dampierre, um vom Erzbischof mittels des »Pfaffenkönigs« – dessen Legitimität er im übrigen nicht anerkennt – zu veranlassen, ihm eine Sammelstelle für sein »Heer der Befreiung« zur Verfügung zu stellen. Averom und der Erzbischof sind sich demnach näher, als Averom wahrhaben will: Beide denken in Kategorien einer zweckgebundenen, zielgerichteten und durchsetzungsorientierten Vernunft.

Auf der anderen Seite ähneln sich Pater Bueno und Magdalena: Bueno, der in der Bekehrungs-Predigt seine emotionalen Ausbrüche nicht zügeln kann, legt seine wahre Motivation ebensowenig offen wie Magdalena. Beide handeln unmittelbar bedürfnisorientiert und sind nicht bereit, vor ihr Tun den Filter vernünftigen Abwägens zu setzen.

Es ist der subjektive Blick der Magd, der den Erzbischof und Bueno (bzw. auch den »kleinen« Bonaventura) als Bösewichter, Magdalena und »El Arab« dagegen als Gute erscheinen läßt. In den Standard-Geschichtsbüchern werden uns andere Perspektiven vermittelt: entweder die Perspektive der Herrschenden – dann schneidet ein erfolgreicher Erzbischof natürlich recht gut ab –, oder die Perspektive der asketischen Reformer – hier kommt jemand wie Pater Bueno in

Betracht, dessen Antisemitismus man dann stillschweigend übergeht. Um Averoms Partei ergreifen zu können, müßte man zugeben, daß Scheitern historisch oftmals notwendig ist, um moralisch integer bleiben zu können. Um Magdalenas Partei ergreifen zu können, müßte man einsehen, daß die Moral für die Menschen da ist und nicht die Menschen für die Moral da sind.

Politisch gesehen scheitert die Aufklärung von Beginn an, weil sie weder über die Anziehungskraft der Macht verfügt noch den Glanz für sich hat, den die Askese verleiht, sondern einfach »nur« auf das gute Leben der Menschen im allgemeinen abzielt. Die Aufklärung hat die Vernunft auf ihrer Seite, aber diese vermag gegen die unkeusche Macht und gegen das keusche Charisma nichts auszurichten.

Bei den Politikern gibt es durchaus Unterschiede. Zwar mag uns der Erzbischof als negative Figur erscheinen. Wenn wir ihn jedoch mit dem Gildemeister Wilbert vergleichen, steht er schon in besserem Licht dar. Die Machtversessenen, die sich ihrer Macht nicht sicher sind, setzen radikalere Mittel ein. Dies gilt selbst für Averom und seine ethisch durchaus bedenkliche Mitschuld am Mord des Grafen Wilhelm von Dampierre.

Es war die Tragik der Aufklärung, daß man zu oft meinte, es mit den Wilberts halten zu müssen. Der Erzbischof wäre (in unserem Fall) die bessere Wahl gewesen, trotz allem. Aber er steht für eine Koalition mit den Aufklärern nicht zur Verfügung – weil er sich sicher genug fühlt –, um keine Koalition mit lästigen Aufrührern eingehen zu müssen. Averom meint zwar zunächst, den Erzbischof für seine Sache einspannen zu können. In Wirklichkeit behält Konrad die Fäden in der Hand: Obzwar er und Averom in ihrer Machtpolitik miteinander verflochten sind, bleiben sie politische Feinde.

So wie Wilbert und Averom durch das Streben nach Macht korrumpiert werden, korrumpiert die Angst ums Überleben den Rabbi: Er muß diejenigen vor den Kopf stoßen, die ihm wohlgesonnen waren, weil sie nicht genügend Macht haben, um den Schutz seiner jüdischen Gemeinde zu übernehmen. Darum wendet er sich an denjenigen, der die Macht hat – den Erzbischof. Aber auch das ist langfristig gesehen ein Trugschluß: Einige Jahrzehnte später wurden die Juden aus Köln verbannt. Sie durften sich in Köln nur noch tagsüber aufhalten, um Geschäfte zu machen. Nachts mußten sie die Stadt verlassen.

Wenn wir die Perspektive wiederum wechseln und uns auf den Standpunkt der städtischen Revolution (Gildemeister Wilbert) stellen, sieht die moralische Beurteilung wiederum anders aus: Die Revolution gegen den Erzbischof scheitert machtpolitisch gesehen, weil in dem Moment, als dieser durch einen revolutionären Akt beseitigt werden kann, die Herrschenden zusammenhalten und Averom dem Erzbischof beispringt. Selbst Magdalena verhält sich ablehnend und wird dadurch konterrevolutionär. Dagegen stehen die Asketen um Bonaventura, die sich von der herrschenden Kirche verraten fühlen, für eine Koalition bereit. Das ergibt eine mächtige Koalition, deren Ziele aber nicht mehr »revolutionär«, sondern »konterrevolutionär« sind. Magdalena fällt ihr zum Opfer.

Ja, im Scheitern liegt das Gelingen der Aufklärung.

Stefan Blankertz

Danksagung

Die ersten Leser des ursprünglichen Manuskriptes waren meine Frau Isabell und meine Freunde Erhard Doubrawa und Reinhard Stiebler. Ohne ihre Kritik wäre der Roman nie so weit gediehen, daß ich ihn einem Verlag anbieten konnte. Und ohne ihre Ermutigung hätte ich es wohl auch nicht getan. Der Emons Verlag hat mich durch das engagierte Lektorat von Stefanie Rahnfeld und Christel Steinmetz bis zum letzten Schliff geduldig und auf sehr angenehme Weise begleitet.

FRANK SCHÄTZING: TOD UND TEUFEL
Ein Krimi aus dem Mittelalter
380 Seiten
Als Broschur ISBN 3-89705-122-2
Als gebundene Ausgabe ISBN 3-89705-133-8

Köln im September 1260: Jeder steht gegen jeden. Erzbischof und Bürger versuchen, einander mit allen legalen und illegalen Mitteln in die Knie zu zwingen. Jacop der Fuchs, Dieb und Herumtreiber, zeigt an den erzbischöflichen Äpfeln indes mehr Interesse als an der hohen Politik. Was ihm nicht gut bekommt: In den Ästen sitzend, wird er Zeuge, wie ein höllenschwarzer Schatten den Dombaumeister vom Gerüst in die Tiefe stößt. Er hat den Mord als einziger gesehen. Aber der Schatten hat auch ihn gesehen. Er heftet sich an Jacops Spuren und bringt jeden um, den Jacop einweiht. Als Jacop begreift, daß der Sturz vom Dom nur Auftakt einer unerhörten Intrige war, ist es fast schon zu spät.

»Virtuos gemeuchelt, mit viel Gespür für historisches Flair, Spannung und Witz.«
Kölnische Rundschau

EDGAR NOSKE: DER BASTARD VON BERG
Ein Krimi aus dem Mittelalter
Broschur, 340 Seiten, ISBN 3-89705-123-0

Schloß Burg, im Jahr 1225. Das Leben des siebzehnjährigen Martin wird über Nacht auf den Kopf gestellt: Der Pflegesohn eines leprösen Müllers avanciert zum Knappen des Grafen Engelbert von Berg, des Erzbischofs von Köln und Kaiserlichen Reichsverwesers. Burg und Köln, höfisches und städtisches Leben – vor Martin tut sich eine Welt auf, die er nur vom Hörensagen kannte. Doch muß er auch erkennen, daß das Leben im Dienste des mächtigsten Mannes nördlich der Alpen eine äußerst gefährliche Seite hat. Da ist eine unheimliche, aus dem Verborgenen operierende Kraft. Sie steckt hinter einer großangelegten Verschwörung zur Ermordung Engelberts, des Letzten von Berg. Martin entdeckt den teuflischen Plan, doch seine Warnungen werden nicht ernst genommen …

»Der Krimi fesselt den Leser von der ersten bis zur letzten Seite.« Bergischer Volksbote

EDGAR NOSKE: DER FALL HILDEGARD VON BINGEN
Ein Krimi aus dem Mittelalter
390 Seiten
Als Broschur, ISBN 3-89705-145-1
Als gebundene Ausgabe, ISBN 3-89705-184-2

Kloster Rupertsberg, November 1177
Eine junge Nonne macht einen wahrhaft grausigen Fund: Tagelange Regenfälle haben die skelettierten Überreste eines am Fuß der Klostermauer verscharrten jungen Mannes freigelegt. Eine Entdeckung, die für erhebliche Unruhe im Konvent sorgt, zumal die Bemühungen des Klostersekretärs Wibert von Gembloux, die Herkunft des Toten aufzuklären, von keiner Geringeren als Hildegard von Bingen persönlich verhindert werden. Erst als der Klosterfrieden auf dem Spiel steht, bricht die greise Äbtissin ihr Schweigen und lüftet das schreckliche Geheimnis um den unbekannten Toten.

»Hochspannung, gut recherchierte historische Ereignisse: spannend und unterhaltsam.«
Allgemeine Zeitung Bingen

EDGAR NOSKE: LOHENGRINS GRABGESANG
Ein Krimi aus dem Mittelalter
Broschur, 304 Seiten, ISBN 3-89705-186-9

Frühsommer 1350: Auf dem Turnierfeld zu Kleve wird die Wirtstochter Anna Zwerts erschlagen aufgefunden. Marco di Montemagno, der ehemalige Freund Annas, zählt zu den Hauptverdächtigen. In einem dramatischen Wettlauf gegen die Zeit versucht er, seine Unschuld zu beweisen. Doch seine Bemühungen scheinen umsonst, er wird zum Tode verurteilt. Annas Schwester Elsa steht ihm zur Seite und fleht in ihrer Verzweiflung zum Allmächtigen, er möge Lohengrin schicken. Und tatsächlich, am Hinrichtungstag erscheint ein weiß gewandeter Reiter, der allerdings für seinen Beistand einen hohen Preis fordert …

»Noske versteht es bestens, den Spannungsbogen zu halten.« Westdeutsche Zeitung

HEINZ SCHMITZ: DIE FALSCHE HAND
Das Geheimnis des Genter Altars
Historischer Kriminalroman
Broschur, 336 Seiten, ISBN 3-89705-245-8

Gent im Frühling 1432. Eine ganze Stadt feiert. Kardinal Beaufort, Erzbischof von Winchester, tauft den kleinen Joos. Wenige Meter weiter wird ein riesiger Altar eingeweiht, an dessen geheimnisvolle Schönheit man sich bis heute erinnert.
Seine Rätsel gibt der Genter Altar nicht preis, und mögen noch drei Klafter Bücher über ihn geschrieben werden, denn, das wußte schon Franz, der bei all dem dabei gewesen war: Der Altar hätte völlig anders aussehen können. Und hätte er, der unbegabteste aller Malerschüler, den Mund gehalten, dann wäre er nicht im Brunnen gelandet, ein toter Schreiner hätte seinen Finger behalten, der eine oder andere würde noch leben, Eva hätte einen anderen Kopf und der Altar wäre unvollendet geblieben.

BARBARA BECKER-JÁKLI: MORD IM BIEDERMEIER
Historischer Kriminalroman
Broschur, 416 Seiten, ISBN 3-89705-149-4

An einem regnerischen Abend im August 1823 treffen im Haus des Kölner Stadtphysikus' Dr. Berhard Elkendorf einige kunstliebende und einflußreiche Herren zu einem Diner zusammen. Am nächsten Tag wird einer der Gäste tot in seinem Bett aufgefunden – vergiftet. Dr. Elkendorf, als Stadtphysikus zugleich auch Gerichtsmediziner, soll den Fall diskret untersuchen. Seine Cousine Anna Steinbüchel, die das offenbar verhängnisvolle Diner gekocht hat, geht eigene Wege, um den mysteriösen Tod aufzuklären.
Eine Kriminalgeschichte zwischen Kirschholzmöbeln und gotischen Tafelbildern, in der die Gründung eines Kunstmuseums für Köln eine wichtige Rolle zu spielen scheint.

»Einmalig und ganz besonders faszinierend.« Kölner Stadt-Anzeiger

CHRISTIANE GIBIEC: TÜRKISCHROT
Historischer Kriminalroman
Broschur, 220 Seiten, ISBN 3-89705-161-3

Barmen im Frühjahr 1845. Die Textilindustrie beschert den Fabrikanten große Gewinne, die Arbeiter leben im Elend, der Unternehmersohn und Vordenker des Sozialismus Friedrich Engels flieht nach England. Rieke Blum tritt eine Stelle als Dienstmädchen im Hause eines Türkischrotfärbers an, gleichzeitig verliebt sie sich in Bruno Laponte, einen jungen Sozialisten und Redakteur der »Barmer Zeitung«. Eines Tages liegt die Unternehmergattin ermordet im Türkischrotfaß. Für die Polizei steht der Mörder schnell fest: Samuel Kienholz, ein aufmüpfiger und revolutionär gesonnener Färbergeselle. Rieke, Bruno und seine Freunde haben berechtigte Zweifel an Samuels Schuld und stellen auf eigene Faust Ermittlungen an.

»Das Buch hat Voraussetzungen ein Bestseller zu werden.« Bergische Blätter

STEFAN WINGES: DER VIERTE KÖNIG. EIN FALL FÜR SHERLOCK HOLMES
Historischer Kriminalroman
Broschur, 256 Seiten, ISBN 3-89705-201-6

Köln 1896. Ein mysteriöser Raub führt Sherlock Holmes an den Rhein: Aus dem Dom sind die Gebeine der Heiligen Drei Könige gestohlen worden. Der Fall entpuppt sich bald als Teil einer bizarren Verschwörung, die ein Opfer nach dem anderen fordert. Die Wurzeln der grausigen Ereignisse scheinen bis tief ins Mittelalter zurückzureichen. Unterstützt von einem alten Kölner Jesuitenpater und dessen Nichte Luzia kämpfen Sherlock Holmes und Dr. Watson gegen einen unheimlichen und äußerst gefährlichen Gegner.

»Ein lustvolles Spiel mit Literatur- und Filmzitaten, voller Witz und Intelligenz.«
Lexikon der Kriminalliteratur